史蒂芬金選

Stephen King

史蒂芬・金
STEPHEN KING
楊沐希——譯

大競走
THE LONG WALK

近在眼前的終極比賽……阻撓你抵達終點線的只有死亡……

大競走——

每年五月一日，百名青少年男孩齊聚一堂，參加風行全國的「大競走」比賽。在這群精心挑選過的孩子裡，有十六歲的小雷．蓋瑞提。比賽規則他嫻熟於心——放慢速度、跌倒、坐下，都會得到警告。三支警告之後……你就會領罰單。令人毛骨悚然的事實是，大競走只會有一個贏家，也就是活到最後的人……

成為理查・巴克曼的重要性

這是我替所謂的「巴克曼小說集」寫的第二篇介紹，「巴克曼小說」這幾個字對我來說（至少在我腦袋裡），代表幾本用理查・巴克曼名字所出版的小說，這些書一開始是由「印記」出版社出版的低調平裝原創作品。我第一次的介紹寫得不是非常好，就我看來，讀起來像教科書案例上的模糊作家介紹。不過，這也難怪。一開始寫的時候，巴克曼的另一個人格（換句話說，就是在下我）還沒進入我所謂的冥思或分析模式，我，事實上，覺得自己遭到剝奪。巴克曼的創生並不是做為短暫的分身，他應該要長期存在，當我的名字跟他的名字產生關聯，一起出現時，我詫異、難過，氣炸了。這並不是撰寫優質論述的狀態。這次，我也許可以寫得好一點。

關於理查・巴克曼，最重要的一點也許是他成真了。當然不全然真實（他露出緊張的微笑如是說），我寫這段的時候還沒進入妄想狀態。只不過……呃……也許我是吧。畢竟，妄想是小說作家想要鼓勵讀者進入的狀態，至少一本書或故事在他們面前攤開的時候，作者很難逃離這種狀態……這狀態該怎麼稱呼呢……「經過指導的妄想」聽起來如何？

不管怎麼說，理查・巴克曼的生涯啟蒙並不是出於妄想，而是作為一個避難所，我可以出版幾本早期的作品，也許讀者會喜歡。然後他慢慢成長，變成有血有肉的人，就跟作家筆下的想像產物通常會走上的路一樣。我開始幻想他做為酪農農民的生活……他美麗的妻子克勞蒂雅・伊內茲．巴克曼……他在新罕布夏州的寂寞早晨，花時間擠牛奶、劈柴、構思他的故事……他晚上寫作，Olivetti打字機旁邊總會有一杯威士忌。我認識一位作家，他說如果狀況好的話，他在寫的小說會「長胖」。同樣道理，我的筆名也開始增添分量。

然後，當理查．巴克曼的偽裝被揭穿時，他就死了。在幾次不得不回答的訪問裡，我輕鬆帶過這個問題，說他死於筆名的癌症，但真正殺死他的其實是震驚，明白有時人家就是不會放過你。用更令人討厭的說法是（但不全然不對），巴克曼是我吸血鬼的那一面，見光就會死。我對這一切的感受非常困惑（也非常多產），足以寫出一本《黑暗之半》（用史蒂芬．金的名字寫的就是了）。講述一位作家的筆名喬治．史塔克活過來的故事。我太太一直很討厭這本書，也許是因為對賽德．貝蒙特來說，成為作家的夢想壓過了成為一個人的現實，對賽德來說，妄想完全掌控了理性，帶來一連串可怕的後果。

我卻沒有這種問題，真的。我把巴克曼放去一邊，雖然他死了，我很遺憾，但如果我說，我沒有順帶鬆了口氣，那我就是在騙人了。

收錄進巴克曼小說集的故事是由一位年輕人所寫，他憤怒、精力旺盛、深深迷上藝術與寫作的技巧。這些故事並不是以巴克曼小說的方式撰寫（畢竟當時巴克曼還沒有被創造出來），而是以巴克曼的心態寫的：憤恨不平、性事不順、非常幽默，還有一觸即發的絕望感。《跑步的人》（The Running Man）主角班．理查斯纖瘦、結核病快要發作（他跟阿諾．史瓦辛格在電影裡的形象天差地遠），他開著劫持來的飛機，撞向網路遊戲摩天大樓，了結自己，也帶走幾百（甚至幾千）「免費電視」的公司高層，這就是理查．巴克曼所謂的歡喜大結局。其他巴克曼小說的結局甚至更黑暗。史蒂芬．金明白好人不見得每次都贏（看看《狂犬庫丘》、《寵物墳場》，還有，也許《克麗斯汀》吧），但他也曉得，好人大多會贏。在現實生活中，每天都有好人會得勝的案例。這些勝利通常無人知曉（「男子再次下班平安返家」，這種消息賣不了幾份報紙），但這種故事就是真實……而小說應該反映真實狀況。

只不過呢……

在《黑暗之半》的初稿中，我讓賽德．貝蒙特引用唐納．魏斯萊克（Donald E. Westlake）的話，魏斯萊克是一位非常有趣的作家，他用理查．史塔克為筆名，寫了一系列黑暗的犯罪小說。有次有人問到如何分辨魏斯萊克與史塔克，這位作家則說：「我在出太陽的日子寫魏斯萊克的故事。雨天我就是史塔克。」我覺得這段話最後應該沒有收進《黑暗之半》的成書之中，但我很喜歡（但我心有戚戚焉，好像現在很流行講這種話一樣）。巴克曼，這個虛構的人物每出一本作者署名為他的書，對我來說，他就變得更真實一點，而如果他存在的話，他比較像是雨天出現的人。

好人通常會贏，勇氣通常能夠戰勝恐懼，家裡的寵物狗基本上不會感染狂犬病，這些事，我二十五歲的時候都知道，現在活到二十五乘以二的年紀，我也清楚得很。不過，我也清楚另一件事，我們心底有一個地方，基本上常常在下雨，影子都拖得長長的，而樹林裡滿是怪物。這種地方的恐懼能夠清楚說出來，能夠多少指出這個地方在哪裡，不用否認充滿我們日常生活的陽光與清晰的腦子，有這種聲音，還挺不錯的。

在《銷形蝕骸》裡，巴克曼第一次以自己的聲音開口，這是唯一一本早期的巴克曼小說，在初稿上就寫著他的名字，而不是我的，我因此覺得很不公平，他才正要開始用他的聲音說故事，結果大家就會把他誤認為是我。這感覺就像一個錯誤，因為那時，巴克曼已經有點成為我的「本我」了，他會說我不能說的話，而想到他就在他那新罕布夏的酪農場，他不是什麼名字出現在蠢《富比世》雜誌的暢銷作家，旁邊都是一些有錢到莫名其妙的藝人，他的臉也不會出現在「今日秀」，或客串演出電影，他只是靜靜寫他的故事，這些故事允許他以我不能的方式思考，以我不能的方式說話。然後，新聞報導出現，說「巴克曼其實是史蒂芬·金」，結果沒有一個人替這位死去的人講話，連我也沒有，至少點出最明顯的一件事：史蒂芬·金其實也是巴克曼，至少有段時間如此。

那時我覺得不公平，現在想起來還是覺得不公平，但有時，生命就是會咬你一口，就這樣。我決定要把巴克曼推出腦海與生活，所以我也這麼做了，維持了幾年。然後，當我在寫一本名為《絕望生機》的小說時（史蒂芬·金的小說），理查·巴克曼忽然又出現在我的生命裡。

那時，我用的是王安的文字處理器，那玩意兒看起來像舊時連載漫畫《飛俠哥頓》（Flash Gordon）裡的視覺電話。這部文字處理器還配上一台看起來稍微像是藝術品的雷射印表機，有時，當一個想法突然出現的時候，我會在小紙上寫下一句話或假設的書名，貼在印表機邊緣。就在《絕望生機》寫到四分之三的時候，我在一張紙片上寫下一個字：調節者。我對小說有很棒的想法，跟玩具、槍枝、電視與郊外有關。我不曉得我會不會繼續寫下去，很多這些「印表機」筆記都沒發展成什麼故事，但想想總是挺酷的。

然後，在一個雨天（也就是理查．史塔克的那種日子），我把車開進車道，忽然有了一個點子。我不曉得想法打哪兒來，這跟當時任何在我腦袋裡翻滾的構想都沒有關係。這個想法就是把《絕望生機》裡的角色放進《調節者》（The Regulators）中。在某些案例裡，我想他們可以由同樣的人來飾演，其他狀況可以調整，不管怎樣，他們可以做同樣的事情，有同樣的反應，因為不同的故事會走出不同行為的道路。我覺得這就像同一個劇團的人演出兩部不同戲碼一樣。

接著，我想到一個更令人興奮的想法。如果我可以用同一個劇團角色的概念說故事，那我也可以把同樣的概念運用在劇情上，我可以用全新的配置，堆疊《絕望生機》裡的元素，打造出一個類似鏡像世界的空間。我在還沒動筆前，就想像得到很多評論家會說這種鏡像孿生的故事是在炫技……他們說的也沒錯啦。不過，我覺得這種炫技也炫得挺不錯的。甚至可以說是閃亮的炫技，可以呈現出故事的陽剛性與多元性，充滿無限的可能，可以用幾個基本元素玩出沒有盡頭的各種變化，多令人愉快啊，是這惡搞的高招。

但這兩本書不能看起來一模一樣，它們本來就不同，如同愛德華．艾比（Edward Albee）與威廉．英奇（William Inge）的劇作本質就不同，就算同一組演員接連演出也是不一樣的。我該怎麼打造出不一樣的聲音呢？

一開始我覺得我辦不到，最好還是把這個想法塞到我腦袋裡的魯比．高登伯（Rube

Goldberg）垃圾桶裡，這個垃圾桶寫著：「有趣但行不通的新鮮玩意兒」。結果，我忽然想到，我一直都曉得答案是什麼——《調節者》可以給理查．巴克曼寫啊。他的聲音在表層聽起來跟我一模一樣，但底層卻是一整個不同的世界，這麼說好了，就是晴天與雨天的不同。他看人的角度跟我就是不一樣，比較好笑，也比較冷血（《道路工程》〔Roadwork〕裡的巴特．唐斯，他是早期巴克曼小說裡我最喜歡的角色，他就是絕佳範例）。

當然，巴克曼死了，我親自宣布他的死訊，但死亡對小說家來說只是不怎麼重要的小問題，問問保羅．謝頓，為了安妮．威克斯，他讓苦兒．雀斯汀起死回生，或是亞瑟．柯南．道爾，在福爾摩斯墜下萊辛巴赫瀑布後，還是讓他復活，因為大英帝國的讀者群起抗議。總之呢，我並沒有讓理查．巴克曼起死回生，我只是想像在他家地下室有一個不起眼的箱子，裡頭有一些手稿，《調節者》就在最上面。然後我只是將巴克曼已經寫好的故事謄了一遍。

謄寫的過程有點吃力……但也非常振奮人心。再次聽到巴克曼的聲音實在太棒了，而我所期待的狀況確實發生了——這本書的確跟我以自己名字寫的書成了孿生兄弟（這兩本書真的是接續產出的，史蒂芬．金的這本寫完，隔天就開始寫巴克曼那本）。這兩本書就跟史蒂芬．金與理查．巴克曼一樣，《絕望生機》是在講上帝，《調節者》在講電視。我猜這兩本書都是在說更高層的力量，雖然是完全不同的力量，但本質上是同一種東西。

成為理查．巴克曼的重要性在於找到一個好聲音，以及稍微與我自己有點不同的可靠觀點。不可能完全不一樣，我還沒有思覺失調到那麼嚴重，相信我跟他完全不同。不過，我相信我們可以採取某些技巧，改變我們的觀點與感知，也就是就由穿上不同的衣服、做出不同的髮型，以不同的目光看待自己，這種技巧非常好用，可以讓我們更新生活、觀察生命、創造藝術的老舊策略。上述這些見解的本意不是在暗示我把巴克曼小說寫得多棒，它們顯然不是為了爭論藝術價值而存在。我太喜歡寫作這件事，如果能力所及，我不希望自己的寫作毫無新意。巴克曼是我試過其中一個讓寫作變新鮮的方法，不會安逸到臃腫起來。

我希望這些早期的故事展現了巴克曼人格的進程，我希望這些故事也表現出這個人格的精髓特質。色調陰暗，就算在笑，也很絕望（事實上，他笑的時候特別絕望），就算理查・巴克曼還健在，我也不想一直與之共處……但能夠有這個選項總是不錯的，這個看待世界的窗口，也許有點極端。不過，當讀者讀這些故事的時候，他們還是能夠發覺理查・巴克曼與賽德・貝蒙特的另一個人格喬治・史塔克有一個共通點，那就是，這傢伙不是什麼好傢伙。

真不曉得新罕布夏農舍的地窖裡，巴克曼太太會不會在那個箱子裡又找到什麼好手稿，或快寫完的東西。有時我真的很好奇。

史蒂芬・金
緬因州洛弗爾
一九九六年四月十六日

本書獻給吉姆·畢夏、伯特·哈倫及泰德·荷姆斯。[1]

1. 譯註：這三位都是史蒂芬·金就讀緬因大學時，對他影響深遠的老師。

「對我而言，宇宙是生命、意義、意志的真空，甚至連敵意也是真空的，宇宙只是一枚巨大、致命、無法測量的蒸汽引擎，帶著死寂的冷漠，不斷滾滾逼近，輾斷我的四肢。噢，浩瀚、陰鬱、荒涼的髑髏地，死亡的磨坊！為什麼活人要將孤苦伶仃的意識驅趕至此？若無惡魔，又為何如此？除非惡魔乃是你的上帝？」

——**湯瑪斯．卡萊爾**

「我建議每位美國人都要盡量走路，這樣比較健康，也有意思。」

——**美國總統約翰．甘迺迪（一九六二年）**

「幫浦不動，因為搞破壞的傢伙拆了把手。」

——**《地下鄉愁藍調》，巴布．狄倫**

第一部

出發

第一章

「說出通關密語就能贏得一百美金。
「喬治，第一位參賽者是誰？
「喬治……？你還在嗎？喬治？」

——益智節目《賭上你的命》主持人格魯喬．馬克思

那天早上，老舊藍色福特開進戒備森嚴的停車場，車子看來就像一條方才奮力奔跑的疲憊小狗。一名哨兵要求看藍色塑膠身分識別證，這位年輕人面無表情，身穿卡其色制服，身上還有一條斜跨胸膛的山姆．布朗皮帶。後座的男孩將身分證交給他母親，母親將卡片遞給哨兵。哨兵帶著卡片走向電腦終端機，這台機器在這帶有鄉村氣息的寧靜之中看起來格格不入，非常奇怪。機器吞了他的卡，螢幕上出現以下訊息：

雷蒙．戴維斯．蓋瑞提
緬因州保爾納一路
安德羅斯科金郡

身分證字號四九—八〇一—八九

通過—通過—通過

哨兵敲下一個按鈕，一切消失，終端機螢幕又恢復光滑的綠色空白。他揮手要他們前進。

「他們不會退還身分證嗎？」蓋瑞提太太問：「他們不會……」

「媽，不會。」蓋瑞提耐著性子說。

「哎，我不喜歡這樣。」她一邊說，一邊把車開進空位。自從凌晨兩點摸黑出門後，她就一直講這句話。事實上，她一路哀哀叫。

「別操心。」他說，但他沒有留意自己講的話。他分神觀望，把一部分注意力擺在自己不解的期待與恐懼上。汽車引擎還沒喘完最後一聲哮喘般地氣若游絲，他就跳下了車，他是站在早上八點料峭春日裡的高壯男孩，披著褪色的軍用制服外套。

他母親也很高，但太瘦了。她的胸部幾乎不存在，只是象徵性的微小突起。她目光閃爍，毫無把握，好像嚇到了。她有一張病人般憔悴的臉。她鐵紅色的頭髮在繁複的髮夾下已經亂了，這些夾子應該要把頭髮固定住才對。她的洋裝鬆垮垮地掛在身上，彷彿她最近才大減重一樣。

「小雷。」她壓低聲音，用密謀什麼事情的口氣說話，而他愈來愈討厭這種講話方式。「小雷，聽著……」

他低頭，假裝在拉襯衫。一名哨兵正在吃罐頭裡的C型口糧，讀漫畫書。蓋瑞提看著哨兵讀書、進食第一萬次後得出一個結論：這是真的。至少從現在起，想法開始沉重了起來。

「現在還有時間回心轉……」

恐懼與期待達到巔峰。

「不，沒時間了。」他說：「棄權日是昨天。」

還是他討厭的低聲密謀口氣：「他們會理解的，我知道他們會理解。少校……」

「少校會……」蓋瑞提說著，然後看到母親面露難色。「媽，妳知道少校會怎樣的。」

另一輛車也完成入口閘門的小儀式，停進來了。一個深髮色的男孩下車，他的父母跟著下來，三人站在一起交談，彷彿憂心忡忡的棒球選手。他跟其他男孩一樣，都背著看起來不重的後背包。蓋瑞提心想，自己沒有背，是不是有點蠢？

「你不會改變主意了嗎？」

這是內疚感，戴上焦慮面具的內疚感。雖然雷蒙．蓋瑞提才十六歲，但他對內疚感已經略有了解。她覺得自己太久沒喝酒，太疲憊，也許也受夠了昔日的哀傷，才沒能在兒子的瘋狂萌芽階段就幫他打住，沒能搶在沉重的國家機器及其穿著卡其制服的哨兵及電腦終端機接掌之前打住，結果每天他就愈來愈接近這個不理智的自己，到了昨天，瘋狂的鍋蓋終於「鏘」地一聲掀開。

他一手擺在母親肩上，說：「媽，這是我的決定，我知道妳不是這麼想。我……」他環視四周，完全沒有人注意到他們。「我愛妳，但不管怎麼說，這樣最好。」

「不，才不是。」她的淚水已經在眼眶裡打轉。「小雷，才不是，如果你爸在場，他肯定會阻……」

「他不在，對吧？」他很兇，想要躲開她的淚水……如果他們不得不把她拖走？這種事他時有所聞。想到這裡，他覺得好冷，於是他用比較溫柔的口氣說：「媽，放手了，好嗎？」他擠出微笑，自己替她回答：「好囉。」

她的臉頰微微顫抖，但她點點頭。不好，但來不及了，已經沒有任何挽回的餘地。

微風吹過松樹，天空一片湛藍。道路就在眼前，一根簡單的石柱標出美國與加拿大的邊界。忽然間，他的期待壓過恐懼，他想上路，他想出發。

「我做了這個，你可以帶著，對嗎？不會太重吧？」她塞了一團鋁箔紙包著的餅乾給他。

「可以。」他接下餅乾，尷尬地拉著她，想要提供她所需要的慰藉。他吻了吻她的臉頰，他感覺她的皮膚好像放久的絲綢。他自己一度都想哭，但他想到少校那張微笑、翹著鬍子的臉，他退開，將餅乾塞進軍用外套的口袋裡。

「媽，再見。」

「再見，小雷，乖乖的。」

她站在原地好一會兒，他覺得她很輕，彷彿今早拂起的微風就能把她當成蒲公英種子，吹去遠方。蓋瑞提站在原地，她伸手揮了揮，淚水已經潰堤。他看到了，他也揮手，然後她把車開走，他就站在原地，雙手擺在身旁，曉得自己看起來一定非常優秀、勇敢、孤單。不過，當車開回閘門的時候，荒涼感襲上心頭，他又成了單獨身在異地的十六歲男孩。

他轉身面向道路。另一個男孩，深色頭髮那個，他看著父母把車開走。他一側臉頰上有一道看起來很可怕的疤。蓋瑞提走過去，向他打招呼。

深髮色的男孩看了他一眼，說：「嗨。」

「我是小雷，雷蒙．蓋瑞提。」他說道，覺得自己有點混蛋。

「我是彼得．麥克菲。」

「你準備好了嗎？」蓋瑞提問。

麥克菲聳聳肩。「我覺得心裡七上八下的，這樣最糟。」

蓋瑞提點點頭。

他們走向道路跟石柱標記。在他們身後又有車子開進來，一個女人忽然尖叫。蓋瑞提與麥克菲無意識地靠攏身軀，他們都沒有回頭。他們前方是一條黑色的寬闊道路。

「不到中午，合成路面就會變燙。我要沿著路肩走。」麥克菲忽然提起這件事。

蓋瑞提點點頭。麥克菲仔細看著他。

「你多重？」

「七十二公斤。」

「我七十五。他們都說胖子很快就累了，但我覺得我體格還不錯。」

對蓋瑞提來說，彼得．麥克菲看起來不只是不錯，他看起來非常健美。他在想，說胖子容易累的「他們」到底是誰？他差點就問出口了，但還是打住。大競走就是靠著偽經、傳說與護身符而存在的東西。

麥克菲坐在樹蔭下的兩個男孩身旁，過了一會兒，蓋瑞提也坐下。麥克菲似乎完全沒有注意到他。蓋瑞提看看手錶，八點零五分，還有五十五分鐘。不耐與期待又回來了，他盡力壓抑，告訴自己，能坐的時候盡量坐。

所有的男孩都坐著，成群結隊或自己坐著，一個男孩爬上了俯瞰道路的低矮松樹樹幹，吃起看似果醬三明治的東西。他很瘦，一頭金髮，身穿紫色長褲、藍色工作襯衫，外頭套著領口有一道拉鍊的綠色老舊毛線衣，兩邊手肘還有破洞。蓋瑞提心想，瘦子真的能夠撐最久嗎？還是一下就沒力了？

坐在他跟麥克菲旁邊的兩個男孩交談起來。

「我可不急。」一人說：「我急什麼？如果我得到警告，那又如何？你能調適的，就這樣。適應就是這裡的關鍵字，記住你一開始是聽誰說的。」

他轉頭，看到蓋瑞提跟麥克菲。

「待宰羔羊陸續進場。在下漢克．歐爾森，走路是我的強項。」他講話時臉上毫無笑容。

蓋瑞提自我介紹，麥克菲心不在焉地說了自己的名字，目光還放在道路上。

「我是亞瑟．貝克。」另一人低聲地說。他講話帶有些許南方口音。四人互相握手。

一陣靜默後，麥克菲說：「有點可怕，對吧？」

大家都點點頭，漢克．歐爾森只有聳肩笑笑。蓋瑞提看著松樹上的男孩吃完三明治，將包裝的蠟紙揉成一團，扔向路肩。蓋瑞提想通了，這男孩很快就會沒力。這樣他才釋懷一點。

「有看到石柱右邊的地方嗎？」歐爾森忽然開口。

大家看過去。微風似乎把道路上的陰影吹動了。蓋瑞提不曉得他到底看到什麼。

「那是去年大競走留下來的。」歐爾森猙獰又得意地說：「小鬼太害怕了，九點一到他就僵在原地。」

大家不發一語，驚恐地想著這個畫面。

「動都動不了。他立刻收到三次警告，九點零二分，他就得到他的罰單，就在起點上。」

蓋瑞提不知道他的腿會不會僵住。他不覺得，但這種事也是要到上了場才會知道，想想實在很可怕。他懷疑漢克·歐爾森為什麼要提這麼恐怖的事情。

忽然間，亞瑟·貝克坐直身子，說：「他來了。」

灰褐色的吉普車開到石柱旁邊停下，接著是一輛速度很慢的古怪履帶交通工具，這輛半履帶戰車前後都有縮小版的雷達圓盤。兩名軍人爬到上面的層板，蓋瑞提看著他們，覺得腹部一陣涼。他們手持軍用的大口徑卡賓步槍。

一些男孩起身，蓋瑞提沒有，歐爾森、貝克也沒有動作。麥克菲看了一眼之後，似乎又回到自己的思緒之中，松樹上的纖瘦男孩則無所事事地盪著腿。

少校走下吉普車。他是一個高大英挺的男人，曬得黝黑的膚色與簡單的卡其色軍服相襯得宜。他跨胸的山姆·布朗皮帶上有一把手槍，臉上戴著鏡面太陽眼睛。據說少校的眼睛對光非常敏感，只要在公開場合，他一定會戴墨鏡。

「孩子們，坐吧。」他說：「記住注意事項第十三點。」注意事項第十三點是「盡可能保持體力」。

原本站著的男孩都坐下了。蓋瑞提又望向手錶，八點十六分，他覺得錶快了一分鐘。少校總會準時出現。他在心裡記著要調慢一分鐘，然後他就忘了。

「我不會發表長篇大論的演說。」少校用遮住雙眼的反光鏡面掃視他們。「我要恭賀各位之中的贏家，也認可失敗者的勇氣。」

他轉身面向吉普車後座，活生生的寧靜蟄伏於此。蓋瑞提深深吸起春天的空氣，天氣應該挺溫暖的，是適合走路的好日子。

少校轉回來，手裡拿著一個寫字板，他說：「叫到你的名字，請過來領取號碼，然後回到原位，直到開始。請機靈點。」

「各位現在從軍囉。」歐爾森壓低聲音笑笑著說，但蓋瑞提沒搭理他。看到少校就會忍不住讓人想要欣賞他。早在蓋瑞提的父親被特別小組帶走前，他都說，任何國家能夠製造出來最罕見、最危險的怪物就是少校，還說他是社會支持的反社會者。不過，蓋瑞提的父親倒是沒有親眼見過少校。

「亞倫森。」

矮胖、脖子上有曬傷的鄉村男孩笨拙上前，少校的存在顯然震懾到他，他拿了大大的塑膠一號號碼牌。他用壓力條把號碼牌黏在襯衫上，少校拍了他的背一下。

「亞伯拉罕。」

身穿牛仔褲跟T恤的高個紅髮男孩走上前去。他的外套綁在腰際，看起來很像學生，外套瘋狂地拍打著他的膝蓋。歐爾森暗笑起來。

「亞瑟・貝克。」

「這裡。」貝克爬起身來。他移動時帶著虛偽的輕鬆，讓蓋瑞提覺得緊張。貝克很棘手，貝克會撐很久。

貝克回來了。他把三號壓在襯衫右胸前。

「他跟你說了什麼？」蓋瑞提問。

「他問我，我家那裡開始熱了沒。」貝克有點不好意思地說：「對，他……少校跟我講話了。」

「肯定不會像這裡接下來這麼熱。」歐爾森說。

「詹姆斯・貝克。」少校說。

點名一直點到八點四十分才結束，沒有人臨陣脫逃。停車場那邊傳來引擎發動的聲音，好幾輛車開了出去，候補備選名單上的男孩現在可以回家，看電視上大競走的報導了。蓋瑞提心想：開始了，真的開始了。

輪到蓋瑞提的時候，少校給了他四十七號，還說了聲「祝你好運」。距離這麼近，蓋瑞提聞到非常男性的氣味，覺得有點難以忍受，而且他忍不住想要碰觸男人的腿，確保少校是真的。

彼得．麥克菲，六十一號。漢克．歐爾森，七十號，他跟少校相處的時間超過其他人。歐爾森說了什麼，而少校大笑起來，還拍拍他的背。歐爾森回來時說：「我叫他不用指望後面的人了。而他說，給他們好看，還說他就喜歡看到有精神的人。他說『孩子，給他們好看』。」

「真是好棒棒。」麥克菲說，然後向蓋瑞提使了一個眼色。蓋瑞提不懂麥克菲這樣使眼色是什麼意思，他是在取笑歐爾森嗎？

樹上瘦瘦的男孩名叫史戴本。他低頭拿取號碼，完全沒有跟少校交談，然後坐回樹下。不知怎麼著，蓋瑞提對這個男孩很好奇。

一百號是個紅髮男孩，臉上坑坑疤疤活像火山爆發。他叫做札克。他領了號碼牌，大家都坐了下來，靜候接下來的指令。

接著，三名士兵從半履帶戰車上走下來，發起有開釦口袋的腰帶，口袋裡擺滿一條條高能量濃縮食物膠。又有士兵發放軍用水壺。大家扣上皮帶，掛起水壺。歐爾森把皮帶繫得低低的，彷彿他是槍客，他看到一條威法巧克力棒，連忙吃了起來，還笑著說：「不錯。」然後拿起水壺喝水，把巧克力沖刷下肚。蓋瑞提懷疑歐爾森是不是在裝腔作勢，還是他知道什麼蓋瑞提不明白的事情。

少校嚴肅地望著他們。蓋瑞提的手錶顯示八點五十六分，已經這麼晚了嗎？他的胃痛苦地絞了一下。

「好了，各位，請排成十個人一列的隊伍，順序不拘。想要的話，可以跟你的朋友排在一起。」

蓋瑞提起身。他覺得麻木、很不真實。他的身體彷彿不是他的。

「好了，咱們上場吧。」麥克菲朝身旁說：「祝大家好運。」

「祝你好運。」蓋瑞提有點意外。

麥克菲說：「我該去檢查一下腦袋。」他忽然看起來臉色慘白、冷汗直冒，完全沒有先前那麼壯碩健美了。他想微笑，卻笑不出來。他臉頰上的疤像一個偌大的標點符號。

史戴本慢慢走到十乘十隊伍的後方。歐爾森、貝克、麥克菲、蓋瑞提站在第三排。蓋瑞提口乾舌燥，他在想他是不是該喝點水，想想又作罷了。他這輩子沒有這麼注意過自己的雙腳，他懷疑他的雙腿會不會僵住，讓他在起點就得到罰單。他懷疑史戴本會不會一下就輸了，吃果醬三明治的史戴本，穿紫色褲子的史戴本。他懷疑他自己會不會一下就輸了。他懷疑，那樣的滋味……

他的手錶顯示八點五十九分。

少校端詳起一只不鏽鋼口袋精密懷錶。他緩緩舉起手指，一切統統凝滯在他的手上。一百名男孩專注地看著他的手，靜默沉重也巨大。靜默就是一切。

蓋瑞提的手錶顯示九點整，但靜止的手還沒有揮下。

快揮，他為什麼**不動作！**

蓋瑞提想尖叫問這個問題。

然後他想起自己的錶快了一分鐘，你可以用少校來對時，只不過他沒有，他忘了。

少校放下手指，說：「祝大家好運。」他臉上不帶表情，反光墨鏡遮住了他的雙眼。他們開始緩緩起步，沒有推擠碰撞。

蓋瑞提跟大家一起出發。他沒有僵在原地，沒有人僵在原地。他的雙腳跨過石柱標記，左側是麥克菲，右手邊是歐爾森，三人踢正步前進。腳步聲很大。

開始了，開始了，開始了。

他忽然發瘋似地想停下來，只是想看看他們是不是認真的。他憤恨地拋開這個念頭，還有一點畏懼。

他們從陰影中走到陽光下，溫暖的春日陽光。感覺不錯。蓋瑞提放輕鬆，雙手插在口袋裡，跟上麥克菲的腳步。人群逐漸散開，每個人都找到自己邁著步子的速度。半履帶戰車沿著黃土路肩鏗鏘前進，揚起微微飛塵。雷達圓盤忙碌地轉來轉去，精細的車用電腦監控起每位參賽者的速度。最低限速是時速四英里[2]。

「八十八號，警告！警告！」

蓋瑞提轉頭張望。那是史戴本，他是八十八號。蓋瑞提忽然確信史戴本會在這裡得到他的罰

2. 譯註：約時速六點四四公里。為求數字簡潔，全書譯文距離單位依照原文書使用英制，一英里等於一點六〇九公里。

單，就在還看得到起點石柱的地方。

「真聰明。」歐爾森說。

「怎樣？」蓋瑞提問。他必須很有意識才能移動他的舌頭。

「這傢伙趁他還有體力的時候得到警告，這樣他就能體會限速在哪裡。他可以輕易擺脫這次警告，只要一個小時內沒有得到二度警告，第一次警告就撤銷了。這你知道的。」

「我當然知道。」蓋瑞提說。規則手冊裡有寫。你會得到三次警告，第四次只要速度低於時速四英里……哎啊，你就從大競走出局了。不錯，如果你得到三次警告，又安然走完三個小時，你還是能重返陽光下。

「他現在就知道了。」歐爾森說：「到了十點零二分，他的紀錄就會歸零。」

蓋瑞提走得很快，他感覺很好。他們走上斜坡，然後往下走進長長的松樹峽谷，終於看不見起點石柱了。偶爾會出現剛剛翻土的方形田地。

「他們說這是馬鈴薯。」麥克菲說。

「全世界最棒的馬鈴薯。」蓋瑞提下意識地說。

「你來自緬因州？」貝克問。

「對，南部。」他望向前方。幾個男孩已經脫離主要人群，時速可能達到六英里。其中兩個男孩穿著一樣的皮外套，背上看起來有類似老鷹的圖案。加速是一種誘惑，但蓋瑞提不肯加快腳步。「盡可能保持體力」──注意事項第十三點。

「道路會接近你老家嗎？」麥克菲問。

「我猜我媽跟我女朋友會來七英里左右的路邊看我。」他停頓一下，又謹慎加上一句，「當然啦，如果那時我還在走的話啦。」

「見鬼，等我們到南部的時候，大概就剩不到二十五人囉。」歐爾森說。

這話引發一陣靜默。蓋瑞提曉得事情不會這樣，他覺得歐爾森也很清楚。

又有另外兩個男孩遭到警告，雖然歐爾森剛剛說這是在測試限速，但每次有人遭到警告，蓋瑞提的心就會糾結一下。他回頭察看史戴本，他依舊殿後，還吃起另一個果醬三明治。第三個三明治從他破舊的綠色毛衣口袋裡露出來。蓋瑞提心想，三明治是不是史戴本的媽媽做的？而他也想到來自媽媽的餅乾，還是她硬塞給他的，彷彿是要驅趕什麼惡靈一樣。

「為什麼大競走開始的時候沒有觀眾？」蓋瑞提問。

「這樣會讓『上路人』分心。」一個尖銳的聲音說。

蓋瑞提轉過頭，那是一個身材矮小、皮膚黝黑的男孩，看起來神色緊張，外套領子上別著五號。蓋瑞提想不起來男孩的名字，他說：「分心？」

「對。」男孩走到蓋瑞提身旁。「少校說過，在大競走一開始的時候，讓上路人專注在沉著之中相當重要。」他反射性地用拇指頂了頂尖尖的鼻子，那邊有顆明顯的紅色痘痘。「我同意，振奮士氣、觀眾群眾、電視攝影機，晚點再說吧。現在我們要做的就是專注。」他用彎彎的深咖啡雙眼緊盯蓋瑞提，又說了一遍：「專注。」

「我只想專注在一腳起、一腳落的動作上。」歐爾森說。

五號露出受到羞辱的神情。「你必須抓到自己的步調。你必須專注在自己身上。你必須有所『計畫』。對了，我是蓋瑞．巴克維奇，我家在華盛頓特區。」

「那我是強．卡特[3]。」歐爾森說：「我家是火星的霸爾森。」

巴克維奇不屑地撇嘴，晃到後面去了。

「我猜每個地方都有瘋子。」歐爾森說。

不過蓋瑞提覺得巴克維奇的想法很清晰，至少這五分鐘裡他是這麼想的，因為五分鐘後，軍人喊著：「警告！五號，警告！」

「我鞋子裡有石頭啦！」巴克維奇暴躁地說。

軍人沒有答腔，跳下半履帶戰車，站在巴克維奇對面的路肩上。他手持不鏽鋼金屬精密錶，跟少校的錶一模一樣。巴克維奇已經完全停下腳步，他脫下一隻鞋，將小石子從鞋子裡搖出。他深色、凝重的小麥色灰黃皮膚閃著汗水的光澤，他完全沒有注意到軍人又喊：「五號，第二次警告。」他反而理了理足弓部位的襪子。

「不妙。」歐爾森說。他們全都轉頭，開始望向後方，但身體往前走。

史戴本還在最後，他經過巴克維奇身邊時沒有注意他。現在巴克維奇落單了，他在白線稍微靠右的位置，正忙著把鞋帶綁回去。

「五號，第三次警告。最後一次警告。」

蓋瑞提肚子裡彷彿有個滿是黏液的黏球。他不想看，但他又無法別開目光。倒著走路不可能節約體力，但他也忍不住這樣走。他幾乎可以感覺到巴克維奇的生命正一分一秒化為虛無。

「噢，老天。」歐爾森說：「那個大白癡，他要領罰單了。」

不過，巴克維奇站起來了。他停下動作拍拍褲子膝蓋部位的路邊泥巴，然後小跑步起來，追上大夥兒，接著又恢復到步行的速度。他超越史戴本，史戴本依舊沒有望向他，五號追上了歐爾森。

他笑了笑，咖啡色的雙眼閃閃發亮。「看到沒？我剛爭取到一次休息。這一切都在我的『計畫』之中。」

「也許你是這麼想的。」歐爾森的聲音比平常還高一點。「但我看到的是你得到三次警告。為了你一分半的放屁休息，你現在得走上該死的**三—個—小—時**。而且你現在休息個屁，真他媽的，我們才剛開始而已！」

巴克維奇看起來顏面盡失。他看著歐爾森，目光灼灼。「你跟我，咱們就看看誰先領罰單。」他說：「這一切在我的『計畫』裡。」

「你的『計畫』跟從我屁眼裡拉出來的東西，長得還莫名真像。」歐爾森如是說，貝克輕笑了起來。

3. 譯註：這個角色出自美國通俗小說家艾德加・萊斯・伯勒斯一九一二年的作品《火星公主》。

巴克維奇不屑地哼了一聲，快步超越他們。

歐爾森實在抗拒不了分手時再喊一句：「夥伴，別絆腳了。他們不會再警告你囉，他們會直接……」

巴克維奇頭也不回地前進，歐爾森厭惡地放棄了。

在蓋瑞提的手錶走到九點十三分時（他終於費心將手錶調慢一分鐘了），少校的吉普車駛上他們剛剛出發的小丘。他在緩緩前進的半履帶戰車對面路肩經過他們身邊，面前是一個電池大聲公。

「各位男孩，我很榮幸宣布各位已經完成這趟旅途第一英里的路。我也要提醒各位，在過去的比賽裡，上路人全員在沒人出局的狀況下，走過的最長距離是七點七五英里。這是最遠的紀錄，希望你們能夠超越。」

吉普車噗噗作響地離開了。歐爾森顯然詫異地思考起這個消息，甚至還露出恐懼、讚嘆的神情。蓋瑞提心想：連八英里都不到。這個數字比他猜想的要少多了。他覺得至少要到快傍晚的時候才會有人領罰單，就連史戴本都能撐到那時候。不過，他又想到五號巴克維奇只要在下一個小時裡慢於規定的速度就會收罰單了。

「小雷？」開口的是亞瑟．貝克。他已經脫下外套，掛在手臂上。「你來參加大競走有沒有什麼特別的原因？」

蓋瑞提打開金屬水壺，快快吞了一口水。感覺冰涼，感覺美好。濕潤的水珠留在他的上唇，他舔了舔嘴。這種感覺再美好不過了。

「我其實不知道。」他說出真相。

「我也是。」貝克思索了一會兒，又說：「你有做過什麼壞事還是怎樣嗎？在學校？」

「沒有。」

「我也是，但我猜那不重要了，對不對？就現在來說已經不重要了。」

「對，在這一刻那些都不重要。」蓋瑞提說。

對話沉默下來。他們經過一個小村莊，這裡有雜貨店跟加油站。兩位老人坐在加油站外頭的摺疊草坪椅上，用老人那種眼皮半垂的陰險目光看著他們。雜貨店階梯上的年輕女人抱著她年幼的兒子，她讓孩子觀賽。還有另外兩個年紀比較大的孩子，蓋瑞提猜差不多十二歲吧，他們則用帶有憧憬嚮往的神情看著上路人。

有些男孩開始推測他們走了多遠，據說他們會出動第二輛測量速度的半履帶戰車來監控前面一半的男孩……現在已經看不見前面的人了。有人說他們的時速是七英里，有人說是十英里。有人用權威的口氣說，前面有人累了，得到兩次警告。蓋瑞提不懂，他們為什麼不能快點過去看看這個消息是不是真的。

歐爾森吃完他在邊界開始享用的威法巧克力棒，喝了一點水。其他人有些也開動了，但蓋瑞提決定等到他真的很餓的時候才吃。他聽說專注不錯，太空人上太空的時候就需要專注。

過了十點，他們經過一個招牌，上頭寫著「萊姆史東　十英里」。蓋瑞提想起唯一一次爸爸讓他觀賽的大競走。他們跑去自由港（Freeport），看著經過的參賽者。媽媽也一起去。觀眾歡呼、揮舞旗幟，呼喊他們最喜歡的參賽者，下注誰會贏，而上路人疲憊不堪，眼神空洞，對於這些景象都視而不見，似乎毫無察覺。蓋瑞提的父親後來告訴他，那天人群從班戈（Bangor）就開始集結。內陸地區的賽事沒有那麼有趣，而且馬路都有重重隔離管制，也許這樣參賽者才能保持沉著的心情，就跟巴克維奇說的一樣。不過，隨著時間過去，狀況當然會愈來愈好。

那年，上路人經過自由港的時候，他們已經走路超過七十二小時了。蓋瑞提當年十歲，覺得一切都很震撼。男孩距離鎮上還有五英里的時候，少校就先向圍觀群眾進行演說。他以比賽開頭，接著提到愛國情懷，最後以國民生產總值作為結尾，最後這項讓蓋瑞提笑了出來，因為「生產」二字對他來說像是某種噁心的過程，就跟乾掉的鼻屎一樣。他吃了六根熱狗，當他終於見到上路人的時候，他尿濕了褲子。

一個男孩尖叫不已，那是他最鮮明的印象。男孩每走一步，就尖聲地說：**我辦不到、我辦不到、我辦不到、我辦不到**。不過，他還是繼續前進。他們每個人都繼續走，很快地，最後一名選手也經過了一號國道上的服飾店，消失在大眾眼前。沒看到誰領罰單，蓋瑞提覺得有點失望。他們沒有看過第二場大競走。那天晚上，蓋瑞提聽到父親對著電話另一端的人大吼大叫，就跟他平常喝醉或在談政治的時候一樣，而母親的聲音出現在背景裡，她那像是在密謀什麼的低語懇求他住口，求求你在哪個人接起合線分機之前住口。

蓋瑞提又喝了一點水，不曉得巴克維奇撐過來了沒。

他們經過了更多房舍，家家戶戶坐在前院草坪上，面露微笑，揮手招呼，還喝著可口可樂。

「蓋瑞提。」麥克菲說：「哎啊啊，看看你得到什麼待遇。」

一個約莫十六歲的漂亮女孩，身穿白色罩衫、紅格過膝短褲，手裡拿著麥克筆寫的大大看板：「衝衝四十七號蓋瑞提。小雷我們愛你。緬因本地人。」

蓋瑞提感覺到內心暖洋洋的。他忽然發覺自己會贏得這場比賽。這位不知名的女孩證實了這點。

歐爾森發出鹹濕的口哨聲，開始用挺直的食指迅速進出摩擦他鬆鬆握起的拳頭。蓋瑞提覺得這動作看起來很噁心。

管他什麼注意事項第十三點。蓋瑞提跑到路邊，女孩看到他的號碼，尖叫起來。她撲上去，猛烈吻他。蓋瑞提大汗淋漓，忽然性慾高漲。他也用力回吻。女孩兩度將舌頭謹慎地探進他嘴裡。蓋瑞提沒意識到自己在做什麼，他一隻手擱在女孩的屁股上，輕輕捏了捏。

「警告！四十七號，警告！」

蓋瑞提向後退，面露微笑著說：「謝謝。」

「噢……噢……噢，**別客氣！**」她的雙眼閃閃發亮。

他想多說點什麼，但他看到軍人正要開口警告他第二次。他跑回原本的位置，有點氣喘吁吁，但臉上依舊掛著笑容。不過，他對違反注意事項第十三點還是有點內疚。

歐爾森也笑了。「為了那個，我可以得到三次警告。」

蓋瑞提沒有答腔，但他轉過身去，後退走路，順便跟女孩揮手。再也看不到女孩之後，他轉回去，開始認真前進。一個小時過去，他的警告就解除了。他必須小心不能再得一次警告，但他通體舒暢，覺得精神抖擻。他覺得自己可以一路走到佛羅里達。他開始加速。

「小雷。」麥克菲依舊掛著微笑。「急什麼？」

對啊，他說得沒錯。注意事項第六點：輕鬆愉快慢慢走到終點。「謝了。」

麥克菲還在笑。「別太感謝我，我來這裡也是為了要贏的。」

蓋瑞提窘迫地望著他。

「我是說，咱們別搞什麼劍客準則，人人為我，我為人人的。我喜歡你，顯然你很受漂亮女孩歡迎，但如果你跌倒，我可不會扶你起來。」

「是啊。」他也以微笑回應，但他的笑容顯得無力。

「話又說回來。」貝克慢條斯理，輕聲細語地說：「既然我們是在同一條船上，我們也許可以娛樂娛樂對方。」

麥克菲笑著說：「有何不可呢？」

他們走到上坡，節省力氣，專心走路。到了半山腰，蓋瑞提脫下外套，披在一邊肩膀上。不一會兒，他們經過某人扔在路邊的毛衣。蓋瑞提心想：到了晚上，這個人會希望他還擁有這件衣服。前方上坡路段，兩名領先的上路人已經開始放慢速度了。

蓋瑞提專注在一腳起、一腳落的動作上。他覺得很好，他覺得自己很強。

第二章

「愛倫，現在妳有錢了，妳可以留著這筆錢。不過，當然，妳可以用這筆錢交換簾幕後面的東西。」

——益智節目《做個交易吧》主持人蒙提·霍爾

「我是哈克尼斯，四十九號。你是四十七號，蓋瑞提，對嗎？」

蓋瑞提看著戴眼鏡、理平頭的哈克尼斯，這人滿臉通紅，汗水直流。「對。」

哈克尼斯有一本筆記本，他寫下蓋瑞提的名字與號碼。他一邊走路一邊寫，搖搖晃晃的，字也歪歪扭扭的。他撞到一個名叫柯利·帕克的人，對方叫他走路他媽的看路。蓋瑞提壓抑住笑容。

「我要記下所有人的名字跟編號。」哈克尼斯說。他抬頭的時候，十點多的陽光照在他的眼鏡鏡片上，蓋瑞提必須瞇起眼睛才能看著他的臉。十點半，他們距離萊姆史東還有八英里，再走一點七五英里就能打破過往大競走上路人全員無人出局的紀錄。

「我猜你好奇我為什麼要記下所有人的名字跟編號。」哈克尼斯說。

「你是特別小組的人。」歐爾森扭了扭肩膀。

「不，我要寫書。」哈克尼斯歡快地說：「這一切結束的時候，我要寫書。」

蓋瑞提笑了笑，「你是說，『如果』你贏了，你會寫一本書。」

哈克尼斯聳聳肩，「對，我想是這樣沒錯，但你聽聽，大競走圈內人寫的內部觀點，一定可以讓我變成有錢人。」

麥克菲大笑出聲，「如果你贏了，你根本不需要寫書來變有錢，對嗎？」

哈克尼斯皺起眉頭，「呃……我猜是不用，但我想這本書還是會很有意思吧。」

他們繼續前進，哈克尼斯還在記錄人名與編號。多數人都樂意提供，還開起他那本曠世鉅作的玩笑。

現在他們走了六英里。消息傳來，他們要是打破紀錄一定臉上有光。蓋瑞提短暫思索起他們為什麼非得打破紀錄不可。比賽進行得愈快，剩餘參賽者成功的機率就愈大。他猜這應該事關尊嚴。也有風聲傳來，氣象預告說下午會有雷雨，蓋瑞提猜某人應該有台行動式收音機。如果這個消息是真的，那可就糟了，因為五月初的雷雨一點也不溫暖。

他們持續前進。

麥克菲走得很穩健，抬頭挺胸，雙手微微擺動。他原本想走路肩，但跟那邊的鬆土抗戰讓他最終放棄了。他還沒有得到警告，就算背包讓他覺得不舒服或摩擦到皮膚，他也沒有顯露出來。他的目光總是俯尋著地平線。他們經過一小群民眾，他揮揮手，露出那個扁薄嘴唇的微笑，看起來一點倦意也沒有。

貝克走在一旁，沒人注意的時候，他就會以有點像是彎著膝蓋滑行的姿勢前進。他傻傻揮著外套，對前方的人微笑，時不時用口哨吹起某段歌曲。蓋瑞提覺得他看起來似乎可以永遠走下去。

歐爾森沒有繼續講話，他只偶爾會迅速扭扭膝蓋。每一次，蓋瑞提都聽到歐爾森的關節發出喀啦喀啦聲，蓋瑞提心想：歐爾森的身子僵硬了點，開始展現出走了六英里的樣子。蓋瑞提判斷他水壺裡的水可能快喝光了，要不了多久，歐爾森就會想尿尿了。

巴克維奇以同樣歪歪扭扭的腳步追上，一下走在大部分人前面，彷彿是要追趕前鋒的上路人，但一下又放慢速度，跟史戴本一樣拖拖拉拉殿後。他的三支警告已經消除一支，但五分鐘後又恢復三支警告的狀態。蓋瑞提心想：他一定很喜歡站在虛無邊緣的感覺。

史戴本持續自己一個人前進。蓋瑞提沒看到他跟任何人交談，他在想史戴本會不會寂寞、會不會累？他還是覺得史戴本會早早出局，可能是第一個出局的，但他不懂自己為什麼會這麼想。史戴本脫下綠色老舊毛衣，用手拿著他最後一個果醬三明治。他沒有望向任何人，他的臉就是一張面具。

他們持續前進。

道路來到交叉口，上路人經過時，警方控管交通。他們向每位上路人行禮，兩個參賽男孩因為不會受到任何責罰，用拇指擺在鼻子上，對警察做鬼臉。蓋瑞提不贊同這樣的行為。他對警察微笑點頭，心想警察會不會覺得他們全都瘋了。

車子鳴起喇叭，一個女人喚著她的兒子。她把車子停在路邊，顯然是想要確定她的兒子還在比賽裡。

「波西！波西！」

波西是三十一號，他有點臉紅，只微微揮手，然後稍微低頭快步前進。女人想要闖進馬路，半履帶戰車上的軍人立刻緊繃起來，但一名警察拉住她的手臂，溫柔地限制住她的行動。然後馬路蜿蜒，再也看不到十字路口。

他們穿過一條木板橋，底下的小溪潺潺流過。蓋瑞提走著走著靠向圍欄，他俯瞰，看到的一度是自己扭曲的倒影。

他們經過一個告示牌，上頭寫著「萊姆史東 七英里」，下方有風吹動著飄揚的旗幟，上面寫著「萊姆史東非常榮幸歡迎大競走上路人」。蓋瑞提盤算起來，他們應該再繼續走不到一英里就能打破紀錄了。

然後消息傳回來，這次在說一個名叫克里的男孩，他七號。克里抽筋了，剛得到第一支警告。蓋瑞提稍微加快腳步，追上麥克菲跟歐爾森，問起：「他在哪？」

歐爾森用拇指比了比一名瘦長纖細、穿著藍色牛仔褲的男孩。克里想要留鬢角，卻沒有成功。他瘦長殷切的臉現在多了幾道異常專注的線條，他盯著自己的右腿，他撐著那條腿，但力不從心，這從他臉上就看得出來。

「警告！七號，警告！」

克里開始逼迫自己走快一點，他有些上氣不接下氣。蓋瑞提心想：他喘是因為恐懼，他喘也是因為費力。蓋瑞提沒有注意時間的流逝，眼下除了克里，他什麼都忘了。他看著男孩掙扎，有點麻木地發現，也許一個小時或是一天之後，他自己也會如此掙扎。

他從來沒有見過這麼迷人的景象。

克里慢慢落後，其他幾人陸續得到警告之後，大家才發現他們是入迷地配合克里的速度。這意味著克里距離出局不遠了。

「警告！七號，警告！七號，第三次警告！」

「我抽筋了！」克里嘶啞大喊：「我抽筋了！這樣不公平！」

他已經快走到蓋瑞提旁邊了。蓋瑞提看到克里的喉結上下移動，他瘋狂按摩自己的腿。蓋瑞提可以聞到從克里身上散發出來的驚慌氣味，彷彿是現切的過熟檸檬。

蓋瑞提開始遠離他，接著，克里驚呼：「感謝老天！不抽筋了！」

大家沒有說話。蓋瑞提感到一絲怨懟的失望，他覺得自己這樣很糟糕，竟這樣沒有運動家精神，但他想確定有人會在他之前得到罰單。誰想當第一個下台一鞠躬的人啦？

蓋瑞提望向手錶，現在是十一點五分。他用兩個小時乘以時速四英里，猜想這大概意味著他們已經打破紀錄了。他們很快就會抵達萊姆史東。他看到歐爾森輪流壓扭膝蓋，然後同樣的動作又做了第二遍。蓋瑞提出於好奇也跟著這樣做，他的膝蓋關節發出誇張的喀啦聲，他詫異地發現自己的膝蓋居然這麼僵硬。不過呢，他的腳一點也不痛，這可是很了不起的事。

他們經過停在小條泥巴支線道路前方的一台牛奶卡車。牛奶工坐在車頭，歡快地揮起手，說：「各位男孩，衝衝衝！」

蓋瑞提忽然一陣怒火襲來，想要大吼：**你為什麼不移動你那肥屁股，跟我們一起衝？**但牛奶工早就超過十八歲了。事實上，他看起來已經三十好幾，是個老人。

「好的，各位，休息一下。」歐爾森忽然竊笑起來，然後大笑。

看不見牛奶車了。又是十字路口，這邊有更多警察與群眾按響喇叭、揮手致意，還有人扔彩紙碎片。蓋瑞提開始覺得自己是個大人物，畢竟他是「緬因本地人」。

忽然間，克里尖叫起來。蓋瑞提轉頭去看，克里彎腰扶著自己的大腿尖叫起來。不過呢，他居然還能繼續前進，真是神奇，但他的速度很慢，實在是太慢了。

此時，一切動作都變遲緩了，彷彿是要配合克里的走路速度一樣。站在緩緩前進的半履帶戰車上的軍人舉起步槍，群眾見了倒抽一口氣，彷彿他們不曉得事情會這樣發展，上路人也倒抽一口氣，彷彿他們不曉得事情會這樣發展，蓋瑞提與他們一起倒抽一口氣，但他當然很清楚規則就是這樣，每個人當然都清楚得很，就是這麼簡單，克里要領罰單了。

槍枝保險拉開，克里四周的男孩如同鵪鶉一樣四散。陽光燦爛的路上，他忽然形單影隻。

「這不公平！」他高聲尖叫：「這真的不**公平**！」

參賽的男孩走進樹蔭暗處，有人回頭，有人直直望著前方，不敢看過去。蓋瑞提回頭了，他必須看。零星的揮手群眾安靜下來，彷彿有人把他們關掉了。

「這不……」

四把卡賓槍開槍，槍聲震耳欲聾。槍聲如同保齡球，一路滾出去，打到山坡，然後彈回來。

克里那消瘦、長瘡的腦袋消失了，成了一團打爛的鮮血與腦漿，還有噴飛的頭殼碎片。他的其他部位如同一袋郵件，向前撒落在地上的白線上。

現在剩下九十九人了，蓋瑞提一邊想，一邊覺得噁心。如果一只酒瓶掉了下來，牆上還有九十九個啤酒瓶……噢，天啊……噢，老天啊……

史戴本跨過屍體，地上的鮮血讓他一腳稍微打滑，但他之後的腳步都只有單隻血腳印，彷彿是《正牌偵探》雜誌上會出現的照片。史戴本沒有低頭看剩下的克里，他的神情沒有變化。蓋瑞提心想：史戴本，你這混蛋，你難道不知道，你才該第一個領罰單嗎？然後蓋瑞提把頭別開，他不希望自己反胃，他不想吐。

福斯廂型麵包車旁邊的女人用雙手摀住臉，她的喉嚨發出詭異的聲音。蓋瑞提可以從她的裙襬看到她的內褲，她那藍色的內褲。令人費解的是，他發現他的性慾又高漲了起來。胖胖的禿頭男子盯著克里，手不斷搓揉耳朵邊上的一顆疣。他舔舔自己肥厚的嘴唇，然後繼續看，繼續搓他的疣。蓋瑞提經過他面前時，他的目光依舊沒有移開。

大夥兒繼續前進。蓋瑞提發現自己又與歐爾森、貝克、麥克菲走在一起了，他們幾乎是為了想要尋求庇護而走在一起。大家現在都直盯著前方，臉上刻意一點表情也沒有。卡賓槍的槍聲似乎還迴盪在空中，蓋瑞提不斷想起史戴本那隻網球鞋所留下的血印。他在想史戴本的鞋底是否還到處留下紅色的印記？他差點就轉頭去看，然後又告訴自己別傻了。不過，他還是忍不住好奇。他好奇克里痛不痛？他好奇氣端子彈打中克里的時候，他有沒有感覺？或是，他這一秒還活著，下一秒就死了？

但中槍當然會痛，最糟糕的是一開始就痛，一路打穿進去，你知道你將不復存在，而宇宙還會持續運轉，不受傷害、不受阻礙。

消息傳回來，他們在克里領罰單前已經走到快九英里了。少校說他非常開心。蓋瑞提心想：怎麼會有人曉得少校到底在哪裡？

他忽然轉頭，想知道克里的屍體會怎麼處理，但他們已經轉彎，看不見克里了。

「你背包裡有什麼？」貝克忽然問麥克菲。他只是努力想找話講，但他的聲音又尖又細，差不多像是拉著嗓子講話。

「乾淨的襯衫。」麥克菲說：「還有一些生漢堡排。」

「生漢堡排……」歐爾森做出反胃的臉。

「生漢堡排可以提供優質的快速能量。」麥克菲說。

「你瘋了。你會吐得亂七八糟。」

麥克菲只是笑笑。

蓋瑞提有點希望他帶了生漢堡排。什麼優質的快速能量他不懂，但他喜歡生漢堡排，勝過巧克力棒跟濃縮食物。他忽然想起他的餅乾，但在克里事件之後，他沒有感覺非常餓。在克里事件之後，他真的還會考慮吃生漢堡排嗎？

風聲傳來，一名上路人得到罰單的消息傳到觀眾耳裡，但不知道為什麼，他們歡呼得更大聲，淺淺的掌聲如同爆米花般慢慢拍起。蓋瑞提心想：在大庭廣眾之下遭到射殺會不會很丟臉？是說到那個時候，你大概也不會太在意。克里顯然看起來不在乎丟不丟臉了。不過你會失禁，這樣很不妙，但蓋瑞提決定不要繼續糾結這個問題。

他手錶的指針穩穩地站在正午。他們跨過乾涸高聳峽谷上方的生鏽鐵橋，另一端是一個告示牌，上頭寫著：「即將進入萊姆史東市，大競走上路人，歡迎！」

幾個男孩歡呼起來，但蓋瑞提只想省點力氣。

道路變寬了，上路人舒適地分散開來，大夥兒的距離拉開了點。畢竟克里已經是三英里前的事了。

蓋瑞提拿出餅乾，手中把玩了一下鋁箔包裝。他想家，想起他媽，然後把這種感覺拋去一邊。他在自由港就可以見到媽媽跟小珍了，這是一個承諾。他吃起餅乾，感覺稍微好一點了。

「你知道嗎？」麥克菲說。

蓋瑞提搖搖頭。他拿起水壺喝了點水，然後對著坐在路邊的兩位老人揮手，他們拿著用紙箱做的小小「蓋瑞提」字牌。

「如果我贏了，我完全不曉得我要什麼。」麥克菲說：「我沒有真的需要什麼東西。我是說，我老家沒有重病的老母，爸爸也沒有洗腎什麼的。我甚至沒有跟白血病搏鬥的弟弟。」他大笑起來，解開他的水壺。

「你很有重點。」蓋瑞提同意。

「你是說，我**沒有**重點吧。這一切都沒有重點，沒有意義。」

「你不是真心這麼說的。」蓋瑞提很有信心地說：「如果從頭讓你選擇……」

「對啦、對啦，我還是會參加，但……」

「嘿！」他們前方的男孩皮爾森指著前方說：「人行道！」

他們終於來到市界，漂亮的房子不在路邊，而是從地勢較高的綠色草坪制高點俯瞰他們。草坪上站滿了人，大家揮手歡呼。蓋瑞提看來，他們大多坐著，坐在地上，跟加油站的老人一樣坐在草坪椅上，坐在野餐桌桌面，甚至有人坐在鞦韆及陽台高背長椅上。他感覺到一絲羡慕的憤怒。揮斷你們的爛手吧！如果我也揮手，我就該死。注意事項第十三點：盡可能保持體力。

不過，他最後覺得這樣很蠢，群眾可能會覺得他很自大，畢竟他是「緬因本地人」。他決定只跟拿著「蓋瑞提」字牌的人揮手，還有每一位漂亮的女孩。

穩定經過旁邊的街道及十字路口，梧桐街、克拉克大道、交易街、杜松巷。他們經過窗戶上有奈拉甘瑟啤酒廠標誌的街角雜貨店、貼著少校照片的雜貨店。

人行道上有人，但不是很多。整體來說，蓋瑞提挺失望的。他曉得隨著路線前進，觀眾會愈來愈多，但小貓兩三隻的景象實在讓人打不起勁來，而可憐的克里連這點人都沒能見著。

少校的吉普車忽然噗噗噗地從旁邊的街道開過來，加速駛向主要的大群上路人。前鋒依舊保持領先地位。

響起一陣誇張的歡呼後，少校點點頭，對群眾揮手。然後，他俐落地將臉轉過去，向各位路上的男孩行禮致意。蓋瑞提感覺到電流從脊背竄上來。中午過後的陽光將少校的墨鏡照得發亮。

少校將電池大聲公拿到嘴邊，說：「各位男孩，你們讓我覺得驕傲。驕傲！」

蓋瑞提身後不知何處傳來輕聲但清晰的一句：「真他媽廢話。」

蓋瑞提轉頭，但後面只有四、五個專注望著少校的男孩（其中一人發現自己也行禮起來，連忙不好意思地放下手），還有史戴本，而史戴本看起來根本沒有在看少校。

吉普車又往前開。不一會兒，少校再度消失。

他們在十二點半的時候抵達萊姆史東鬧區。蓋瑞提很失望，這裡頂多只能算是小鎮。有些商業區、三間二手車車行，還有麥當勞、漢堡王、必勝客各一間，加上一座工業園區，這就是萊姆史東的全貌。

「這裡好像不是很大，對不對？」貝克說。

歐爾森大笑起來。

「這裡大概是生活的好地方。」蓋瑞提替自己的州辯護。

「少跟我說什麼生活的好地方。」麥克菲如是說，但臉上掛著笑容。

「好啊，遇到你感興趣的話題了。」蓋瑞提無力地說。

還不到一點，萊姆史東已成追憶。一名身穿補丁牛仔工作吊帶褲的小男孩跟著他們一起走了將近一英里的路程，然後坐下，看著他們繼續前進。

郊外上坡路變多了。蓋瑞提感覺到今天第一次真正流汗，襯衫黏在背上。他右手邊的雷暴雲頂正在形成，但距離還是很遠。流動的微風吹過，感覺稍微舒服了一點。

「蓋瑞提，下一個大城鎮是哪？」麥克菲問。

「我猜是卡里布吧。」他想知道史戴本把最後一個三明治吃掉沒。史戴本如同一小段流行歌，不斷不斷出現在你的腦海裡，你都覺得要發瘋了。現在是一點半，大競走已經走了十八英里。

「猜猜有多遠？」蓋瑞提有點好奇只有一個上路人出局的紀錄是走了多遠？就他看來，十八英里已經很不錯了，十八英里是可以讓人自豪的距離。我走了十八英里，十八。

「我會說……」麥克菲耐著性子說。

「差不多距離這裡三十英里。」

「三十。」皮爾森說：「老天。」

「那裡比萊姆史東大。」蓋瑞提說。他還是覺得自己在替緬因州辯護，天曉得為什麼，也許是因為許多男孩會死在這裡，也許每個人都會死在這裡，大概每個人都會死在這裡。史上只有六屆大競走最後抵達新罕布夏州州界，只有一次抵達麻薩諸塞州，專家說那就像職棒大聯盟的漢克・阿倫（Hank Aaron）打出七百三十支全壘打，還是多少支一樣……都是一種無法追平的紀錄。也許他也會死在這裡，也許他會，但那不一樣，這裡是故土。他覺得少校會喜歡這種概念：「他死在他的故土上。」

他拿起水壺要喝水，發現裡頭空了，他喊起來：「水壺！四十七號需要水壺！」一名軍人跳下半履帶戰車，將一個新的水壺遞過來。他轉身離開時，蓋瑞提摸了一下軍人背上的卡賓槍背帶。他偷偷摸摸地，但麥克菲看到了。

「你幹嘛摸那個？」

蓋瑞提笑了笑，但也覺得不解。「不知道，也許像是在祈求好運吧。」

「小雷，你真是個可愛的男孩。」麥克菲如此說，然後加快腳步追上歐爾森，留下蓋瑞提一個人慢慢走，困惑到不行。

蓋瑞提不曉得對方叫什麼名字的九十三號經過他的右邊。這人低頭看著自己的雙腳，嘴裡唸唸有詞，原來他是在算自己走了幾步。他走路有點歪歪扭扭的。

「嗨。」蓋瑞提說。

九十三號面露難色。他的眼睛一片茫然，在克里與抽筋搏鬥失敗時，眼中也出現過這種茫然。蓋瑞提心想：他累了。他也很清楚，他很害怕。蓋瑞提忽然覺得自己的胃翻了一下，然後緩緩恢復正常。

他們的影子現在跟著他們前進。一點四十五分。早上九點坐在涼爽樹蔭草坪上的回憶，彷彿像是一個月前的事。

還沒到兩點，消息又傳過來了。蓋瑞提正在上小道消息心理學的第一手課程：有人發現了一件事，忽然間就眾人皆知。謠言源自口耳相傳。看起來要下雨了，的確有機會下雨，有機會很快就要下雨了。收音機的主人說很快就要下雨了。不過有趣的是，消息通常都是對的！而當消息傳來說某人速度變慢、有人麻煩大了的時候，消息通常也都是對的。

這次的消息是，九號尤英的腳起了水泡，而他已經得到兩支警告。許多男孩都遭到警告，但這很正常，消息只強調尤英的狀況看起來很不妙。

他把消息傳給貝克，貝克一臉詫異地說：「那個黑人？黑到看起來有點藍的傢伙？」

蓋瑞提表示自己不曉得尤英是何種膚色。

「對，他是黑人。」皮爾森說著，指向尤英。蓋瑞提看到小小的汗珠在尤英天生的鬈髮上閃閃發亮。蓋瑞提有點驚恐地發現尤英穿的是運動鞋。

注意事項第三點：不要，**千萬**不要穿運動鞋。在大競走中，天底下沒有其他鞋子能比得上運動鞋讓你冒水泡的速度。

「他跟我們一起坐車來的。」貝克說：「他來自德州。」

貝克加快速度，直到追上尤英。他低聲對尤英說了幾句話，然後放慢速度回來，但沒有得到警告。他一臉慘白。「兩英里前他的腳就起水泡了，在萊姆史東水泡破了，他現在是踩著破裂水泡的膿汁走路。」

大家靜靜地聽。蓋瑞提又想到史戴本，史戴本穿網球鞋，說不定史戴本現在也正在與水泡抗戰。

「警告！九號，警告！這是你的第三次警告！」

現在軍人嚴密監控尤英，其他的上路人也是。尤英成了聚光燈的焦點。相比他黑色的皮膚，白到誇張的T恤因為汗水狂流，下背部整個呈現灰色。他走路的時候，蓋瑞提注意到他背部肌肉的大塊線條。這些肌肉足以撐上好幾天，貝克卻說他踩著膿汁走路。水泡跟抽筋。蓋瑞提打起冷顫。一下就死了。那麼多肌肉、那麼多訓練，都無法阻擋水泡跟抽筋。尤英穿上那雙P. F. Flyers帆布運動鞋時，到底在想什麼？

巴克維奇加入他們，他也看著尤英說：「水泡！」他的語氣好像是在說尤英他媽是妓女一樣。「我就問你，對一個蠢黑鬼能有什麼期待？」

「走開啦。」貝克冷冷地說：「不然我就戳你。」

「這樣違反規定。」巴克維奇不屑地笑了笑。「記住這點，白癡。」不過他走掉了，他就好像是自帶一團有毒的霧氣一樣。

兩點成了兩點半，他們的影子更長了一點。他們走上一座長長的小山丘，蓋瑞提在丘頂看到遠處低矮的小山，有點朦朧、藍藍的。往西方入侵的雷暴雲頂現在變得更黑，微風變強了，汗水在他的皮膚乾掉時，皮膚上起了一層雞皮疙瘩。

後頭連著露營車的皮卡車旁邊有一群男人，他們瘋狂歡呼起來。這些人喝得爛醉。上路人對男人揮手，連尤英也跟他們打起招呼。畢竟從趾高氣昂的補丁吊帶褲小男孩之後，他們是上路人見過的第一批觀眾。

蓋瑞提沒看標籤就打開一管牙膏形狀包裝的濃縮食物，開始吃了起來，嚐起來有豬肉味。他想到麥克菲的生漢堡排，他想到上頭有一顆櫻桃的超大巧克力蛋糕，他想到烤燕麥酥餅。不知出於什麼瘋狂的原因，他想要一塊裡面滿滿都是蘋果泥的燕麥酥餅。還有他跟父親十一月出門打獵時，媽媽總會準備的冷食午餐。

十分鐘後，尤英得到他的彈孔。

他最後一次慢於限速的時候，正走在一群男孩之中。也許他覺得這些人能夠保護他。軍人善盡他們的責任，他們是專家。他們把其他男孩推開，拖住尤英的一側肩膀。尤英想要反抗，但動作不大。一名軍人將尤英的雙臂拉在他身後，另一人則拿起卡賓槍對準尤英的腦袋，然後開槍。他的一條腿還抽搐著踢了幾下。

「他的血跟其他人的血是同樣的顏色。」麥克菲忽然開口。在單一槍聲後的寧靜之中，這句話聽起來無比震耳。他的喉結上下移動，喉頭發出咕噥聲響。

兩人出局。對於剩下的人來說，獲勝的機率提高了這麼一點點。有些輕聲的交談，而蓋瑞提再次好奇於他們都怎麼處理屍體。

他忽然在內心對自己大吼：你好奇的東西真他媽的太多了！

然後，他發現自己累了。

第二部

沿著道路前進

第三章

「你有三十秒的時間，請記住，你的回答必須以問題的方式提出。」

——益智遊戲《危險邊緣》主持人亞特・佛萊明

三點的時候，第一滴雨終於降落路面，那是又大又黑又圓的雨滴。上方的天空烏雲瞬動，狂野也迷人。雲層上的響雷拍起手來。藍色的叉形閃電打在前方某處的地面上。

在尤英領罰單之後沒多久，蓋瑞提就披上自己的外套，現在他拉上拉鍊，立起領子。未來的作家哈克尼斯，他小心翼翼地將筆記本塞進一個塑膠袋裡。巴克維奇戴上黃色的乙烯基雨帽，這頂雨帽在他臉上造成無比的效果，但你可能很難看出是什麼效果。他從雨帽帽簷下望出來的神情，如同兇狠的燈塔管理員。

接著是好大一聲雷。歐爾森高喊：「要來了！」

大雨傾盆而下，雨滴一度無比沉重，蓋瑞提發現自己孤立在波形落下的雨水簾幕之中。他立刻渾身濕透，頭髮成了滴水的皮毛。他抬頭面向大雨，臉上掛著笑容。他好奇軍人看不看得見他們，他在想，一個人能不能就這樣……

他還在好奇的時候，第一波雨勢忽然間變弱，他的視線又清晰了。他轉頭看到史戴本，史戴本彎著腰走路，雙手交握在肚子上，一開始蓋瑞提以為他抽筋了。蓋瑞提一度陷入強烈的焦慮之中，在克里及尤英領罰單的過程中，他都沒有這種感覺。他再也不希望史戴本快快出局了。

然後他看到史戴本只是在保護他的最後半個果醬三明治。他再次望向前方，覺得鬆了口氣。他覺得史戴本他媽一定很蠢，居然沒想到可能會下雨，應該要用鋁箔紙包三明治。

大雷又打下，如同天上發射大砲一樣。蓋瑞提覺得很激動，他一部分的疲憊感似乎隨著身上的汗水一起沖刷掉了。雨勢又大了起來，密集又銳利，最後終於慢慢轉弱成穩定的毛毛細雨。他們頭頂上方的烏雲逐漸散開。

皮爾森現在跟他走在一起，他提著褲腳。他穿的牛仔褲太大件了，所以他常拉起褲管。他戴著角框眼鏡，鏡片看起來像可口可樂玻璃瓶的瓶底，現在他一把摘下眼鏡，用衣角擦拭鏡片。他用那種視力不佳之人脫了眼鏡之後毫無防備的近視目光望過來，問起：「蓋瑞提，澡沖得很開心吧？」

蓋瑞提點點頭。前方的麥克菲正在小解，他一邊尿，一邊倒退走路，小心翼翼地瞄準路肩，沒有灑到其他人。

蓋瑞提抬頭望向軍人。他們也渾身濕透，這是廢話，但就算他們覺得不舒服，他們也沒有展現出來。他們呈現完美的木然表情。蓋瑞提心想：真不曉得開槍打死人是什麼樣的感覺，他們會不會覺得自己很有力量？他想起拿著告示牌的女孩，吻她、捏她的屁股，感受到她短褲底下柔軟的內褲。這種想法足以讓他覺得自己很有力量。

「後面那傢伙不怎麼說話，是吧？」貝克忽然開口，還用拇指比了比史戴本。史戴本的紫色長褲因為徹底濕透，看起來像黑色。

「對，他不太說話。」

麥克菲因為放慢腳步拉上褲子拉鍊，因此得到一支警告。大家追上他，貝克又重複了剛剛說史戴本的話。

「他是獨行俠，那又怎樣？」麥克菲聳聳肩說：「我覺得……」

「嘿。」歐爾森打斷他。這是他好一陣子之後第一次開口，口氣聽起來很不妙。「我的腿怪怪的。」

蓋瑞提仔細盯著歐爾森，看出懼色在他眼底萌芽，之前的虛張聲勢已不復存在。蓋瑞提問：「有多怪？」

「好像所有的肌肉都……腫起來了。」

「放輕鬆啦。」麥克菲說：「我兩個小時前也是這樣，之後就退了。」

輕鬆的神情出現在歐爾森眼中。「真的嗎？」

「對，肯定會退。」

歐爾森沒有繼續說話，但他的嘴唇動了起來。蓋瑞提一度以為他在祈禱，但他發現對方只是在算自己的步伐而已。

兩聲槍響忽然出現。一聲慘叫，然後是第三槍。

他們望過去，看到一個身穿藍色毛衣及骯髒白色七分褲的男孩頭朝下栽在一窪水裡。他的一隻鞋脫落。蓋瑞提注意到他穿了白色的運動襪。注意事項第十二點建議的。

蓋瑞提跨過他，不想仔細觀察彈孔。消息傳來說這個男孩因為走太慢才死的，不是因為起水泡或抽筋，他只是因為太常走太慢，結果就領了罰單。

蓋瑞提不知道他叫什麼名字，也不曉得他幾號。他覺得消息應該會傳回來，結果並沒有。也許沒有人知道，也許他跟史戴本一樣都是獨行俠。

現在他們的大競走已經進行了二十五英里，景色調和成一片綿延的樹林及田野壁畫。雖然小雨還沒有完全停歇，但在偶爾出現的房舍或十字路口，還是有歡呼揮手的人。一位老太太站在一把黑傘之下動也不動，她沒有揮手、沒有開口、沒有笑容，她用銳利的目光看著他們走過。她整個人沒有生命或活動跡象，唯一會動的是她黑色洋裝隨風吹動的裙襬。她右手中指戴了一枚大大的紫色寶石戒指，脖子上也有一顆精美的浮雕墜子。

他們經過一條早已廢棄的火車鐵道，鐵軌生鏽，柳枝稷等野草從枕木之中的煤渣間隙長出來。有人絆腳跌倒，遭到警告，只能拖著流血的膝蓋繼續前進。

距離卡里布只有十九英里，但天色會在他們抵達之前變黑。蓋瑞提想到一句指壞人會一直受到折磨的老話：惡人不得閒。他忽然覺得很好笑，因此放聲大笑起來。

麥克菲緊盯著他，問：「你累了嗎？」

「不累。」蓋瑞提說：「我已經累一陣子了。」他用近乎帶著敵意的目光望向麥克菲，問道：「你是說你都不累？」

麥克菲說：「蓋瑞提，只要你永永遠遠跟我這樣一起共舞下去，我怎樣都不會累。我們會在星辰上蹭鞋底，倒吊在月亮上。」

他還向蓋瑞提抛了一個飛吻，然後走開。

蓋瑞提望著他離去的身影，實在不曉得該拿麥克菲怎麼辦。

三點三十五分，烏雲散去，西邊還掛著一道彩虹，太陽在此緩緩落至金邊雲朵之後。下午時分日光斜斜的光芒照亮他們經過的新翻田地，他們環繞走在漫長的上坡路上，犁溝因為陽光變得銳利又帶著陰影。

半履帶戰車低低的運轉聲，可以說挺撫慰人心的。蓋瑞提一邊走，一邊低著頭，進入半打瞌睡的狀態。自由港就在前方某處，也許今晚或明天都到不了，還有很多步，還有很多路要走。他發現自己還有很多問題，得到的解答卻不夠，整個大競走彷彿只是一個冒出來的大問號。他告訴自己，這樣的活動一定有什麼深刻的意義，顯然一定有啊。這樣的活動一定能夠提出所有問題的答案，重點在於不要停下腳步，繼續前進。現在只要他能夠……

他一腳踩進水坑裡，忽然徹底清醒。皮爾森不解地望著他，眼鏡掉到鼻尖。「你知道我們在過鐵軌的時候，有人跌倒割傷了嗎？」

「有啊，那是札克，對嗎？」

「對，聽說他還在流血。」

「瘋子，卡里布還有多遠？」有人問。蓋瑞提轉頭，看到巴克維奇，他已經把雨帽塞進褲子後方口袋，帽子正猥褻地拍打著他的臀部。

「我怎麼會知道？」

「你住這，不是嗎？」

「差不多還有十七英里。」麥克菲告訴他：「現在滾去一旁玩沙吧，小傢伙。」

巴克維奇露出一副遭到侮辱的神情走開了。

「他真的是人氣王。」蓋瑞提說。

「別讓他惹毛你。」麥克菲說：「專注在走著送他進墳墓就好。」

「遵命，教練。」

麥克菲拍拍蓋瑞提的一側肩膀，說：「我的孩子，你會替吉佩贏這一場的。[4]」

「感覺我們已經走很久了，對不對？」

「對啊。」

蓋瑞提舔舔嘴唇，他想表達內心的感覺，卻又不曉得該怎麼說。「你有沒有聽說過，淹死的人會在眼前回顧自己的一生？」

4. 譯註：吉佩是橄欖球球員喬治．吉佩（George Gipp）。據聞他在二十五歲病逝之際曾告訴教練紐特．洛克尼（Knute Rockne），若隊友在之後的比賽遇到困難，請教練轉告隊友要替他贏得比賽。

「我覺得我好像在哪讀過，還是聽人家在電影裡提過。」

「你覺得我們也會遇上這種事嗎？在大競走的時候？」

麥克菲假裝不在乎地聳肩，「老天，希望不要。」

蓋瑞提沉默了一會兒，又說：「你覺得……算了，那不重要。」

「不，你說，我覺得什麼？」

「你覺得我們可能在這條路上度過餘生嗎？我要說的是這個。你知道，如果我們不……那個……可能擁有的生活。」

麥克菲翻起口袋，掏出一包梅洛香菸。「要抽嗎？」

「不抽。」

「我也不抽。」麥克菲一邊說，一邊把一根菸塞進嘴裡。他找到一盒火柴，盒身上還有番茄醬的食譜。他點燃香菸，吸進一大口，然後咳嗽。蓋瑞提想到注意事項第十點：多省口氣。如果你平常會抽菸，參加大競走的時候盡量別抽。

「我以為我得到教訓了。」麥克菲挑釁地說。

「味道很差，對吧？」蓋瑞提哀傷地說。

麥克菲詫異地望著他，然後把菸扔掉，說：「對，我覺得味道很差。」

不到四點，彩虹消失，八號的戴維森放慢速度跟他們走在一起。他長得滿帥的，就是額頭上有一片發炎的粉刺。「這個札克真的受傷很嚴重。」戴維森說。上次蓋瑞提注意到戴維森的時候，他還背著一個背包，但蓋瑞提發現眼前的戴維森已經拋下背包了。

「還在流血？」麥克菲問。

「跟殺豬一樣。」戴維森搖搖頭。「事情演變成這樣真的很奇妙吧？平常隨便跌倒頂多就是小擦傷，現在他需要縫合。」他指向路面。「看那邊。」

蓋瑞提望過去，看到逐漸乾燥的硬實路面上有幾個小黑點。「血？」

「那可不是糖蜜啊。」戴維森陰鬱地說。

「他害怕嗎？」歐爾森用乾啞的嗓音問。

「他說他不在乎。」戴維森說：「但我怕。」他睜大泛灰枯槁的雙眼說：「我替我們每個人感到害怕。」

大家繼續前進。貝克又指向另一個寫著蓋瑞提的牌子。

「我真重要。」蓋瑞提這麼說，卻沒有抬頭。他跟著札克滴血的軌跡前進，彷彿是電視劇裡的探險家丹爾．布恩（Dan'l Boone）在追蹤受傷的印第安人。斑斑血跡就灑在道路白線兩旁。

「麥克菲。」歐爾森說。在這兩個小時裡，他變得輕聲細語。雖然歐爾森外表一副天不怕、地不怕的樣子，但蓋瑞提覺得自己還是喜歡歐爾森這個人。他不希望看到歐爾森害怕，但歐爾森無疑地非常恐懼。

「怎樣？」麥克菲問。

「沒有好轉。我之前跟你說的腫脹感沒有消掉，一點都沒有好轉。」

麥克菲一語不發，他臉上的疤痕在夕陽餘暉下看起來非常慘白。

「我感覺腿好像要垮了一樣，彷彿是什麼壞掉的地基。我的腿不會垮吧？會嗎？會嗎？」歐爾森的聲音有點尖銳。

麥克菲還是沒有回話。

「可以給我一根菸嗎？」歐爾森問。他的聲音又低沉了下去。

「可以，整包都給你。」

歐爾森用輕鬆熟練的手法一手護著火柴，點燃梅洛香菸，然後對半履帶戰車上的軍人做起鬼臉。「他們過去這幾個小時都用這種懷疑的目光看我，他們對這種事有第六感。」他又拉高嗓門，尖聲地說：「各位，你們就喜歡這樣，對不對？你們就喜歡這樣，對啊？真他媽的對，對不對？」

幾名上路人轉頭看他，然後立刻把頭別開。蓋瑞提也想望去別處。歐爾森的聲音裡帶著歇斯底里，軍人面無表情地望著歐爾森。蓋瑞提在想關於歐爾森的消息會不會立刻傳開，而他實在忍不住打起冷顫。

還不到四點半，他們走了三十英里。太陽已經消失一半，將地平線染成血紅。雷暴雲頂飄往東邊，上方的天空是一片暗暗的藍色。蓋瑞提又想起他那個假設性的溺水之人，現在感覺比較真實了，即將到來的夜晚如同水流，即將淹沒他們。

他的咽喉漲起一陣驚恐。他忽然恐懼起來，相信這是他這輩子看到的最後一道日光。他希望白日延續下去，他想要天光延續到永遠，他希望黃昏可以維持幾個小時。

「警告！一百號，警告！一百號，這是你的第三次警告！」

札克轉過頭，他眼裡浮現恍惚不解的神情。他右腿褲管上有層乾掉的血。他忽然拔腿就跑，他繞過其他上路人，彷彿是抄起橄欖球就迅速迂迴前進的球員。他跑的時候，臉上還是那恍惚的表情。

半履帶戰車加快速度。札克聽到車子追上來，於是加快腳步。這是一場蹣跚搖晃的古怪路跑。他膝蓋的傷口又裂開了，他一路跑到主要那一大群上路人的前面，蓋瑞提看到點點鮮血從他的褲管飛濺出來。札克跑到下一段上坡路，他一度成了紅色天空下最顯眼的剪影，電流般的黑色形狀，一度停滯在那如稻草人逃跑般跨出步子的姿態。隨後他就消失，而半履帶戰車也跟了上去。兩名士兵跳下車，跟著剩下的其他男孩一起步行，臉上什麼表情也沒有。

沒有人開口，他們只豎起耳朵聽。好久沒有聲音，令人難以置信地久。只有一隻鳥，只有幾隻五月初的蟋蟀叫聲，以及他們身後某處飛機運轉的低低隆隆聲。

接著是一陣銳利的槍響，停頓，第二槍。

「確保萬無一失。」有人病態地說。

他們爬上坡，看到半履帶戰車停在半英里外的路肩上。青煙從車子疲憊的雙孔排煙管冒出。到處都沒有看到札克，完全沒有。

「少校在哪？」有人尖聲地說，語氣已經處在不加掩飾的驚恐邊緣。說話的人是四十八號的葛瑞寶，他的頭長得有點像彈頭的形狀。「該死，我要見少校！他在哪？」

沿著路邊前進的軍人沒有回答，沒有人回答，

「他又在演說嗎？」葛瑞寶氣憤地說：「他就在忙這個嗎？好，我就說了，他是**殺人兇手**！他就是，**殺人兇手**！我……我會當面告訴他！你們以為我不敢？我會**當他的面**告訴他！」他激動到放慢速度，差點停下來，這時軍人才首度對他產生興趣。

「警告！四十八號，警告！」

葛瑞寶歪歪斜斜停下，然後雙腿又加快速度。他一邊走，一邊低頭望著自己的腳。沒多久他們就抵達半履帶戰車停泊等待之處，車子再次緩緩跟著他們前行。

四點四十五分，蓋瑞提享用起他的晚餐，一管加工鮪魚肉，幾片上頭有起司醬的脆酥餅，還有很多水。他逼自己在此停下。水壺隨時可以要，但新的濃縮食物要到明早九點才能補充……見鬼了，他也許還**需要**吃點消夜呢。

「也許這攸關生死。」貝克說：「但顯然沒有損害你的好胃口。」

「禁不起不吃啊。」蓋瑞提說：「我不想在凌晨兩點的時候暈倒。」

這個想法現在感覺起來令人相當不適。你大概不會知道吧，什麼感覺也沒有，就一路走進了來世。

「讓你思考起來，對吧？」貝克溫柔地說。

蓋瑞提望著他。在漸褪的日光下，貝克的臉變得柔軟、稚氣又美麗。「對，我思考了一狗票

鬼事。」

「譬如說？」

「其中一項就是他。」蓋瑞提一邊說，一邊扭頭用手比比史戴本。史戴本依舊用出發時走路的步伐前進。他的褲子在腿上乾了，臉上布滿陰影。他還省著他那半個三明治。

「他怎麼樣？」

「我想知道他為什麼參加，他為什麼什麼都不說，還有他會死還是會活。」

「蓋瑞提，人都難逃一死。」

「只希望不是今晚。」蓋瑞提說。他嘴上說得輕鬆，但一陣冷顫忽然襲來。他不曉得貝克有沒有注意到，但他的胃收縮了一下。他轉過身，解開褲襠，背對著前方走路。

「你覺得『大獎』怎麼樣？」貝克問。

「我不覺得想那個有什麼意義。」蓋瑞提開始小解。他尿完後將褲子拉鍊拉好，然後轉回正面走路，稍微有點得意自己能夠在沒有引發警告的狀況下完成任務。

「我認真想過。」貝克用充滿憧憬的神情說：「不是獎品，而是把獎品看成金錢，那有多少錢啊。」

「有錢人是進不了天國的。」蓋瑞提說。他望著自己的腳，唯一讓他繼續前進的動力就是探索天國是否真的存在。

「哈雷路亞。」歐爾森說：「團契後還有愛筵。」

「你信教嗎？」貝克問蓋瑞提。

「沒有特別信，但我不是金錢狂。」

「如果你靠馬鈴薯湯及羽衣甘藍長大，你可能就會執著金錢。」貝克說：「只有在老爸有錢買子彈打獵的時候，才有便宜的肋肉可以吃。」

「也許會不一樣吧。」蓋瑞提同意，陷入靜默，不曉得該說什麼，然後他開口：「但這其實不是什麼重要的事情。」他看到貝克用不解還有一點不滿的神情望著他。

「你接下來就會說錢財乃身外之物了。」麥克菲說。

蓋瑞提望向他。麥克菲又露出他那歪嘴煩人的笑容。「是這樣，對不對？」他說：「我們生不帶來，死也肯定帶不去。」

「沒錯，但在這兩個事件之間是較為安逸舒適的狀態，你不覺得嗎？」麥克菲說。

「噢，安逸個屁啦。」蓋瑞提說：「如果那輛超大玩具卡車上的傭兵對你開槍，天底下的醫生無論給你輸多少二十或五十面額的紙鈔都救不活你。」

「我又還沒死。」貝克低聲地說。

「對，但你會死。」忽然間蓋瑞提必須說清楚他的看法，這很重要。「如果你贏呢？要是你接下來有六個禮拜的時間計畫你要怎麼花這些錢，不是『獎品』，就只是錢，但結果你在第一次出門買點什麼東西的路上，就被計程車輾過怎麼辦？」

哈克尼斯湊了過來，現在走在歐爾森旁邊說：「寶貝，我可不會這樣。首先，我會先買下一整批的切克計程車。如果我贏得比賽，我這輩子都不要再走路了。」

「你們不懂。」蓋瑞提現在比之前更惱火。「馬鈴薯湯或嫩角尖沙朗、豪宅或茅屋，你死了，這一切就都沒有意義了，他們會把你跟札克或尤英一樣，擺在冷卻板上。我要說的是，你最好一天過一天，順其自然就好。如果大家都順其自然，那我們都會活得開心點。」

「噢，真是黃金瀑布般的狗屁。」麥克菲說。

「是嗎？」蓋瑞提厲聲地問：「你做了多少計畫？」

「誒，現在我頂多就是看著遠方隨機應變吧，這才是……」

「最好是啦。」蓋瑞提陰鬱地說：「唯一的不同在於我們正走向死亡。」

接著是徹底的靜默。哈克尼斯摘下眼鏡，開始擦拭。歐爾森看起來又蒼白了一點。蓋瑞提希望自己沒有講過這種話，他實在太過分了。

然後，後面有人低聲但清晰地說：「贊成！贊成！」

蓋瑞提轉頭，確信開口的人是史戴本，但他其實沒有聽過史戴本講話。史戴本也沒顯露出開過口的跡象，他只是低頭看著路面。

「我猜我太激動、離開正途了。」蓋瑞提咕噥著說，但他不是離開道路的人，離開的人是札克。「誰要吃餅乾？」

他把餅乾傳下去。一定已經五點了，太陽彷彿半個身子都淹沒在地平線下，地球似乎不再轉動。前方三、四個拚命的人依舊打頭陣，但腳步放慢了點，走在只有領先主要人群不到五十碼的地方。

就蓋瑞提看來，這條路很陰險地變成一連串的上坡，卻沒有相應的下坡。他還在想，他們最後會不會必須透過氧氣面罩才能呼吸？此時他忽然踩到一條遭到遺棄的濃縮食物腰帶。他驚訝抬頭，發現那是歐爾森的腰帶。他的手在腰際顫抖，他臉上浮現皺眉的詫異。

「我弄掉了。」他說：「我想吃點東西，但我弄掉了。」他笑了起來，彷彿是在表示這是多蠢的事情。笑聲戛然而止，他說：「我餓了。」沒人答腔。這個時候，大家都已經繼續前進，沒有辦法撿皮帶了。蓋瑞提回頭，看到歐爾森的食物皮帶躺在馬路碎裂的白線上。

「我餓了。」歐爾森耐著性子說。

少校就喜歡看到有精神的人，這是歐爾森領號碼牌回來之後說的，對吧？現在歐爾森看起來倒沒什麼精神。蓋瑞提望向自己皮帶上的口袋，他還有三條濃縮食物，加上脆酥餅，還有起司醬。起司倒是不怎麼好吃。

「來。」他一邊說，一邊把起司交給歐爾森。

歐爾森沒有說話，但他吃了起來。

「劍客精神。」麥克菲說著又出現那歪嘴的笑容。

五點半，暮色將空氣染得朦朧，幾隻早早出現的螢火蟲在空中漫無目標地飛掠。地霧凝滯在水溝及田野低低的排水道上。前方有人問，如果霧太大，不小心走離馬路怎麼辦？

巴克維奇那絕對不會讓人誤認的聲音立刻邪惡地回應：「白癡，你覺得呢？」

蓋瑞提心想：四人出局。上路八個半小時已經四人出局了。他的胃有微弱的絞扭感，他心想：我絕對沒有辦法活得比他們每一個人都久，不可能活得比每一個人還久。不過，話又說回來，為什麼不可能呢？總會有人活到最後吧？

交談跟著天光一起漸弱，開始的寂靜讓人感覺壓迫。黑暗的入侵，地霧凝結成小小的水窪……這是他第一次看到這些景象如此真實，非常不自然，而他想要他媽或小珍，哪個女人都好。他懷疑起自己到底在幹嘛，自己怎麼會攪和進這種事情裡？他甚至無法欺騙自己說一切都晦澀難懂，因為狀況明顯到不行。他甚至不是自己一個人從事這項活動，這場遊行裡還有另外九十五個傻瓜。

膿包又出現在他喉嚨裡，他難以嚥下。他發現前方有人低聲啜泣，他沒有聽到聲音是什麼時候開始的，他先前沒有留意到有人在哭，彷彿哭聲一直都在。

現在距離卡里布只剩十英里，至少接下來會有燈火了。這個想法讓蓋瑞提稍微開朗了一點，畢竟一切都還過得去，對不對？他還活著，沒必要去想再過一段時間，他可能就會死掉了。如同麥克菲所言，重點在於看著遠方隨機應變。

五點四十五分，消息傳過來，原本領先的崔文現在落後，走在主要人群後頭。崔文拉肚子。蓋瑞提聽說了，卻不敢相信有這種事，但當他看到崔文時，他就明白了。這個男孩一邊走，一邊提著自己的褲子。他每次蹲下都得到一支警告，蓋瑞提反感不解，崔文為什麼不脫了褲子就好？髒歸髒，但至少比死掉好啊。

崔文彎著身子，跟史戴本護著他的三明治一樣。每次崔文打顫，蓋瑞提曉得那是他的肚子又在搞事了。蓋瑞提覺得噁心，其中沒有什麼迷人之處，沒有什麼費解之處，只是一個肚子痛的男孩，僅此而已，旁人只會覺得噁心，接收到某種動物般的恐懼。蓋瑞提的胃也噁心地翻攪起來。

軍人嚴密盯著崔文，觀察、等待。最後，崔文終於半蹲半倒，而軍人在他脫褲子時射殺他。崔文翻過身，對著天空露出痛苦的神情，醜陋也可悲。有人發出嘔吐的聲音，遭到了警告。就蓋瑞提聽來，彷彿有人把肚子裡的食物吐了個精光。

「下一個就是他。」哈克尼斯用公事公辦的口氣說話。

「閉嘴啦。」蓋瑞提用濃厚的喉音說：「你就不能閉嘴嗎？」

沒有人答腔。哈克尼斯看起來很不好意思，又擦起他的眼鏡。嘔吐的男孩沒有遭到射殺。

他們經過一群歡呼的青少年，這些人坐在毯子上，喝著可樂。他們認出蓋瑞提，連忙起身鼓掌。蓋瑞提覺得很尷尬。一個女孩胸部特別大，她跳上跳下，她的男朋友也在一旁欣賞她的胸部上下彈動。蓋瑞提覺得自己快變成色情狂了。

「看看那對大胸部。」皮爾森說：「要命，真要命。」

蓋瑞提懷疑這個女孩是不是跟他一樣，都還是處子之身？

他們經過一處靜止、算是正圓形的水池，上頭有一層淺淺的霧氣，看起來像是微微起霧的鏡子，邊緣長了一堆糾結的水生植物，一隻牛蛙發出刺耳的叫聲。蓋瑞提覺得他從來沒有見過這麼漂亮的景色。

「這個州還真他媽的大。」巴克維奇從前方某處說道。

「那傢伙真讓我頭痛到死。」麥克菲陰鬱地說：「現在我唯一的目標就是撐得比他久。」

歐爾森喊了一句「萬福瑪利亞」，意思是在說他要使出渾身解數囉。

蓋瑞提警覺地望著他。

「他得到幾支警告了？」皮爾森問。

「就我所知沒有。」貝克說。

「對，但他看起來狀況不太好。」

「此時此刻，我們每個人看起來都不太好。」麥克菲說。

又是一陣靜默。蓋瑞提首度發現自己腳痛，不只是腿，他的腿已經困擾他好一陣子了，而是他的雙腳。他注意到自己無意識地用腳跟外側走路，但偶爾當他讓腳底平放落地時，他會畏縮一下。他把外套拉鍊一路拉到最上面，領子立起抵著脖子。空氣還是又濕又冷。

「嘿！看那邊！」麥克菲歡快地說。

蓋瑞提與其他人望向左邊。他們經過一座墓園，墓園坐落在看似可疑的草地小丘上。周圍都是自然粗石，而霧氣此刻陰森地緩緩圍繞在傾斜的墓碑上。翅膀斷裂的天使雕像用空洞的雙眼瞪著他們，五子雀霸占了哪個愛國假日用的生鏽碎裂立旗架，充滿精力地俯瞰他們。

「我們經過的第一座墓園。」麥克菲說：「在你那一側。小雷，你沒分數了。記得這個遊戲嗎？」

「你話太多了。」歐爾森忽然開口。

「好朋友小歐歐，墓園有什麼問題嗎？如同那個詩人說的一樣，墳墓是個美好又私密之所在，滴水不漏的棺材……」

「閉上你的嘴！」

「噢，掃興。」麥克菲說道。他臉上的疤在昏暗的天光下顯得非常蒼白。「歐爾森，你該不會真的介意提到死亡吧？詩人也說，那不是死亡，那是長長久久躺在墓地裡。夥計，你是因此心煩嗎？」麥克菲歡快地說：「哎啊，查理，開心點！[5]未來的日子美好燦……」

「不要鬧他了。」貝克低聲地說。

「為什麼不要？他忙著說服自己他想退出就能退出，但如果他就這麼倒下來死了，結果並不會像大家想得那麼糟。好，我才不會讓他稱心如意。」

「如果他不死，你就會遭殃囉。」蓋瑞提說。

「對，我還記得。」麥克菲一邊說，一邊對蓋瑞提露出那緊繃歪斜的笑容……只不過這一次笑裡不帶任何幽默。忽然間麥克菲看起來很可怕，蓋瑞提幾乎害怕起這個人來。「大家遺忘的只有他，眼前這個沒屁用的傢伙。」

「我不想走了。」歐爾森空洞地說著：「我受夠了。」

「有精神的人。」麥克菲轉頭面向他，「你之前不是這樣說的嗎？好，去他的，那你為什麼不倒地死了就好？」

「不要煩他啦。」蓋瑞提說。

「聽著，小雷……」

「不，你才聽好。一個巴克維奇已經夠了。讓他照他的方式前進，不要搞什麼劍客精神，還記得嗎？」

麥克菲再次露出微笑，「好，蓋瑞提，你贏了。」

歐爾森沒有開口，他只是繼續一腳起、一腳落的動作。

六點半時天色全黑，再走六英里就能抵達卡里布，也可以看到該處如同地平線上的微微亮光。沿途只有寥寥幾人迎接他們進城，似乎大家都回家吃晚餐了。雷蒙．蓋瑞提腳邊的霧氣感覺涼涼的，霧氣也環繞著山丘上鬼魅般無力的旗幟。天上的星子變得更明亮了，金星散發穩定的光芒，北斗七星也在老地方。蓋瑞提精熟天文，他對皮爾森指出仙后座，對方只是哼了一聲。

他想起他的女朋友小珍，想到他吻了先前那個女孩，心頭湧上一陣內疚感。他已經記不得那女孩的長相，但她讓他性慾高漲。摸她的臀部讓他興奮，如果他把手放進她的大腿之間，那會怎樣？他感覺到鼠蹊部有陣發條般的壓力出現，他因此一邊走，一邊畏畏縮縮的。

小珍有一頭及腰的長髮，她十六歲。她的胸部沒有之前吻他的女孩那麼大，但他過去常常撫

5. 譯註：此話出自一九七一年的電影《歡樂糖果屋》，其後於二〇〇五年拍攝新版《巧克力冒險工廠》。

摸捏揉她的乳房，這種行為讓他瘋狂。她不跟他做愛，而他也不曉得該如何逼她。她想要，但她不能。蓋瑞提曉得某些男孩嫻熟此道，能讓女孩配合，但他似乎沒有足夠的特質，或該說沒有足夠的**意願**，說服她與他發生關係。他很好奇還有多少人也是處男？葛瑞寶說少校是殺人兇手，蓋瑞提很好奇他是不是處男，他覺得葛瑞寶大概是吧。

他們經過卡里布市界，這裡有大量群眾，還有一輛電視台的新聞轉播卡車。電池發電的光線以溫暖的白光照亮道路，感覺好像是忽然走入有著溫暖陽光的瀉湖，跋涉其中，最後還要吃力地走出來一樣。

身穿三件式西裝的肥胖記者跟著他們一起前進，不斷用加了延長線的麥克風堵下不同的上路人。在他身後有兩名技術人員忙著轉開一大輪盤的電線。

「你感覺如何？」

「還好吧，我覺得還好。」

「累嗎？」

「呃，累，你知道的。對，但我覺得還好。」

「你覺得勝算有多大？」

「不知道耶……我猜還可以吧，我還是覺得很有力量。」

他訪問到大塊頭史寬，問對方覺得大競走怎麼樣？史寬笑了笑，覺得他這輩子沒見過這麼他媽盛大的活動。記者用手指對著兩名技術人員做出剪刀的手勢，其中一人不耐地點點頭。

沒多久，麥克風的線就不夠長了，記者開始朝轉播車走回來，一路上還得小心散開的電線絆住腳。群眾熱烈歡呼，他們是受到電視台工作人員與上路人吸引才聚在這裡。少校的海報固定在桿子上，上下揮舞，很有節奏感，這些木桿看起來很新鮮，感覺還流淌著樹汁。攝影鏡頭掃過他們的時候，他們瘋狂到不行，還忙著跟貝蒂阿姨和弗烈德叔叔揮手打招呼。

他們轉進彎路，經過一間小小的店，老闆是個身穿污漬白衣的小個子男人，他擺好一個飲料保冷箱，還立上招牌，寫著：「免費招待上路人！由伊夫市場提供！」一輛警車停在旁邊，兩位員警耐著性子向無疑每年都擺出招待飲料的伊夫解釋，觀眾向上路人提供任何協助與幫忙，包括不含酒精的飲料，都是違反規定的。

他們經過卡里布造紙廠，這是位於污穢河邊的巨大建築，外觀都被煤灰熏黑了。工人排排站在鐵絲網的另一端，友善地歡呼、揮起手來。最後一位上路人史戴本經過時，工人還吹起口哨，之後蓋瑞提轉過頭去，看著他們魚貫回到工廠裡頭。

「他有問你嗎？」刺耳的聲音向蓋瑞提提問。蓋瑞提感到無比厭煩，他低頭望向蓋瑞．巴克維奇。

「誰問我什麼？」

「當然是記者，白癡。他有沒有問你感覺如何？」

「沒有，他沒有訪問到我。」他希望巴克維奇走開，他也希望他腳底隱隱作痛的感覺可以消失。

「他們訪問我了。」巴克維奇說：「你知道我怎麼說嗎？」

「嗯哼。」

「我告訴他們，我感覺很好。」巴克維奇挑釁說道。雨帽持續拍打他後方的口袋。「我告訴他們，我覺得體力很好。我告訴他們，我覺得我可以永遠走下去。你知道我還說了什麼嗎？」

「噢，閉嘴啦。」皮爾森說。

「誰問你了？又高又瘦的醜傢伙。」巴克維奇說。

「走開啦。」麥克菲說：「你害我頭痛了。」

巴克維奇再次受到羞辱，他加快腳步，纏著柯利．帕克問：「他有沒有問你……」

「快滾，免得我扯下你的醜鼻子，要你吃下去。」柯利．帕克惡狠狠地說完，巴克維奇立刻快步離去。聽說柯利．帕克是個下手毒辣的狠角色。

「這傢伙真讓我火大。」皮爾森說。

「他聽到這種話會很高興。」麥克菲說：「他就喜歡這樣。他也告訴記者，他打算在很多墳墓上跳舞。他這話也是認真的，就是這種想法讓他繼續前進。」

「他下次過來，我就要絆倒他。」歐爾森的聲音聽起來疲乏又無力。

「嘖嘖。」麥克菲說：「注意事項第八點，不得干擾其他上路人。」

「你知道第八點有自由發揮的空間。」歐爾森臉上閃過一抹蒼白的微笑。

「小心囉。」麥克菲笑著說：「你又聽起來很有精神了。」

七點，原本已經放慢到接近最低限速的步調又開始稍微加速。夜色微涼，走快點比較暖和。他們經過收費公路高架橋下方，在接近交流道下坡處的玻璃圍牆商店裡，有人滿嘴甜甜圈，還替他們歡呼。

「我們之後會上收費公路吧？」貝克問。

「到舊城的時候。」蓋瑞提說：「大概是一百二十英里的時候。」

哈克尼斯吹了聲口哨。

之後沒多久，他們就進入卡里布市區，距離起點四十四英里。

第四章

「最極致的遊戲節目就該殺死輸掉的人。」

——才藝競賽節目《鑼鼓喧天》主持人查克・巴里斯

大家對卡里布都很失望。

這裡跟萊姆史東沒兩樣。

群眾比較多，但除此之外，此地就是另一個擁有紙漿工廠及勞務服務的小鎮，加上零星的幾間商店、加油站，以及一間根據到處張貼的標語，顯示「一年一度大競走特賣」開始了的購物中心，最後則是一間有戰爭紀念碑的公園。聽起來不怎麼悅耳的高中樂團演奏起國歌，然後是約翰・菲利普・蘇沙（John Philip Sousa）的進行曲，最後音樂品味糟糕到演奏起〈行軍至普里托利亞〉（Marching to Pretoria）。

許久以前在十字路口鬧事的女人又出現了。她還在尋找波西，但這次，她穿過警方封鎖線，直接跑到馬路上來。她用手推開一個一個上路人，還不小心絆倒其中一人。她正呼喚著她的波西回家。軍人準備拔槍，一度波西他媽看來就要得到一張干預大競走的罰單了，然後一名警察從後方一手攬住她，將她拖走。一個小男孩坐在「保持緬因州乾淨」的大桶子上，吃著熱狗，看著警察將波西他媽推上警車。波西他媽是穿過卡里布時的最高潮。

「小雷，舊城之後是哪裡？」麥克菲問。

「我不是行動地圖。」蓋瑞提不耐地說：「我猜是班戈，然後是奧古斯塔，然後是基特拉，然後就到州界了，差不多距離這裡三百三十英里。大概啦，這樣可以嗎？我知道的就這麼多了。」

有人吹了聲口哨。「三百三十英里。」

「難以置信。」哈克尼斯陰鬱地說。

「這整個活動都令人難以置信。」麥克菲說：「真不曉得少校在哪？」

「在奧古斯塔跟哪個女人快活吧。」歐爾森說。

大家都笑了笑，但蓋瑞提覺得很怪，少校居然能在差不多十個小時裡，從上帝變成瑪門[6]。剩下九十五人了，但這還不是最糟的。最糟的是，試想麥克菲領罰單，或貝克領罰單，或滿腦子只有他那本蠢書想法的哈克尼斯領罰單。他的腦袋一直在閃避這些念頭。

出了卡里布，道路變得荒涼。他們經過一處鄉間十字路口，只有一根路燈豎立在上方，他們走過時，強光投出他們變形的影子。遠處有輛列車發出汽笛聲。月亮打在地霧上的光看起來曖昧可疑，田野因此看起來像籠罩在珍珠的乳白色光芒裡。

6. 譯註：瑪門指的是貪婪的惡魔，通常與金錢有關。這裡意指從可敬之神變成令人鄙視的對象。

蓋瑞提喝了點水。

「警告！十二號，警告！十二號，這是你的最後一次警告！」

十二號是個名叫范騰的男孩，他穿著紀念T恤，上頭寫著「我搭過華盛頓齒軌鐵路」。范騰舔舔嘴唇，聽說他有隻腳僵硬到不行。十分鐘後，他遭到擊殺時，蓋瑞提已經沒有什麼感覺，因為他太累了。他繞過范騰，低頭看到范騰手裡握著一個亮亮的東西，那是一枚聖克里斯多福的獎章[7]。

「如果我活到最後，」麥克菲忽然開口，「你知道我會幹嘛嗎？」

「幹嘛？」貝克問。

「我要一直打砲打到雞雞變成藍色的。我這輩子沒有像這一刻這麼飢渴，在這個五月一日七點四十五分的時刻。」

「你是說真的？」蓋瑞提問。

「真的。」麥克菲保證道：「小雷，如果你不用刮鬍子，我也會為你飢渴。」

蓋瑞提大笑起來。

「白馬王子，正是在下。」麥克菲一邊說，一邊把手伸向臉上的疤，輕輕碰了碰。「我現在需要的就是一位睡美人。我可以用充滿靈魂的鹹濕長吻喚醒她，而我們兩個會一起飄入夕陽。至少我們可以一起去最近的夏日酒店。」

「步入。」歐爾森無精打采地說。

「什麼？」

「步入夕陽。」

「好，步入夕陽。」麥克菲說：「反正就是真愛了。親愛的小歐歐，你相信真愛嗎？」

「我相信好好打一砲。」歐爾森說完，亞瑟．貝克噴笑。

「我相信真愛。」蓋瑞提說，覺得自己講這話真是有點可憐。聽起來太天真了。

「你們想知道我為什麼不相信嗎？」歐爾森抬頭望著蓋瑞提，露出陰森狡詐的笑容。「問問范騰、問問札克，他們清楚得很。」

「這才是他媽的良好態度。」皮爾森說。他從陰暗的某處走出來，現在又加入他們的陣線。皮爾森走路一跛一跛的，沒有很嚴重，但很明顯。

「不，才不是。」麥克菲說。過了一會兒，他又神神秘秘地說：「沒有人愛死人。」

「愛倫坡就愛。」貝克說：「我在學校寫過關於他的報告，聽說他有一種傾向，叫做戀……戀……」

「戀屍癖。」蓋瑞提說。

「對，就是這個。」

「這是啥？」皮爾森問。

7. 譯註：克里斯多福是旅人及遊子的守護者。這枚獎章有保佑平安順利之意。

「這代表你會有衝動跟死掉的女人上床。」貝克說：「如果你是女人，你就會找死掉的男人。」

「如果你是男同性戀，你也會找死掉的男人。」麥克菲說。

「我們怎麼講到這個？」歐爾森沙啞地說：「真他媽的，我們怎麼會談到跟死人上床這個話題？真他媽噁心。」

「怎麼不行呢？」一個低沉、悶悶不樂的聲音說道。這是二號亞伯拉罕，他挺高的，身體看起來不太協調，腳步一直搖搖晃晃。「我想我們也許都該花點時間停下來思考來世的性生活應該是什麼樣子。」

「瑪麗蓮．夢露是我的。」麥克菲說：「亞伯老傢伙，愛蓮娜．羅斯福就歸你囉。」

亞伯拉罕對他比出中指。前方的軍人警告某人。

「給我等等，他媽的給我等一等。」歐爾森緩緩地說，彷彿有很嚴重的表達障礙。「你們都離題了，全都離題了。」

「《愛的超驗論》，由知名哲學家暨衣索比亞陶罐磨蹭大師漢克．歐爾森提出。」麥克菲說：「著有《沒有核，桃子就不是桃子》，以及其他……」

「等等！」歐爾森高喊，他的聲音跟破裂的玻璃一樣尖銳。「你他媽的給我等一等！愛是一種偽裝！什麼也不是！啥屁也不算！你懂嗎？」

沒人答腔。蓋瑞提望向前方，黑炭色的小丘與掛著星子的夜空相會。他在想自己能不能感受到左腳足弓即將抽筋的首波微小刺痛。他煩躁地想：我想坐下，該死，我好想坐下。

「愛是假的！」歐爾森提高嗓門。「天底下有三件事是真的，好好吃一頓、好好打一砲、好好拉泡屎，就**這樣**！而當你跟范騰還有札克一樣的時候……」

「閉嘴啦。」一個無趣的聲音說。蓋瑞提曉得開口的人是史戴本，但當他轉過頭去，史戴本只是望著地面，沿著左邊路肩前進。

上方有輛噴射機飛過，跟在引擎聲響後方的是劃過夜空羽毛般的線條。飛機飛得很低，足以讓他們看到上頭閃爍的亮光，一下閃黃，一下閃綠。貝克又吹起口哨。蓋瑞提的眼皮幾乎閉了起來，他的雙腳自己在前進。

半夢半醒的腦袋忽然飄向遠方，各種思緒開始在夢田之中慵懶追逐。在他小時候，媽媽唱過一首愛爾蘭搖籃曲給他聽……什麼烏蛤跟貽貝，活著，活著，活生生的呦[8]。而她的臉，又大又美，彷彿是電影大銀幕上的女演員。想要吻她，想要永遠愛著她。等他長大，他就會娶她。

小珍歡樂的波蘭裔臉孔取代了這個畫面，她金色的頭髮流瀉及腰。她在短短的海灘罩衫下穿了兩件式泳衣，因為他們要去里德海灘。蓋瑞提自己則穿剪破的牛仔短褲跟草編夾腳拖鞋。

小珍消失了，她的臉變成吉米．歐文的臉，這是住在距離他們家一個街區外的男孩。他五歲，吉米五歲，吉米的媽媽發現他們在吉米家後面的沙坑玩醫生看診，他們都升旗了，他們就

8. 譯註：這段歌詞來自愛爾蘭都柏林流行一時的歌曲〈莫莉．瑪儂〉。

是這麼說的——升旗。吉米的媽媽打電話給他媽，他媽趕來接他，然後在她房裡跟他坐下來，問他喜不喜歡她扒光他的衣服，逼他出去逛大街。想到這尷尬又卑微的一幕，他打瞌睡的身子畏縮了一下，這是深層的羞恥感。他哭著哀求，不要扒光他的衣服逼他出去逛大街……也不要告訴爸爸。

他現在七歲了。他跟吉米．歐文從髒髒的窗子望進老伯建築五金材料行的辦公室，看著裡頭的裸女日曆。他們曉得自己在看什麼，卻又不確定自己在看什麼，一種結合羞恥與興奮的某種痛楚爬了上來，總之是某種感覺就對了。月曆上有個金髮女郎，屁股部位披了一條藍色的絲巾，他們盯著那裡看了好久好久。他們爭執起那塊絲巾之下到底是什麼。吉米說他看過自己的媽媽裸體，吉米說他知道，吉米說那邊有毛還有開口。他不相信吉米，因為吉米講得很噁心。

不過，他也確定女生跟男生那裡肯定不一樣，而他們花了一個漫長的紫色夏日黃昏討論這件事，一邊揮打蚊子，一邊看著在老伯材料行對街貨運停車場湊和打起的棒球賽。在這半夢半醒之間，他感覺，真的**感覺到**屁股下方坐著的硬硬人行道觸感。

隔年，他們在玩槍的時候，他用他的黛西空氣槍的槍管打中吉米．歐文的嘴巴，吉米上唇縫了四針。一年後，他們就搬走了。他不是故意要打吉米的嘴巴，那只是意外。這他當然很確定，但就算那個時候，他也曉得吉米是對的，因為他也看過自己媽媽的裸體（他不是故意的，這只是意外）。那裡真的有毛，有毛有開口。

噓，親愛的，這不是老虎，只是你的泰迪熊，看到了嗎？……鳥蛤跟貽貝，活著，活生生的

呦……媽咪愛她的小男孩……噓……快睡……

「警告！四十七號，警告！」

一隻手肘粗魯地頂向他的肋骨。「孩子，就是你，快起床。」麥克菲對他笑了笑。

「現在幾點？」蓋瑞提沙啞地問。

「八點三十五。」

「但我……」

「打了好幾個小時的瞌睡。」麥克菲說：「我懂這感覺。」

「哎啊，肯定是這樣。」

「那是你的腦袋。」麥克菲說：「玩起古老的逃脫術。你不希望你的腳也來這招嗎？」

「我用黛雅香皂。」皮爾森裝出一副蠢臉，講起香皂廣告的台詞。「你不希望大家也來這招嗎？」

蓋瑞提心想，回憶就像畫在地上的線條。你越往回走，就會看到線條愈來愈模糊，愈來愈難看清楚。直到最後什麼也不剩，只是光滑的沙子，還有你一開始出來的那個虛無黑洞。回憶某種程度就像這條路，眼前如此真實、如此艱辛、如此實際，但剛開始的路，早上九點的路，已經如此遙遠，如此毫無意義。

大競走至此已經走了快五十英里。消息傳來，少校會在他的吉普車上看他們，當他們抵達五十英里的路標時，少校還會簡短致詞。蓋瑞提覺得這大概是唬人的。

他們挺進一條漫長的上坡路，蓋瑞提有點想要脫下外套，但他沒有，他只是拉下拉鍊，然後背對前方走了一分鐘。卡里布的燈光對他閃爍，他想起《聖經》中羅德的妻子，她因為回頭看而成了一根鹽柱。

「警告！四十七號，警告！四十七號，第二次警告！」

蓋瑞提花了點時間才發現那是在叫他。十分鐘內，他得到第二支警告。他開始覺得害怕，他想起那個不知名的男孩就是因為太常慢下來而死。他現在也是這樣嗎？

他轉頭張望，麥克菲、哈克尼斯、貝克跟歐爾森全盯著他。

歐爾森看起來狀況特別好，他在黑暗中都能看到歐爾森專注的神情。歐爾森超越了六個人，他希望蓋瑞提成為下一個。他希望蓋瑞提死。

「我看起來很蠢嗎？」蓋瑞提不耐地問。

「沒。」歐爾森把目光移開。「當然不蠢。」

蓋瑞提現在下定決心好好走路，他的雙臂劇烈地擺動起來。八點四十分，到了十點四十分，也就是再走八英里，他的警告就會解除。他感受到歇斯底里的激動，想要宣告他辦得到，他們無須替他放消息出去，他們不會看到他領罰單……至少不是現在。

地霧瀰漫在馬路上，如同細細的緞帶，如同煙氣。一個個男孩的身影穿過時，彷彿漂浮的暗色孤島。大競走五十英里處，他們經過一座打烊關門的小修車廠，店門口還有一座生鏽的加油站，它在霧中歪斜的樣子看起來實在很不祥。電話亭白熱的燈光透照出唯一的光線。少校沒有來，誰都沒有來。

道路緩緩轉彎，前方有一個黃色的路牌。消息傳了回來，但在消息傳進蓋瑞提耳中前，他就看到路牌了，上頭寫著：

陡坡，卡車請用低速檔

慘叫與哀號。前方某處，巴克維奇歡樂地高聲喊著：「兄弟們，踩過去！誰要跟我賽跑上坡？」

「閉上你的狗嘴，你這小怪胎！」有人低聲說。

「逼我啊，白癡！」巴克維奇尖聲地說：「快上來逼我閉嘴啊！」

「他要崩潰了。」貝克說。

「不。」麥克菲說：「他只是在吹牛，他那種人就喜歡誇大其詞。」

歐爾森的聲音小到不行，「我覺得我爬不上那座山，不可能以時速四英里的速度上去。」

斜坡一路往上延伸。他們已經快要開始上坡了，但因為霧氣，根本看不到頂端。蓋瑞提心想：就我們所知，我們好像是一直一直在上坡。

大家開始爬坡。

蓋瑞提發現上坡沒有那麼累，秘訣是你走路時要低頭看著自己的雙腳，身子稍微往前傾一點。只看著雙腳之間的這一小塊路，你就會以為你是走在平地上。當然，你騙不了自己，說肺跟你喉嚨裡的空氣沒有升溫，因為真的會感覺到很熱。

不知怎麼著，消息開始傳過來，顯然有人還有氣可以傳話。聽說這個坡有四分之一英里長。聽說這個坡有兩英里長。聽說從來沒有任何上路人在這個上坡路段領罰單。聽說光是去年就有三個男孩在此領罰單。之後，消息不再傳來。

「我辦不到。」歐爾森用單調的口氣說：「我再也走不動了。」他氣喘吁吁，跟狗一樣，但他持續前進，他們依舊前進。聽得到細小的悶哼及微弱的爆裂呼吸聲，此外就是歐爾森的喃喃自語，還有許多拖行的腳步聲，最後是跟著他們緩緩前進的戰車引擎，履帶滾動時發出的刺耳聲響。

蓋瑞提感覺到胃裡那不解的恐懼慢慢增長。他的確可能死在這裡。一點都不難。他先前因為摸魚，得到兩支警告。他現在不可能超過限速多少。他只要稍微放慢一點速度，他就會得到第三支，也就是最後一支警告。然後……

「警告！七十號，警告！」

「歐爾森，他們放的是你的歌。」麥克菲氣喘吁吁地說：「加快腳步，我想看你跟佛雷・亞斯坦（Fred Astaire）一樣跳舞跳上這座山坡。」

「你管個屁？」歐爾森惡狠狠地說。

麥克菲沒有回話。歐爾森找到一點點力氣，想辦法支持他走下去。蓋瑞提有點病態地想，歐爾森是不是迴光返照？他也想到史戴本，在隊伍後面拖拖拉拉的史戴本。史戴本，你好嗎？累了嗎？

前方，六十號的男孩拉森忽然坐在路上。他得到一支警告。其他男孩在他身邊分散開來，如同紅海在以色列孩童周圍分開一樣。

「我只是要休息一下，好嗎？」拉森一邊說，一邊露出信任卻相當疲憊的微笑。「我現在再也走不動了，好嗎？」他笑得更燦爛了，而他還對著軍人笑。這位軍人跳下半履帶戰車，還從肩上取下來福槍，一隻手握著不鏽鋼金屬精密錶。

「六十號，警告。」軍人說：「第二次警告。」

「聽著，我會追上去的。」拉森連忙向他保證，「我只是在休息。一個人不可能一直走，不可能一直走下去，各位，對不對？」歐爾森經過拉森身邊時發出輕微的呻吟，當拉森想要伸手碰觸歐爾森的褲管時，歐爾森連忙閃開。

蓋瑞提感覺到脈搏熱活地衝擊太陽穴。蓋瑞提心想：拉森得到他的第三支警告……這樣他就會明白了，這樣他就會連滾帶爬地起來了。

最後，顯然拉森終於搞清楚狀況了。現況狠狠打了他一巴掌。「嘿！」拉森在所有人後面說，他的語氣高亢緊張，「嘿，等等啊，別這樣。我這就起來。嘿，不要，不……」

一聲槍響。他們上了坡。

「架上還有九十三瓶啤酒。」麥克菲輕聲地說。

蓋瑞提沒有答腔。他盯著自己的雙腳，將所有的注意力都聚焦在認真攀頂，而不要得到第三支警告上頭。這段怪獸般的上坡路，不可能還有很長吧？一定快到了。

前方有人發出口齒不清的尖銳叫聲，然後步槍齊發。

「巴克維奇。」貝克沙啞地說：「我確定那是巴克維奇。」

「錯啦，鄉巴佬！」巴克維奇從暗處高喊：「百分之百大錯特錯！」

他們最終沒有見到在拉森之後遭到射殺的男孩。他是前鋒的一員，在其他人抵達前，軍人已經清場，將他拖離路面。蓋瑞提冒險從路面抬頭，他立刻就後悔了。他勉強看得到丘頂，很勉強。他們還有將近一個足球場長度的距離要走，看起來有一百英里。沒有人開口，他們每個人都退縮進自己充滿痛苦與努力的私人世界之中，幾秒鐘似乎延長成幾個小時。

快到丘頂時，一條充滿車痕的泥巴小路從主要幹道分出去，一位農夫與他的家人站在那裡。眉頭深鎖的老人、身穿厚重布外套的刻薄女人，還有三名看起來智商不高的青少年孩子，他們正望著上路人走過去。

「他需要的是……一把乾草叉。」麥克菲氣喘吁吁地對蓋瑞提說，汗水沿著他的臉流下。「格蘭特．伍德（Grant Wood）[9]就能……幫他畫一幅畫。」

有人喊著：「嗨呀，爹地！」

農夫、農夫的妻子以及農夫的孩子都沒有說話。蓋瑞提快發瘋了，他想到〈溪谷裡的農夫〉這首童謠，最後一句歌詞是「起司剩一口」，對，就是「嗨喔帶著走，起司剩一口」。農夫及他的家人沒有微笑，沒有皺眉，沒有展現出任何情緒。他們也沒有揮手，只有看著。蓋瑞提想起小時候每個週六下午看的西部電影，英雄都會被留在沙漠等死，而禿鷹會在上方盤旋。蓋瑞提很慶幸，他們被留下了。他覺得農夫、他太太及三個智商不高的孩子，明年五月一日晚上九點左右還是會出現在這裡……還有後年……大後年……他們見過多少男孩遭到殺害？是十幾個？還是只有兩個？蓋瑞提不願意去想。他從水壺裡喝了很大一口水，用水漱漱口，想要沖刷結塊的唾液。接著，他把水吐掉。

繼續上坡。前方的泰倫暈倒了，軍人在他失去意識的軀體旁給他三支警告後，就對他開槍。蓋瑞提感覺他們至少爬坡已經爬了一個月，對，至少有一個月了，而這只是保守估計，因為他們已經上路超過三年了。他低聲笑了起來，又喝了口水，漱漱口，然後嚥下。不能抽筋，現在抽筋他就完了，但他可能會抽筋。可能會喔，因為有人趁他不注意，把他的鞋子拿去泡液態鉛。

九人出局，而剩下的三分之一可能在這個坡道玩完。少校要歐爾森「給他們好看」，地獄裡還有什麼好看的？就算這裡不是地獄，也相去不遠了，已經很接近了……

噢，老天……

蓋瑞提忽然注意到自己頭暈眼花，彷彿快要昏倒。他伸手來回甩自己巴掌，手勁非常大。

「還好嗎？」麥克菲問。

9. 譯註：美國畫家，出生於艾奧瓦州阿納穆斯。一九三〇年因創作〈美國哥德式〉油畫而一舉成名。

「快要暈倒了。」

「把你的……」急速地氣喘吁吁。「水壺往頭上澆。」

蓋瑞提照做。雷蒙．戴維斯．蓋瑞提，我為你施洗，願平靜屬於你。水非常冰涼，暈眩感立刻消失，還有一些水滴進他的上衣裡，形成刺骨冰涼的小溪。「水壺！四十七號需要水壺！」他大喊。這麼努力一喊讓他又精力全失，他只希望自己剛剛先緩一緩。

一名軍人小跑步過來，將新的水壺遞給他。蓋瑞提感覺到軍人不帶情緒的亮亮雙眼上下打量著他。「走開。」他接下水壺，粗魯地說：「你領薪水是要對我開槍，不是看著我。」

軍人面不改色地離開了。蓋瑞提逼自己走快一點。

他們繼續上坡，沒有其他人得到罰單，他們平安到達丘頂。晚上九點，他們已經上路十二個小時。這不代表什麼，唯一重要的是吹過丘頂的涼爽微風，以及孤鳥的叫聲，還有貼著他皮膚的濕濕衣料觸感，以及他腦中的回憶。這一切才重要，而蓋瑞提絕望的意識牢牢抓住這一切。這是他的，而他此時還擁有這一切。

「彼得。」

「怎麼了？」

「天啊，我好慶幸我還活著。」

麥克菲沒有答話。他們開始下坡，路途比較輕鬆了。

「我會開始試著繼續活下去。」蓋瑞提的口氣幾乎是在道歉。

道路緩緩轉彎下坡。他們距離舊城還有一百一十五英里，以及相對平坦的收費高速公路。

「就是這個想法，對不對？」麥克菲終於開口。他有點破嗓，彷彿是玻璃碎裂出蜘蛛網痕一樣，彷彿他的聲音來自積灰的地窖。

他們良久沒有說話，沒有人講話。貝克穩健地走在旁邊，他至今還沒有得到警告。他把手插在口袋裡，頭緩緩跟著落地的腳步微微輕點。歐爾森又回到萬福瑪利亞模式，他的臉是黑暗中的一抹慘白。哈克尼斯正在吃東西。

「蓋瑞提。」麥克菲說。

「我在。」

「你看過大競走的終局嗎？」

「沒，你有嗎？」

「見鬼了，沒有。我只是想說你距離最近……」

「我爸不喜歡大競走。他帶我去看過一次，作為……你知道，反向教材，但就這麼一次。」

「我看過。」

這聲音讓蓋瑞提嚇了一跳，開口的人是史戴本。他幾乎已經追上他們，他依舊低著頭，金色的頭髮像是噁心的光暈，在他雙耳附近飄動拍打。

「那是什麼畫面？」麥克菲問。他的聲音聽起來變得好年幼。

「你不會想知道的。」史戴本說。

「我問的，不是嗎？」

史戴本沒有直接回答，蓋瑞提對他的好奇從來沒有這麼強烈過。史戴本沒有解釋，他看起來不像想解釋的樣子。他沒有怨言地繼續前進，從開始到現在都沒有得到任何警告。

「對啊，那是怎樣？」他聽到自己發問。

「我是四年前看到比賽的最後。」史戴本說：「那年我十三歲。比賽最後走到距離新罕布夏州州界十六英里處，國民兵都來了，聯邦特別小組還派了十六人來增援州警。他們不得不這麼做。人群將道路兩側擠得水洩不通，長達五十英里。在比賽正式結束前，超過二十人遭到踩死。這種事會發生是因為大家都想跟著上路人一起前進，想要看到比賽的終局。我的位置在第一排，我爸幫我安排的。」

「你爸是做什麼的？」蓋瑞提問。

「他是特別小組成員。他想得剛剛好，我完全不用移動，那年大競走就在我面前結束。」

「發生了什麼事？」歐爾森低聲地問。

「在我看見之前，我已經聽到他們過來了，大家都聽到了。那是一陣強烈的聲波，愈來愈近，但那時距離看到他們還有一個小時。他們沒有望向群眾，最後剩下兩名選手，他們都沒有看我們，彷彿他們不曉得旁邊有人一樣。他們眼裡只有道路，他們蹣跚前進，兩人都是。彷彿他們是被釘上十字架，下來之後又被逼著走路，而釘子還釘在他們的腳掌上一樣。」

大家現在都聽著史戴本講話，恐怖的寂靜如同塑膠布覆蓋在他們上方一樣。

「群眾對他們喊叫，他們彷彿聽不到。有人喊著其中一人的名字，有人喊著另一人，但真正一直出現的是這個**加油**……**加油**……**加油**……的唸誦。我跟懶骨頭豆袋椅一樣被人推來推去。我旁邊一個男人，不曉得是尿褲子還是射精在褲子上，我實在看不出來。

「他們經過我面前，其中一個人是金髮大漢，他的襯衫釦子開了，一隻鞋底不曉得是脫膠還是脫線，反正就是鞋底脫落拍打著。另一個人甚至沒穿鞋，他只有穿襪子，襪子只剩腳踝，其他的襪子……哎啊，就是走破了，對吧？他的腳是紫色的，你都看得到他腳掌爆裂的血管，但我覺得他可能感覺不到了。也許他們晚點會幫他治療雙腳吧？不知道啦，也許會吧。」

「夠了，拜託，別說了。」開口的人是麥克菲，他的聲音聽起來茫然又覺得噁心。

「是你想知道的。」史戴本的語氣可以說是很快活。「你不是這麼說的嗎？」

沒有回應。半履帶戰車氣若游絲地在路肩前進，發出鏗鏗鏘鏘的聲音，前方某處有人得到了一支警告。

「最後金髮大漢輸了。我都看到了，他們就在我面前，超過我一點點的地方。他高舉雙手，好像超人，但他沒有飛起來，而是臉朝下倒在地上。三十秒後，他們給了他罰單，因為他已經有三支警告了。他們都有三支警告。

「然後群眾開始歡呼。他們歡呼，歡叫，然後他們看到贏得比賽的那個人想要講話，於是大家又閉上嘴。你知道，他跪了下來，好像是要禱告，但他只是一直哭。然後他爬到另一個男孩身邊，把臉靠在那個金髮大漢的襯衫上，開始講他想講的話，但我們聽不到。他是對著那個死掉孩子的襯衫講話，他是在對那個死掉的孩子講話。然後軍人跑過來告訴他，他贏得大獎了，然後問他想要怎麼開始。」

「他怎麼說？」蓋瑞提問。對他來說，這似乎是攸關生死的問題。

「他沒有告訴他們，當時沒有。」史戴本說：「他一直對著那個死掉的孩子講話。他不知道在對他說什麼，我們聽不到。」

「之後呢？」皮爾森問。

「我不記得了。」史戴本模糊地說。

大家都沒有說話。蓋瑞提感覺到一陣驚慌、受困的感覺，彷彿有人把他塞進一根地下管道，而這裡太窄，他出不來一樣。前方有人得到第三支警告，一個男孩發出沙啞絕望的叫聲，彷彿是垂死的烏鴉。蓋瑞提心想：拜託，上帝，不要讓任何人在這一刻中槍。如果我現在聽到槍聲，我一定會發瘋。拜託，上帝，求求祢了，上帝。

幾分鐘後，步槍的金屬死亡聲音響徹暗夜。這次是身材矮小的男孩，他身穿紅白相間的橄欖球球衣。蓋瑞提一度以為波西他媽終於可以放下心中的擔憂與好奇了，但這人不是波西，他叫昆西還是昆汀之類的。

蓋瑞提沒有發瘋。他轉頭想怒罵史戴本，想問他，在一個男孩生命的最後幾分鐘裡引發這麼恐怖的情緒，他有什麼感覺？但史戴本只是回到他原本殿後的位置，而蓋瑞提再次獨自前進。

他們繼續前進，總共九十個人。

第五章

「你沒有說真相，所以你必須付出後果。」

——遊戲節目《真相或後果》主持人鮑伯·巴克

在那個永遠過不完的五月一日晚上九點四十分，蓋瑞提的兩支警告撤銷了一支。在球衣男孩後，又有兩個上路人得到警告，但蓋瑞提沒有留意，因為他忙著清點自己的狀態。

腦袋，有點困惑又有點瘋狂，但基本上沒事。兩隻眼睛，有眼屎硬塊。脖子，滿僵硬的。兩條胳膊，沒什麼問題。軀幹，還行，但無法被濃縮食物滿足的肚子一直咕嚕咕嚕叫。兩條累到不行的腿，肌肉痠痛。他在想，他的腿還能支持他多久？他的腦袋什麼時候才會搶過雙腿的主導權，開始懲罰它們？讓它們走過正常的極限，阻絕子彈打進腦袋的骨頭搖籃之中？還要多久這雙腿才會開始鬧事，開始扭成一團，開始抗議，最終止步不再前進？

他的腿好累，但就他所知，目前還算沒問題。

兩隻腳掌，痠痛。否認也沒用，他的腳掌很軟。他是個大男孩，這雙腳乘載著七十二公斤往前走。腳掌很痛，偶爾會有奇怪的刺痛出現。他左腳的大拇趾從襪子破洞伸出來（他想起史戴本的故事，感覺到一陣毛毛的恐慌感），腳趾頭開始不太舒服地摩擦鞋子。不過他的腳能正常運作，沒有水泡，他覺得他雙腳的狀態也還算可以。

蓋瑞提開始替自己信心喊話：你的狀況很好。已經死了十二個人，大概有二十四個人狀態很糟，但你沒事。你的狀況還是很好，你很棒，你還活著。

原本在史戴本故事結束後戛然而止的對話交談現在又開始了。活人才會交談。九十八號的亞尼克正與九十七號的懷曼用過大的聲音問候起半履帶戰車上軍人的祖宗十八代。兩人都覺得他們出身複雜，還是種族混合的多體毛私生子。

此時，皮爾森忽然問蓋瑞提：「你灌腸過嗎？」

「灌腸？」蓋瑞提複誦道。他想了想，說：「沒有，我覺得沒有。」

「你們有過嗎？」皮爾森說：「現在就從實招來。」

「我有。」哈克尼斯笑了幾聲。「我小時候，某一年萬聖節過後，我媽替我灌腸過。我吃了將近一整個購物袋的糖果。」

「你喜歡嗎？」皮爾森追問。

「見鬼了，一點也不！誰會喜歡五百西西的溫肥皂水灌進你的……」

「我弟就很喜歡。」皮爾森哀傷地說：「我問那個小混蛋，我來這裡他會不會難過？他說不會，因為如果他不哭不鬧，媽媽就會替他灌腸。他就喜歡灌腸。」

「真的有夠噁心。」哈克尼斯提高嗓門說。

皮爾森露出哀傷的神情。「我也這麼覺得。」

幾分鐘後，戴維森加入，告訴他們他在俄亥俄州斯托本維爾園遊會上喝醉好幾次，然後爬進豔舞舞孃的帳篷，結果被一位只穿丁字褲的大胖媽媽打頭。當戴維森告訴她，他喝醉了，以為自己爬進的是刺青攤（他是這麼說的），這位塊頭又大又壯的媽媽則讓他摸她摸了好一會兒（他是這麼說的）。他告訴她，他想在肚子上刺國旗。

亞瑟．貝克講起他在老家參加的比賽，看誰的屁能夠點起最大的火，一個名叫戴維．「噗」漢的毛屁股老男孩竟然燒光了他屁股跟下後背的毛。貝克說，聞起來就像森林大火。這話讓哈克尼斯笑到太激烈，因此得到一支警告。

之後，比賽繼續，出現一個又一個亂七八糟的故事，直到整個不穩固的結構開始分崩離析為止。又有人得到警告，沒多久，另一個貝克（詹姆斯）得到罰單，歡樂幽默的氣氛瞬間消失。有人開始談起他們的女朋友，對話開始結巴傷感。蓋瑞提沒有提到小珍，但隨著疲憊的十點到來，煤袋般的黑暗潑灑在銀白色的地霧上，就蓋瑞提看來，小珍是他生命裡最美好的事。

他們經過一排矮矮的水銀路燈，經過一個封閉關閉的城鎮，現在大家都安靜下來了，低語交談。在這馬路寬廣空間盡頭的超市門口，一對年輕男女坐在路邊長椅上，頭靠在一起睡著了。他們之間掛著一張看不清楚內容的告示牌。女孩的年紀很輕，看起來不到十四歲，男孩則穿了一件運動衫，感覺洗了太多遍，已經不適合穿去運動了。他們在街上的影子融合在一起，上路人低聲踏過。

蓋瑞提回頭看，確信半履帶戰車的運作聲肯定會吵醒他們。不過，他們沒有醒，當然也沒有注意到大競走就在他們面前悄悄經過。他在想，女孩的老爸一定會問她這一切是為了什麼。她看起來實在年齡很小。他在想，那個牌子上頭寫的是不是「衝衝蓋瑞提」，或「緬因本地人」。不知為何，他希望不是，現在想到那種標語讓他有點噁心。

他吃完最後的濃縮食物，覺得稍微好一點，但他現在沒東西可以施捨給歐爾森了。歐爾森很妙，蓋瑞提打賭歐爾森六個小時前就應該差不多了，結果呢？他還在走，現在一支警告也沒有。蓋瑞提覺得，當一個人命在旦夕的時候，他的確可以做很多事情。他們現在已經來到五十四英里了。

在無名小鎮的時候，大家就不說話了。他們無聲地走了差不多一個小時，然後冷冽的感覺又襲上蓋瑞提。他吃完媽媽準備的最後一塊餅乾，將錫箔紙揉成一團，隨手扔進路邊的灌木叢裡。只是另一個在浩瀚地球上隨手亂丟垃圾的傢伙罷了。

麥克菲從他的小背包裡挖出牙刷，忙著乾刷牙。蓋瑞提思索著，一切就這樣持續下去。你打嗝，你說不好意思；人家向你揮手，你也揮回去，因為這樣才有禮貌。沒有人互相爭執（除了巴克維奇），因為這也才是有禮貌的行為。一切就這樣持續下去。

或者，真的是這樣嗎？他想起麥克菲哽咽著要史戴本閉嘴。他想起歐爾森如同挨打的狗，顏面盡失又傻傻吃起他的起司醬。一切似乎都極度強烈，光與影之間有著銳利的對比。

十一點，好幾件事差不多同時發生。消息傳來，下午的大雷雨沖垮了前方的小木板橋。沒了橋，大競走就得暫停。疲憊的隊伍傳來虛弱的歡呼聲，而歐爾森則用非常輕柔的聲音咕噥了一聲：「感謝上帝。」

沒多久，巴克維奇開始對他旁邊的男孩施展一連串髒話攻勢。對方是個矮胖的醜男孩，有個很不幸的名字叫藍克[10]。藍克朝他揮了一拳，這是注意事項嚴正禁止的行為，他因此得到一支警告。巴克維奇的腳步沒有受到打擾，他只是稍微低頭，躲過拳頭，然後繼續鬼吼鬼叫。

「快啊，你這狗娘養的！我會在你他媽的墳墓上跳舞！快來啊，白癡，加快腳步！別讓我太輕鬆啊！」

藍克又揮了一拳。巴克維奇機靈閃開，卻絆倒走在旁邊的另一個男孩。他們兩人都因此得到警告。軍人現在謹慎觀察事態發展，但依舊面無表情，彷彿是看著兩隻螞蟻為了一塊麵包屑在打架一樣。蓋瑞提有點哀傷地這麼想。

藍克開始加快腳步，不想去看巴克維奇，但巴克維奇卻因為遭到警告而氣憤不已（被他絆倒的人是葛瑞寶，就是想告訴少校他是殺人兇手的那個人），他對他大喊：「藍克，你媽在四十二街吸屌！」

聽了這句話，藍克忽然轉身衝向巴克維奇。

大家連忙喊：「放手啦」、「別鬧了」，但藍克沒有注意到，他低頭怒吼著朝巴克維奇衝過去。

10. 譯註：Rank，在英文中有惡臭難聞的意思。

巴克維奇往旁邊跨一大步閃避，藍克則拐了腳，整個人在軟土路肩上翻了一圈，在沙地上打滑，然後癱坐在地。他得到第三支警告。

「快啊，白癡！」巴克維奇得意洋洋地說：「給我起來！」

藍克的確爬了起來，然後他又不知怎麼地滑倒了，整個人躺在地上。他看起來頭暈眼花的。

十一點左右發生的第三件事，是藍克死了。卡賓槍出現的時候，現場一度沉靜下來，然後貝克的聲音清晰又大聲，他說的是：「好了，巴克維奇，你再也不是臭蟲了，現在你成了殺人兇手。」

槍聲齊鳴，子彈的衝擊力道將藍克打飛，然後他一動也不動地四肢攤開，一隻手還擱在道路上。

「這是他的錯！」巴克維奇高喊：「你們都看見了，是他先出手的！注意事項第八點！第八點！」

沒有人講話。

「你們都去死！你們都去死好了！」

麥克菲輕鬆地說：「巴克維奇，繼續在他身上跳舞，多跳一點，娛樂娛樂我們。巴克維奇，在他身上來段布基烏基[11]吧。」

「醜疤臉，你媽也在四十二街吸屌！」巴克維奇用沙啞的嗓音說。

「我等不及要看你腦漿塗地囉。」麥克菲低聲地說。他伸手去摸自己臉上的傷疤，不斷搓揉、搓揉、搓揉。「等到那一刻，我會歡欣鼓舞，你這害死人的小混蛋。」

巴克維奇壓低聲音回了什麼話，其他人則從他身邊散開，彷彿他得了什麼瘟疫，而他只能獨自前進。

十一點十分，他們抵達六十英里，沒有看到什麼橋的路標。蓋瑞提開始懷疑風聲這次是不是誤傳了，此時他們抵達一小段坡路，往下看到一片燈海，一小群人正在忙碌幹活。

燈光來自好幾輛卡車的頭燈光束，直直照著橫跨湍急水流的木板橋。「我真愛這座橋。」歐爾森說道，然後他伸手拿出麥克菲給他的一根菸。「超愛。」

但等到他們接近的時候，歐爾森喉頭發出一陣輕輕的噁心聲音，便隨手將香菸扔進雜草之中。橋的一段支架及兩段底部厚實的木板被沖走了，但前方的特別小組正在努力修復。鋸斷的電線杆立在河床上，錨定住看起來像是巨大水泥栓的東西。他們沒有機會更換底板，所以他們在底板的位置擺上大型運輸卡車的車尾門。將就一下啦，還行得通。

「要人命的聖路易斯雷大橋[12]。」亞伯拉罕說：「如果前面的人多踩幾下，說不定橋就會垮了。」

11. 譯註：boogie-woogie，類似黑人爵士樂的快節奏舞曲，充滿打擊樂風格，在此有「狂舞」之意。
12. 譯註：這個說法來自桑頓・懷爾德的小說《聖路易斯雷大橋》，書中的秘魯草繩橋斷裂，造成多人身亡。

「機會不大。」皮爾森說道，又發出崩潰的哀號：「噢，**見鬼**！」

打前鋒的男孩只剩三、四人，他們現在上橋了。他們過橋時，腳踩在凹陷的地方，然後他們就到了另一邊，頭也不回地繼續前進。半履帶戰車停了下來，兩名軍人跳下車，跟著男孩步行前進，而橋的另一邊又有兩個人跟上先鋒隊伍的腳步。現在木板開始穩定發出聲響。

兩名身穿燈芯絨外套的男子靠在噴柏油的大卡車旁邊，車上還有「高速公路維修」的字樣。他們穿著綠色的橡膠靴，正在抽菸，眼睛看著上路人一一經過。隨著戴維森、麥克菲、歐爾森、皮爾森、哈克尼斯、貝克和蓋瑞提鬆垮的隊伍經過時，其中一個工人用他香菸點燃的那一端指著走過的人，說：「就是他。那是蓋瑞提。」

「孩子，加油！」另一個工人高喊：「我用十二比一的賠率賭十塊你贏！」

蓋瑞提注意到卡車後面還有好幾根鋸斷的長長電線杆。無論他喜不喜歡，這些人都會確保他繼續前進。他向他們揮揮手，然後過橋。取代底板的卡車尾門在他腳下發出聲響，然後橋就在他身後了。這條路急轉彎，唯一能夠提醒他們剛剛經過何處的只有路邊樹上一盞照出楔形的燈光。沒多久，燈光也沒了。

「大競走曾經因為什麼原因而停下來過嗎？」哈克尼斯問。

「我覺得沒有。」蓋瑞提說：「還在替書找素材嗎？」

「不。」哈克尼斯說，聽起來很累。「只是個人需要的資訊。」

「每年都會停一次啊。」史戴本從他們身後說。

沒有人答腔。

半小時後，麥克菲走到蓋瑞提身旁，靜靜地與他同行了一會兒。然後，他低聲地說：「小雷，你覺得你會贏嗎？」

蓋瑞提想了好久好久。

「不。」他終於開口：「不，我……我不會。」

這生硬的坦誠讓他嚇了一跳。他又想到領罰單……不，領**子彈**的時候，在這愣住僵住的最後半秒鐘裡，你完全知道會發生什麼事：看到卡賓槍的無底洞槍口對準自己，雙腿動彈不得，五臟六腑又扭又攪，肌肉、生殖器、大腦全畏縮起來逃避這一次血脈賁張後的無意識狀態。

他乾嗤了一口，問：「那你呢？」

「我猜不會吧。」麥克菲說：「今晚九點開始，我就不覺得我有勝算了。你知道，我……」他清清嗓子，「實在很難開口，但……你知道，我會睜著眼睛面對。」他伸手比比周遭其他男孩。「他們很多人都會閉眼。你知道嗎？我曉得機率有多少，但我搞不懂的是**人**，而我覺得我並沒有參透這一切背後真正的真相。我覺得我以為當第一個人走不下去，而他們用槍對準他、扣下扳機的時候，槍枝會發射出小小的紙片，上頭印著『砰』，然後……然後少校會出來，說『愚人節快樂』，接著我們都能回家。你懂我在說什麼嗎？」

蓋瑞提想到克里倒地的那一刻，鮮血四濺，腦袋像燕麥粥一樣，全灑在人行道與白線上，他想到自己那一刻爆裂的驚恐。「懂。」他說：「我懂你的意思。」

「我花了點時間才想通，但等到我繞過那塊心理障礙後，速度就快多了。不走就死，這就是這則故事的寓意，就這麼簡單。存活的重點不在於生理的強壯，這是我讓自己攪和進這渾水時搞錯的地方。如果是，那我勝算挺高的，但就連手無縛雞之力的人看到車子壓在自己老婆身上，都能徒手搬動汽車……蓋瑞提，重點在大腦。」麥克菲的聲音成了沙啞的低語，「不是人或上帝，而是……腦袋裡的機制。」

北美夜鷹在黑暗裡叫了一聲。地霧散去。

「在生物化學與生理缺陷失去作用後，這裡有人還會一直走下去。去年有個人用爬的，保持四英里的時速，爬了兩英里的路，因為他的雙腳同時抽筋。你還記得在報上讀過這則報導吧？看看歐爾森，他已經累壞了，但他還是繼續走。那該死的巴克維奇把高八度的憎恨當成能量，他繼續前進，精神飽滿。我覺得我辦不到。我還不累，沒有真的很累，但只是還沒而已，我還是會累。」他望向前方的黑暗，他憔悴側臉上的傷疤變得非常明顯。「而我覺得……當我覺得夠累的時候……我覺得我就會坐下了。」

蓋瑞提一語不發，卻覺得緊張，非常緊張。

「但我還是會贏過巴克維奇啦。」麥克菲好像是在對自己說話：「老天，這我還辦得到。」

蓋瑞提望向手錶，發現已經十一點半了。他們經過毫無人煙的十字路口，睡眼惺忪的員警把車停在這裡，他原本該管控的交通人流並不存在。他們經過他身邊，走出了孤單水銀路燈投下的亮眼光圈，黑暗如同煤袋又降臨在他們身上。

「我們可以現在偷溜進樹林裡，他們看不到我們。」蓋瑞提若有所思地說。

「試試看啊。」歐爾森說：「他們有紅外線掃描儀，還有額外四十組監控設備，包括高性能麥克風，他們聽得到我們說的一切，他們幾乎可以捕捉你的心跳。小雷，他們看你就跟大白天看你一樣。」

彷彿是在強調這個觀點一樣，後方一名男孩得到第二支警告。

「你讓生命都沒意思了。」貝克低聲地說。蓋瑞提覺得他的南方口音聽起來很突兀也陌生。

麥克菲走開了。黑暗似乎孤立了他們每個人，蓋瑞提忽然感覺到強烈的孤獨。每當有東西竄過他們行經的樹林時，都會引來低語及卡在喉頭的驚呼。蓋瑞提這才饒有興味地明白，對他們之中那些來自城市的男孩而言，深夜漫步穿過緬因州樹林並不是什麼輕鬆愉快的活動。他們左邊某處的貓頭鷹發出神秘的聲音；另一邊有東西發出沙沙聲，停了，沙沙聲，又停了，然後大力掙脫前往人比較少的地方。接著是另一個緊張的聲音高喊：「那是什麼？」

天空中善變的春天雲朵開始形成一片一片魚鱗的形狀，暗示著又要下雨了。蓋瑞提立起領子，聽著自己在道路上的腳步聲。心智的幽微調整是有技巧的，如同在夜晚待得愈久，夜間視力就看得愈清楚一樣。今天早上，他聽不太到自己的腳步聲。他的腳步聲淹沒在其他九十九雙腳走路的聲音中，更別說還有半履帶戰車的運作聲。不過，他現在可以輕鬆聽見自己最特別的腳步聲，還有他左腳時不時會摩擦地面的特殊行走方式。對他來說，雙腳落地的聲音在他耳裡非常清晰，如同他的心跳一樣。那是不可或缺、攸關生死的聲音。

他覺得視線不太清楚，雙眼像是卡在眼眶裡。他的眼皮好沉重，眼睛裡彷彿有什麼吸收精力的排水孔一樣。時不時會聽到單調的警告，但沒有人中槍。巴克維奇閉嘴了；史戴本又成了鬼魂，就連在後頭都沒看見他。

他手錶的指針顯示十一點四十分。

他心想，馬上就要到群魔亂舞的午夜了。這個時候，教堂院落的墓地會打起哈欠，放出其下那些長黴的死者；這個時候，聽話的小男孩會上床睡覺；這個時候，妻子與戀人會放棄當晚充滿愛慾的枕頭戰；這個時候，遊子會不怎麼安穩地睡在前往紐約市的灰狗巴士上；這個時候，爵士樂手葛倫．米勒（Glenn Miller）會在收音機裡不受打擾地演奏起來，酒保心想該把椅子搬到桌上了，而……

小珍的臉再次浮現在他的腦海。他想起聖誕節時吻她的情景，那已經是差不多半年前的事了，他媽每年都會在廚房大圓燈下掛塑膠槲寄生，他們就在槲寄生下接吻。愚蠢的小孩子玩意兒，看看你現在站在哪裡。她的嘴唇意外地柔軟，無法抵抗。那是很棒的吻、值得作夢的吻、他真正的初吻。他送她回家的時候，又吻了她一次。他們站在她家車道上，站在靜悄悄、灰茫茫的聖誕落雪之中。這不只是很棒的吻。他的手環抱她的腰，她的手臂纏著他的肩膀，緊緊扣住，雙眼緊閉（他偷看了），她胸部的柔軟觸感（當然是隔著她的外套）抵著他。他差點就要說出我愛妳，但沒有……這樣也太快了。

之後，他們彼此教育。她教他書是可以讀完就丟的東西，不用研讀（他什麼都要仔細研究，這讓小珍覺得很好笑。她的歡笑一開始讓他很生氣，但他後來也看到好笑的一面）。他教她織毛線，這才是好笑的事，但偏偏教他織毛線的人是他爸……早在特別小組帶走他爸之前。他爸則是跟蓋瑞提的爺爺學的，看來這算是蓋瑞提一家的男性傳統。小珍很迷這些增增減減的編織手法，很快技巧就超越了他，踏入他辛苦編織的領域，從圍巾到無指手套，從毛衣到扭繩花紋，最後到鉤針，甚至是梭織的花邊墊飾。至此，她放棄了這項嗜好，而她放棄的速度跟她精熟的速度一樣快到誇張。

他也教她如何跳倫巴跟恰恰，這是他在艾米莉亞．道臣太太的現代舞學校花了不曉得多少個週六早晨學會的技巧……這是他母親的點子，他曾極力反對，但他媽倒是一點都沒有讓步，真是謝天謝地。

如今他想起她那張近乎完美橢圓臉蛋上的光影，想起她走路的姿態，她聲音的起伏，她那輕鬆一擺就令人充滿遐想的臀部，他才驚覺，自己到底為什麼要走在這條黑暗的道路上？他此時此刻就想要她，他想要一切重來，但要作出不同的選擇。現在，當他想起少校那張黝黑的臉、花白的鬍子、鼻梁上鏡面太陽眼鏡的時候，他感覺到的是深刻的恐懼，他的雙腿因此軟弱無力。我為什麼會來這裡？他絕望地問自己，但他沒有答案，於是他又問了一遍：我為什麼……

黑暗裡傳來槍枝齊發的聲響，然後是肉體重重跌落水泥地上的聲音，這個聲音他絕對不會聽錯。他再次恐懼起來，阻塞喉嚨的恐懼讓他想要盲目拔腿狂奔，鑽進灌木叢裡，一直跑、一直跑，直到找到小珍，直到找到安全。

麥克菲有巴克維奇讓他前進，他自己則可以專注在小珍身上。他會走向小珍，他們會替上路人的親屬與愛人準備第一排特別席，到時他就會看到她。

他想起早先親吻的女孩，覺得羞愧不已。

你怎麼知道自己辦得到？抽筋……水泡……稍微嚴重點的割傷與一直止不住的鼻血……又高又遠的山路……你怎麼知道你辦得到？

我辦得到，我辦得到。

「恭喜了。」在他旁邊的麥克菲說，讓他嚇了一跳。

「什麼？」

「午夜了。蓋瑞提，我們活著，又要奮鬥一天了。」

「還有很多天呢。」亞伯拉罕說：「至少我是這樣啦。我沒有要勉強你喔，你懂的。」

「如果你在乎，距離舊城還有一百五十英里。」歐爾森疲憊地說。

「誰在乎什麼舊城？」麥克菲質問道：「蓋瑞提，你去過嗎？」

「沒有。」

「那奧古斯塔呢？老天，我以為奧古斯塔在喬治亞州。」

「有，我去過奧古斯塔，那是這個州的首府……」

「這個地區的首府。」亞伯拉罕說。

「還有共治州長的豪宅，兩座道路圓環，以及兩座電影……」

「你們緬因州有這些玩意兒？」麥克菲問。

「哎呦，那好歹是小州的首府，好嗎？」蓋瑞提笑著說。

「等到我們抵達波士頓就知道了。」麥克菲說。

然後是哀號聲。

前方傳來歡呼、叫囂與噓聲，蓋瑞提驚覺有人在叫他的名字。前方大概半英里處有一棟破爛的農舍，廢棄傾倒，不過老舊的舞台燈卻接著某處的電源，還有一個用松樹樹枝拼貼的大看板，就立在屋子前方，上頭寫著：

蓋瑞提是我們的英雄！！！
阿魯斯圖克郡家長會

「嘿，蓋瑞提，家長在哪裡？」有人高喊。

「回家生孩子了。」蓋瑞提尷尬地說。沒錯，蓋瑞提的確來自緬因，但他覺得看板、歡呼及其他上路人的嘲諷都讓他覺得不好意思。他發現了很多事情，其中一件他在過去這十五個小時了解到的，就是他不太希望成為焦點。想到緬因州有一百萬人替他站出來、甚至下注賭他贏（公路工人說賠率是十二比一……這樣算高還是低？），光想都覺得有點嚇人。

「你覺得他們會把豐滿多汁的『家長』晾在外面嗎？」戴維森問。

「欲求不滿的家長會？」亞伯拉罕說。

玩笑話只是隨口講講，並沒有持續太久。這條路會迅速扼殺所有的玩笑。他們經過另一座橋，這次是一座水泥大橋，橫跨寬廣的大河。他們下方的水波如同黑色的絲帶。幾隻蟋蟀發出謹慎的叫聲，約莫零點十五分，一陣冰涼的小雨下了下來。

前方有人吹起口琴，但沒有吹太久（注意事項第十三點：盡可能保持體力），但這個人在吹的時候吹得很好。蓋瑞提心想，這首歌聽起來像是〈老黑喬〉（Old Black Joe）。就在玉米田裡，伴著這哀傷的歌。所有的黑人都在哭，尤英躺在冰冷的土裡。

不，那才不是〈老黑喬〉，那是十九世紀民謠創作者史蒂芬．佛斯特（Stephen Foster）另一首唱種族歧視的經典歌曲。真好啊，史蒂芬．佛斯特，喝酒喝到死。愛倫坡也是，聽說的啦。愛倫坡這個戀屍癖，最後娶了他十四歲的表妹，他因此也有戀童癖。這麼多頹廢邪惡的人，史蒂芬．佛斯特跟愛倫坡最為誇張。蓋瑞提心想：如果他們能夠活到親眼目睹大競走就好了，他們大可合作寫出世界第一齣病態音樂劇，《冰冷之路上的主人》或《告密的步伐》，或……

前方有人開始尖叫，蓋瑞提感覺到自己的血液瞬間冰涼。那是充滿稚氣的聲音，不是在尖叫說著什麼，只是尖叫。黑暗的人影從上路人中跑出去，一路跑過半履帶戰車前方的路肩（蓋瑞提甚至想不起來在修補的大橋之後，半履帶戰車是何時加入的），衝進樹林之中。槍聲響起，然後是爆裂聲，彷彿某個死掉的東西硬生生倒在杜松及低矮灌木叢，最後摔到地上的聲音。一名軍人跳下車，用雙手拖起一個毫無生氣的形體。蓋瑞提冷漠地望過去，心想：就連恐懼的震驚都疲乏了，就算是面對死亡，看多也會覺得膩。

口琴樂手諷刺地吹起〈安息號〉（Taps），某人——聽起來應該是柯利．帕克，憤怒地叫他不要再吹了。聞言，史戴本大笑起來。蓋瑞提忽然很氣史戴本，想轉身問他，如果他死的時候有人笑，他會作何感想？這種事應該是巴克維奇會幹的。巴克維奇說他要在很多墳墓上跳舞，現在至少已經有十六座墳墓可以給他跳了。

蓋瑞提心想：真不曉得他還有多少腿力可以跳？銳利的疼痛忽然穿過他的右腳足弓，肌肉緊繃，讓人心跳都要停了，然後肌肉又放鬆下來。蓋瑞提懸著一顆心等待疼痛再次出現，而且可能會更痛。他怕他的腳會因此變成一塊沒用的木頭，但後來痛楚再也沒有出現。

「我走不下去了。」歐爾森沙啞地說。在黑暗中，他的臉是一片模糊的蒼白。沒有人理他。

黑暗，這該死的黑暗。就蓋瑞提看來，他們好像是活埋在黑暗裡，監禁在黑暗之中。距離黎明還有一世紀這麼遠，他們之中有人再也看不見曙光，甚至是陽光。他們全都埋在黑暗的六尺之下。他們所需要的只是神父單調的吟唱，他的聲音聽起來低沉模糊，但沒有被新湧過來的黑暗壓過，黑暗之上則是哀悼的人。。那些哀悼者甚至沒有發現他們在**這裡**，他們還**活著**，他們對著棺材板下的黑暗尖叫、抓撓、拍打，空氣生鏽破碎，變成毒氣，希望逐漸消散褪色，最後也變成一片黑暗。上方則是神父那彷彿教堂鐘聲般令人昏昏欲睡的話語，此外還有哀悼者急切想要回到溫暖五月陽光下的腳步聲。然後，超越腳步聲的是嘆息、緩緩移動的昆蟲諧唱，牠們在泥土中蠕動，朝著大餐前進。

蓋瑞提心想：我要發瘋了。我他媽的這一刻就要發瘋了。

一陣輕輕的微風吹過松林。

蓋瑞提轉身尿尿。史戴本讓開了一點，哈克尼斯則發出有點像咳嗽、有點像打呼的聲音，他邊走邊陷入半睡半醒的狀態。

蓋瑞提忽然意識到各種生命裡會發出來的細小聲音：有人喊叫，有人吐痰，有人打噴嚏，有人在吃東西的細碎咀嚼聲。有人低聲問候別人感覺如何？然後是低語的回答。亞尼克壓低聲音唱起歌來，歌聲又輕又柔，還走了調。

意識到這一切，一切都是意識的作用，但這不是永恆。

「我怎麼會攪進這種事？」歐爾森忽然絕望地問起這個問題，呼應了蓋瑞提不久前的想法。

「我怎麼會讓自己攪和進這種事？」

沒有人理他，已經很久都沒人回他話了。蓋瑞提心想：彷彿歐爾森已經死了一樣。

又一陣小雨落下。他們經過另一座古老的墓園，隔壁是一座教堂、小小的店舖，然後他們經過一片規模不大的新英格蘭整齊住宅。道路與另一條比較小的商業區平行，這裡大概有十幾個人圍觀他們經過。他們歡呼，但壓抑著聲音，彷彿是不想吵醒鄰居一樣。蓋瑞提發現，這些人看起來都不年輕了。這群人中最年輕的人是個眼神專注的三十五歲男子，他戴著無框眼鏡，穿著邋遢的運動外套，雙手環抱外套抵禦寒氣。他的頭髮往後梳，蓋瑞提發現男子的褲襠拉鍊沒有拉好，他覺得有點好笑。

「加油！讚！衝衝衝！噢，讚！」男子輕聲唸著。他不斷揮著一隻胖嘟嘟的手，上路人走過時，他的目光似乎烙印在每個人身上。

在村莊遠處，一位睡眼惺忪的警察攔住一輛半掛式卡車，直到上路人統統過去。這裡有四盞街燈、一座廢棄的大樓，前方大大的雙扉推門上寫著「八十一號尤瑞卡．葛蘭治」，然後這個鎮就走完了。不知為何，蓋瑞提覺得不對勁，他覺得自己彷彿是穿過某個雪莉．傑克森（Shirley Jackson）筆下的恐怖短篇故事一樣。

麥克菲頂了他一下，說：「看那老兄。」

「那老兄」是一個身穿誇張軍綠色風衣的高個男孩，風衣正拍打著他的雙膝。他走路的時候雙手抱頭，看起來像一大片濕敷的藥草。他搖搖晃晃地前進，蓋瑞提用類似學術研究的眼光仔細觀察對方，他甚至不記得之前見過這位上路人……但當然啦，黑暗會改變人的模樣。

男孩拐了腳，差點跌倒，然後他又繼續前進。蓋瑞提與麥克菲靜靜地盯著他，大概看了十分鐘，在風衣男的掙扎之中，忘卻自身的疼痛與疲憊。風衣男沒有發出聲音，沒有哀號，沒有呻吟。

最後，他跌倒了，遭到警告。蓋瑞提覺得這男孩起不來了，但他還是爬了起來，現在他幾乎跟蓋瑞提及其他男孩走在一起。這孩子長得特別醜，外套上貼著四十五號。

歐爾森低聲地問：「你有什麼毛病？」但那男孩似乎沒有聽見。蓋瑞提發現，他們都會這樣，完全無視於周遭的一切與其他人，什麼都不在乎，眼裡只有這條路。他們用駭人的入迷目光緊盯著道路，彷彿這是無盡無底深淵之上的鋼索，他們不得不走一樣。

「你叫什麼名字？」他問那男孩，但依舊沒有答案。他發現自己忽然不斷對那男孩發問，像是在唸誦什麼愚蠢的禱告詞，而這禱告詞能夠讓他逃避如同黑色特快車飛速向他駛來的黑暗命運。「你叫什麼名字？說啊，你叫什麼名字、你叫什麼名字、你叫……」

「小雷。」麥克菲拉拉他的袖子。

「彼得，他不肯告訴我，叫他告訴我、叫他告訴我，他叫什麼名……」

「別煩他了。」麥克菲說：「他就要死了，別煩他了。」

風衣上黏著四十五號的男孩又跌倒了，這次著地的是他的臉。他爬起來的時候，額頭上有好幾道緩緩滲著血的刮痕。他現在走在蓋瑞提這群人後面，但當他得到最後警告時，他們都聽見了。

他們經過一塊更幽深的黑暗，橫跨上方的是鐵軌的地上軌道。雨水從某處滴落，在這石造的喉嚨裡，看起來空洞也神秘。這裡非常濕。然後他們又走了出去，蓋瑞提滿懷感激地發現前方是一條筆直漫長的平路。

四十五號再次倒下，其他男孩一一加快腳步散開。沒多久，槍聲響起。蓋瑞提覺得，也許那男孩的名字不怎麼重要吧。

第六章

「現在我們的參賽者都在孤立無援的亭子裡。」

——益智節目《二十一》主持人傑克・貝瑞

凌晨三點半。

對雷蒙・蓋瑞提來說，這似乎是他人生最漫長一夜裡最漫長的時刻。這是低潮，死寂的低潮，猶如當大海退去，灘地覆蓋糾結的海藻、生鏽啤酒罐、爛掉的保險套、破裂的瓶子、打碎的浮標，以及身穿破爛泳衣的綠苔屍骨。這就是死寂的退潮。

自從風衣男之後，又有七人領了罰單。差不多在兩點的時候，一度有三人幾乎同時出局，如同遭到第一陣強烈秋風吹過的堆疊玉米禾束堆一樣。大競走已經走了七十五英里，二十四人出局。

但這不重要，重要的是這死寂的退潮。三點半，死寂的退潮。又是一聲警告，沒多久，槍聲再次響起。這次是張熟悉的面孔，八號，戴維森，他說他曾偷溜進托本維爾園遊會的豔舞舞孃帳篷。

蓋瑞提望向戴維森蒼白卻染血的臉孔一會兒，然後又看著道路。他現在大多把精力專注在道路上。有時白線很清晰，有時白線殘破不堪，有時是雙白線，如同街車的軌道。他在想，其他時候，大家怎麼行駛在這條路上，怎麼會看不見這白色油漆裡畫出的生死模式呢？還是他們畢竟還是看到了？

路面讓他著迷不已。能夠坐在路面上感覺多好、多輕鬆啊！你會先蹲下去，你僵硬的膝蓋關節會跟玩具空氣槍一樣發出響聲。接著，你用手撐在那冰涼、鋪著小石子的表面，一屁股坐下去，你會感覺到你全身七十二公斤的重量離開你的雙腳，這令人尖叫的壓力瞬間消失……之後，你會躺下，往後靠，你就躺下了，四肢攤開，感覺脊椎伸展……仰頭看著環繞的大樹以及如同巨輪般壯美的星辰……聽不到警告，只望著星空，等待……等待……

就是說啊。

聽著其他上路人遠離火線的零星腳步聲，扔下他一個人，彷彿他是什麼祭品。聽他們低語：是蓋瑞提，嘿，是蓋瑞提啊，他要領罰單囉！也許這時他就會聽到巴克維奇的笑聲，聽到他再次替他那不存在的舞鞋繫鞋帶的聲音。卡賓步槍的槍口瞄準，然後……

他逼自己把目光從道路上移開，蒼涼地望向身邊的移動人影上，接著又抬頭看起地平線，想要尋找最細小的一絲曙光。沒有，當然沒有，夜晚依舊深暗。

他們又經過兩、三座規模更小的鎮，全都黑漆漆、沒有活動。午夜時分，他們經過十幾名睡眼惺忪的群眾面前，這種人就是會不惜赴湯蹈火，堅持撐著看完十二月三十一日跨年儀式的死忠派。之後三個半小時則什麼都沒有，只是一場夢的蒙太奇拼貼畫面，失眠者在夢與醒之間

的惡魔。

蓋瑞提仔細望著身邊的臉孔，但他沒有看到熟人。一陣不理智的焦慮感襲來。他用手指點點前方上路人的肩膀，問：「彼得、彼得？是你嗎？」

那人發出不耐的哼聲就走開了，連頭都沒回。歐爾森原本在他左邊，貝克在右邊，但現在他左邊一個人也沒有，他右邊的人比亞瑟·貝克胖多了。

不知怎麼著，他走離道路，混入一群深夜健行的男童軍行列之中。他們會找他，搜索著他。槍枝、警犬、特別小組，還有雷達與體溫探測器，以及……

他忽然鬆了口氣。那是亞伯拉罕，就在前方四點鐘的方向。他要做的就是稍微轉頭，他絕對不會認錯這瘦長的身影。

「亞伯拉罕！」他誇張地大聲低語：「亞伯拉罕，你醒著嗎？」

亞伯拉罕咕噥著什麼。

「我說，你醒著嗎？」

「對，真他媽該死的蓋瑞提不要煩我。」

至少他還在。那完全迷失方向的感覺立刻消散。

前方有人得到第三支警告，蓋瑞提心想：我一支都沒有！我可以好好坐下來，休息一分鐘，或一分半，我可以……

但，他就永遠爬不起來了。

他告訴自己：對，我起得來，我當然起得來，我會……

就這麼死掉。他想起他承諾過他媽，他會在自由港見到她與小珍。他的承諾原本只是隨口說說，根本沒有放在心上。昨天早上九點的時候，他覺得抵達自由港是一個必然的結果，但現在一切都不是兒戲了，這是三維立體的現實，而拖著血淋淋的雙腳、艱辛走進自由港，那似乎只是一個駭人的可能性而已。

又有人遭到射擊……這次在他後面。槍口沒有瞄準，倒楣的罰單人彷彿嘶聲尖叫了好久好久，之後另一顆子彈打斷叫聲。蓋瑞提不曉得為什麼想到培根，濃稠的酸楚唾液湧上口中，讓他想吐。在大競走七十五英里時有二十六人出局，蓋瑞提不曉得這樣的成績算好還是不好。

他緩緩駝背，腦袋縮在肩膀之間，他的雙腳自動帶他前進。他想起小時候參加的一場葬禮，那是怪仔德拉西歐的葬禮。他當然不叫怪仔，他的本名是喬治，但附近的孩子都叫他怪仔，因為他有點鬥雞眼……

他想起怪仔總在打棒球時等著隊長選他，卻總是最後一個沒人要，他那雙不太正常的眼睛如同網球賽的觀眾，在兩隊隊長身上來回跳躍。他總是待在中外野最遠處，不會有太多球打過去，他因此不會造成太多傷害。他一眼幾乎全盲，因此距離感不好，無法判斷球會不會打過來。一次，一球朝他飛去，他的手套撲空，而球重重砸在他的額頭上，超大聲的，彷彿是用刀柄猛敲哈密瓜一樣。接下來整個禮拜，都能看到球上的縫線在他額頭上留下的痕跡，就跟烙印一樣。

怪仔死在自由港外頭美國一號國道的汽車輪下，蓋瑞提的朋友艾迪·克里普史坦看到事情發生。艾迪．克里普史坦講述事發經過，害得其他孩子連續六個禮拜都不敢接近事發現場。他說，一輛汽車撞上怪仔德拉西歐，怪仔從腳踏車龍頭上彈起，撞擊力道讓他的兩隻靴子都掉了，他的腿在殘廢的榮光下扭動，身體則在沒有翅膀的狀況下短暫飛行，他從他的史溫腳踏車飛向一面石牆，而怪仔腦漿四溢，像一坨砸在石頭上的濕稠糨糊。

他參加了怪仔的葬禮，在去之前，他差點吐光他的午餐，因為他不曉得會不會看到棺材裡怪仔的腦袋跟糨糊一樣四溢。不過，有人把怪仔的身體修好了，替他穿上休閒西裝外套、打上領帶，還替他別上他所有的幼童軍徽章，看起來彷彿一有人喊出「打棒球囉」，他就會立刻跳出棺材一樣。那雙不正常的眼睛是閉著的，總體來說，蓋瑞提覺得鬆了一口氣。

怪仔是他來這裡之前見過的唯一一個死人，那是乾乾淨淨、整整齊齊的死人。不像尤英，不像穿軍綠色風衣的男孩，或疲憊蒼白臉上染血的戴維森。

蓋瑞提陰鬱地覺得這太噁心了，真的太噁心了。

三點四十五分，他得到第一支警告，他用力在臉上來回搧了兩個巴掌，想要叫醒自己。他的身體感覺到流竄的寒意。他的腎臟拖累他，但他又覺得還不用小解。也許是他的想像吧，但東方的星星看起來更亮了。他覺得非常驚訝，因為昨天此時，他還睡在車子後座，他們正要驅車前來國界的石柱標記處。他幾乎可以看到自己躺著伸懶腰，**癱**在那裡，**動都不動**。他感覺到一股強烈的渴望，想要回到那一刻，想要回到昨天早上。

三點五十分。

他環視周遭，曉得自己是唯一清醒、意識清楚的人，他因此得到一種高人一等的孤獨滿足感。現在比較亮了，亮到他足以從行走的側影認出每個人的樣子了。從紅色條紋襯衫吹拂拍打的模樣看來，前面這人是貝克，麥克菲則在他身後。他看見歐爾森流落到左手邊，跟半履帶戰車保持同樣速度，這讓蓋瑞提很吃驚。他原本很確定歐爾森就是在凌晨黑暗時分其中一個領罰單的人，但看到歐爾森持續前進，他又鬆了口氣。現在還不夠亮，無法看清楚歐爾森的狀況，但他的腦袋時不時跟著腳步點上點下，有點像碎布娃娃的頭。

老媽一直出現的波西現在落到史戴本後面去了。波西走路有點歪歪扭扭，像是長年在海上航行的水手第一天登陸的姿態。他也看到葛瑞竇、哈克尼斯、懷曼、柯利．帕克。他認識的人大多還在。

四點鐘，地平線上出現一陣亮亮的波紋，蓋瑞提覺得心情都飛揚起來。他回頭以恐懼的心情望向背後長長的暗夜隧道，懷疑他到底是怎麼撐過來的。

他稍微加快腳步追上麥克菲，麥克菲一邊走，下巴一邊抵在胸口，雙眼半開，但目光呆滯空洞。說是醒的，還不如說他睡著了。一條細細的口水掛在他的嘴角，透亮美好、善盡責任地捕捉住第一道羞怯的曙光。蓋瑞提著迷地望向這奇異的景象，他不想喚醒打瞌睡的麥克菲。暫時待在他喜歡的人身邊就夠了，這個也撐過暗夜的人。

他們經過一處滿是岩石、走勢陡峭的草原，五頭母牛嚴肅地站在磨光樹皮的木頭圍欄後面，望著上路人，同時若有所思地咀嚼起來。有一隻小狗從農舍空地跑出來，對著上路人聲嘶力竭地吠了起來。半履帶戰車上的軍人將槍高舉瞄準，如果狗狗打擾上路人的腳程，他們就會對其開槍，但狗狗只有在路肩跑上跑下，英勇出聲對抗、守護領土，同時還保持安全距離。有人用粗啞的聲音對狗大吼，要牠快他媽的閉嘴。

接下來的日出讓蓋瑞提狂喜不已。他看著天空及大地一點一點亮起來。他看著地平面上的白色光芒漸漸變深，變成一種細緻的粉紅色，然後是紅色，然後是金色。在最後一絲夜色終於消散前，槍聲又再次響起，但蓋瑞提幾乎沒有聽見。第一道太陽的紅色弧形光芒閃過地平線，消失在鬆軟的雲朵之後，接著再次猛烈閃耀。今天的天氣看起來相當好，蓋瑞提以牛頭不對馬嘴的想法向這一天打起招呼：感謝上帝，我能死在天光之下。

一隻鳥兒愛睏地啁啾起來。他們經過另一座農舍，這裡的鬍子大叔向他們招手，他推著獨輪小車，上頭擺滿鋤頭、耙子跟植物的種子。

烏鴉在充滿陰影的樹林裡嘈雜地叫起來。這天的溫暖首度輕撫蓋瑞提的臉龐，他相當歡迎。

他笑了笑，大聲喊起需要水壺。

麥克菲的頭古怪地抽動起來，像是作夢夢到在追貓的狗狗，然後他用矇矓的雙眼環視周遭。

「老天，天亮了。天亮了，蓋瑞提。幾點了？」

蓋瑞提望向手錶，驚覺現在是四點四十五分。他讓麥克菲看錶。

「你曉得我們走了多遠嗎？」

「我猜差不多八十吧，二十七人出局。彼得，我們距離終點已經走了四分之一的路程。」

「真棒。」麥克菲露出微笑。「真棒，對不對？」

「真他媽的棒。」

「你感覺好點了嗎？」蓋瑞提問。

「好了百分之一千。」

「我也是。我想是日光的功勞。」

「老天，我敢打賭我們今天會看到一些人。你有沒有看過《世界週報》上寫大競走的那篇文章？」

「大致看了一下。」蓋瑞提說：「只是要看我的名字印在上面而已。」

「那篇文章說，每年大競走的下注金額高達二十億。二十億耶！」

貝克從瞌睡中醒來，加入他們的討論。「我們高中會開賭局。」他說：「大家都拿二十五美分出來，然後從帽子裡抽出三個數字。數字最接近最後一名上路人走的總英里數，這樣就贏了，可以得到所有的錢。」

「歐爾森！」麥克菲歡快高喊：「孩子，想想有多少錢押在你身上！想想你這瘦屁股上綁了多少錢！」

歐爾森用疲憊不堪的聲音說：把錢押在他瘦屁股上的人，可以表演兩個猥褻的動作，第二個動作則直接接在第一個動作之後。麥克菲、貝克跟蓋瑞提都笑了起來。

「我敢說，今天路上一定有很多漂亮女孩。」貝克調皮地望向蓋瑞提。

「那種事我已經受夠了。」蓋瑞提說：「前面有女孩在等我。從這一刻起，我要當個乖男孩。」

「思想、語言及行為都毫無邪念。」麥克菲簡潔地說。

蓋瑞提聳聳肩說：「你愛怎麼說就怎麼說吧。」

「你有百分之一的機率不只是會對她揮手而已。」麥克菲平板地說。

「現在是七十三比一。」

「還是很高啦。」

但蓋瑞提還是想開玩笑，他溫柔地說：「我覺得我可以永遠走下去。」他身邊的兩名上路人都面露難色。

他們經過一間不打烊的加油站，工作人員出來揮手打招呼，大家也向他揮手。工作人員特別替九十四號的偉恩加油。

「蓋瑞提。」麥克菲低聲地說。

「怎麼了？」

「我不曉得有誰領罰單了，你清楚嗎？」

「不清楚。」

「巴克維奇呢？」

「沒，在前面呢。在史寬前面，看到沒？」

麥克菲望過去。「噢，對，我想我看到他了。」

「史戴本也還在後面。」

「不意外。他很妙，對吧？」

「對。」

他們陷入沉默。麥克菲長嘆一口氣，然後取下他的後背包，拿出幾顆馬卡龍。他給蓋瑞提一顆，蓋瑞提接下。麥克菲說：「不管怎麼樣，我希望這一切就此結束。」

他們靜靜吃起馬卡龍。

「我們距離舊城只剩一半腳程了吧？」麥克菲說：「走了八十，還有八十？」

「我猜是吧。」蓋瑞提說。

「那我們要晚上才會到舊城了。」

提到夜晚讓蓋瑞提擔憂起來。「對。」他說，然後忽然問起：「彼得，你是怎麼得到這道疤的？」

麥克菲的手不由自主地碰觸自己的臉頰與傷疤，他卻只有言簡意賅地說：「說來話長。」

蓋瑞提仔細望著他，他的頭髮亂糟糟的，有汗水與灰塵的結塊。衣服也縐巴巴的，很沒精神。他一臉蒼白，在眼眶深處打轉的是充血的雙眼。

「你看起來糟透了。」他說，然後忽然爆笑出聲。

麥克菲笑了笑。「小雷，你自己看起來也不像止汗劑的廣告。」

他們兩人大笑起來，笑了很久，歇斯底里地笑，兩人抓著彼此，同時還想繼續前進。這樣結束夜晚的方式與其他方式一樣好。他們一直笑到兩人都得到警告後就不笑了，開始聊天，開始忙今天的事。

蓋瑞提心想：今天要做的就是思考，思考。思考跟孤立，因為無論你是否跟某人一起度過今天的時間，到頭來，你還是自己一個人。他的腦袋似乎跟雙腳行經了一樣遠的路程，思緒不斷湧出，他實在無法否定它們。大腦思緒走了很遠，足以讓你好奇在蘇格拉底喝下他的毒參雞尾酒後，腦袋裡還在想什麼。

時間剛過五點，他們經過第一群忠實觀眾，有四名小男孩盤腿坐在地上，就如同印第安人坐在露水田野裡的小帳篷外頭一樣。其中一人還披著他的睡袋，嚴肅得像愛斯基摩人。他們來回揮手，如同節拍器，但沒有人微笑。

之後沒多久，道路分岔出另一條比較大的岔路，這是一條平穩、鋪著滿滿柏油的三線道。他們經過一間卡車司機休息的餐廳，大家都對著站在階梯上的年輕女服務員吹起口哨、揮起手來，只是為了展現他們還是很有精神。唯一一個聽起來不是很嚴肅的人是柯利·帕克。

「週五夜。」柯利大喊：「記起來。妳與我，週五夜。」

蓋瑞提覺得大家的行為都有點幼稚，但他也禮貌地揮手了，而且女服務員看起來並沒有不高興。上路人到了比較寬的道路上，大家分散開來，同時也在五月二日的陽光下徹底清醒。蓋瑞提再次看到巴克維奇，思索起巴克維奇難道不聰明嗎？畢竟沒有朋友，就不會難過了。

幾分鐘後，話語傳了過來，這次是一個敲敲門的笑話。蓋瑞提前面的布魯斯・派斯特轉身對他說：「蓋瑞提，叩叩叩。」

「誰啊？」

「少校。」

「什麼少校？」

「在早餐之前操他媽的少校。」布魯斯・派斯特說完，狂笑起來。蓋瑞提笑了兩聲，然後將笑話傳給麥克菲，之後又傳給歐爾森。笑話第二輪傳回來的時候，是早餐之前操他奶奶的少校。第三輪傳過來時，少校操的是席拉，這是經常與少校一起出現在新聞稿上的貝林登獚犬。

蓋瑞提還在笑，卻發現聽不見麥克菲的笑聲，而他人也不見了。蓋瑞提正死死盯著半履帶戰車上呆如木雞的軍人，他們也不帶表情地望過來。

「你覺得這**好笑**嗎？」蓋瑞提忽然大吼，他的聲音打斷了笑聲，讓大家噤聲。麥克菲的臉上布滿血色，看起來很陰沉。形成強烈對比的是他蒼白的疤，如同一道閃電般的驚嘆號，在這驚恐的一瞬間，蓋瑞提覺得他是不是要中風了。

「我想的是，少校操的是**他自己！**」麥克菲沙啞地吼著：「你們這些人，你們大概彼此互操吧！很好笑，是不是？的確很好笑，你們這群王八蛋，好不好笑啊？**真他媽的好笑，是不是？**」

其他上路人不安地望著麥克菲，然後默默走開。

麥克菲忽然跑向半履帶戰車，只見三名軍人裡有兩人舉起步槍，準備好，但麥克菲停住腳步，死死停住，對他們揮舞拳頭，雙手高舉過頭，像是什麼發瘋的音樂指揮家。

「滾下車來！放下步槍，滾下來，我會告訴你們，什麼才叫好笑！」

「警告！」其中一名軍人用不帶一絲情緒的聲音說：「警告，六十一號。第二次警告。」

蓋瑞提傻傻地想：噢，我的天。他要領罰單了，他與他們……距離這麼近……他會跟怪仔德拉西歐一樣騰空飛起。

麥克菲奔跑起來，追上半履帶戰車，又停下腳步，最後對著車身吐口水。唾液在車身的塵土上留下清晰的一道痕跡。

「來啊！」麥克菲尖聲地說：「快滾下來！一次來一個，我他媽沒在怕的！」

「警告！六十一號，第三次警告，最後一次警告。」

「去你媽的警告！」

忽然間，蓋瑞提沒有注意到自己在做什麼，他轉身往回跑，因此得到一支警告。他只有腦袋深處的部分注意力聽到自己的警告。軍人現在要對麥克菲出手了。蓋瑞提拉著麥克菲的手臂，說：「走了。」

「小雷，走開，我要揍死他們！」

蓋瑞提用雙手用力推了麥克菲一把。「你會中槍的，你這混蛋。」

史戴本經過他們身邊。

麥克菲望向蓋瑞提，似乎是終於認出他來。一秒後，蓋瑞提得到第三支警告，他曉得距離麥克菲領罰單可能只剩幾秒的時間。

「都去死吧。」麥克菲用死氣沉沉的無力聲音說，然後開始前進。

蓋瑞提走在他身邊，說：「我以為你要領罰單了，一切就結束了。」

「但我沒有，多虧劍客精神。」麥克菲繃著臉說，還伸手撫摸臉上的疤。「見鬼，我們都會領罰單。」

「有人會贏，可能是你，也可能是我。」

「那是騙人的。」麥克菲的聲音開始打顫。「沒有贏家，沒有大獎，他們會把最後一個人拖到哪裡的穀倉後面，一槍斃了他。」

「別說這種蠢話！」蓋瑞提憤怒地對他吼：「你根本不曉得你他媽在說……」

「大家都是輸家。」麥克菲說。他的雙眼從黑暗的眼窩窟窿裡探出來，像是受到威脅的動物。他們單獨前進，其他上路人都躲著他們，至少目前如此。麥克菲得到警告，蓋瑞提也是，蓋瑞提跑向麥克菲的時候，完全不顧自身安危。在各種可能會發生的情況下，他沒有讓麥克菲成為第二十八個出局的人。

「大家都是輸家。」麥克菲又說了一遍。「你最好相信這點。」

他們穿過一道火車鐵軌，走進水泥大橋下，之後他們經過一處用木板封起來的霜淇淋速食餐廳，上頭還掛著牌子，寫著「六月五日夏季開幕」。

歐爾森得到一支警告。

蓋瑞提感覺有人用手指輕點他的肩膀，他轉頭看到史戴本。史戴本的氣色看起來沒比前一晚差，他說：「你朋友在那邊嘲諷少校。」

麥克菲沒表現出聽見的樣子。

「我猜是吧，對。」蓋瑞提說：「我自己也過了想要邀請他來家裡喝茶的心情。」

「看看咱們後頭。」

蓋瑞提望過去。第二輛半履帶戰車駛過來，他仔細看，後頭跟著第三輛，沿著小路開上來。

「少校來囉。」史戴本說：「大家都會歡呼。」他笑了笑，但他的笑容很詭異，很像什麼蜥蜴。「他們還不恨他，沒有真正恨他，他們只是覺得自己恨他。他們覺得自己經歷過地獄，但等著看今晚吧，等著看**明天**吧。」

蓋瑞提不安地望著史戴本。「要是他們對他發出噓聲、喝倒采，或對他丟水壺還是什麼東西怎麼辦？」

「你會噓他、喝他倒采、對他丟水壺嗎？」

「不會。」

「其他人也不會。等著看好了。」

「史戴本？」

史戴本揚起眉毛。

「你覺得你會贏，對不對？」

「對。」史戴本沉著地說：「我滿有信心的。」然後他又回到原本殿後的位置。

五點二十五分，亞尼克領罰單。五點三十分，如同史戴本的預言，少校出現了。他的吉普車衝上他們身後的小丘頂峰時，發出一陣隆隆巨響，然後車子就沿著路肩急駛，超越他們。少校立正站直，跟之前一樣，他行使生硬的注目禮。蓋瑞提的胸口爬上一陣古怪、驕傲的寒意。

不是每個人都歡呼起來。柯利．帕克朝地上吐口水，巴克維奇做起鬼臉，麥克菲只是望過去，嘴裡無聲卻唸唸有詞，歐爾森則似乎完全沒有注意到少校經過，他的目光又回到自己的雙腳上。

蓋瑞提歡呼，不知道姓什麼的波西、想要寫書的哈克尼斯也跟著歡呼，還有懷曼、亞瑟．貝克、亞伯拉罕跟史萊奇，史萊奇才剛得到第二次警告。

然後少校就走了，速度很快。蓋瑞提覺得有點丟臉，畢竟他剛剛浪費了體力。

不一會兒，道路帶他們經過一座二手車銷售場，在此他們得到類似二十一響禮炮的汽車喇叭鳴笛致敬。從雙排塑膠旗幟下傳出來的麥克風大嗓門告訴上路人及群眾，賣得最好的是麥拉倫汽車的道奇車款。蓋瑞提覺得有點沮喪。

「你感覺好一點了嗎？」他遲疑地問麥克菲。

「當然。」麥克菲說：「好多了。我只要繼續前進，看著他們統統在我身邊倒下就好。多好玩哪。我剛剛在腦袋裡除了一下，數學是我在學校裡的強項，我發現我們應該可以按照目前的速度，至少走到三百二十英里。是說，這不算什麼破紀錄的距離啦。」

「彼得，如果你要講這種話，你怎麼不去別的地方講？」貝克問道。他的聲音第一次流露出緊繃的感覺。

「媽，抱歉囉。」麥克菲陰鬱地說，但他說完就閉嘴了。

天光大亮。蓋瑞提拉開軍用夾克的拉鍊，將外套披在肩上。這裡的路很平，偶爾會出現幾座房舍、小商店及一些農場。昨晚沿著道路排成一列的松樹讓路給霜淇淋速食餐廳、加油站及農場工人住的簡易住宅，許多住宅還掛著「出售」字樣。在兩扇窗戶上，蓋瑞提看見熟悉的告示牌，寫著「我的兒子將生命奉獻給特別小組」。

「海在哪裡？」柯利．帕克問蓋瑞提，「我感覺好像回到伊利諾州一樣。」

「繼續走就是了。」蓋瑞提說。他再次想到小珍還有自由港，自由港就在海邊。「就在前面，差不多往南繼續走一百八十英里就到了。」

「見鬼了。」柯利．帕克說：「真他媽混蛋這個州。」

帕克是個肌肉壯碩的金髮大個兒，穿著馬球衫。他眼裡散發著傲慢，連前一晚的步行都無法軟化他的態度。「到處都是他媽的樹樹樹！這個鬼地方有沒有什麼鬧區啊？」

「我們北邊這裡很妙的。」蓋瑞提說：「能夠呼吸真正的空氣，不是烏煙瘴氣，我們覺得這樣很妙。」

「喬利埃特才沒有烏煙瘴氣，你這欠揍的混蛋。」柯利・帕克氣憤地說：「你幹嘛攻擊我？」

「就算沒有烏煙瘴氣，也是一堆熱氣。」蓋瑞提說。他也生氣了。

「如果我們在家，我就會因為這句話扭爆你的蛋蛋。」

「好了，兩位小朋友。」麥克菲說。他又恢復成原本冷嘲熱諷的自己了。「你們為什麼不像紳士一樣處理這件事呢？先被爆頭的人要請另一位喝啤酒。」

「我不喜歡啤酒。」蓋瑞提脫口而出。

帕克咯咯笑著說：「你這土包子。」然後走開了。

「他情緒不穩。」麥克菲說：「今天早上大家都差不多，就連我也一樣。而今天天氣多好。歐爾森，你說是不是啊？」

歐爾森一語不發。

「歐爾森也情緒不穩。」麥克菲低聲對蓋瑞提說：「歐爾森！嘿，漢克！」

「你幹嘛一直煩他？」貝克問。

「嘿！**漢克**！」麥克菲無視貝克，繼續大喊：「想散步嗎？」

「去死啦。」歐爾森咕噥著說。

「什麼？」麥克菲歡快地高喊，一手還圈在耳朵旁邊。「兄弟，你說啥？」

「去死！**去死！**」歐爾森尖叫：「統統都去死！」

「原來你在說這個啊。」麥克菲睿智地點點頭。

歐爾森又低頭望著自己的雙腳，麥克菲又想讓他上鉤……好像他就是在幹這種事。

蓋瑞提想了想帕克的話。帕克是個混蛋；帕克是遊手好閒的大傢伙，專在週六夜逞兇鬥狠；帕克是穿皮夾克的英雄。他對緬因能有什麼認識？蓋瑞提這輩子都住在緬因州一個名叫波特維爾的小鎮，就在自由港西側。人口九百七十人，車輛也不多，但伊利諾州的喬利埃特到底有什麼特別的啊？

蓋瑞提的父親曾經說過，波特維爾是這個郡唯一一個墳墓比人多的地方，但這裡很乾淨。雖然失業率很高，汽車都很老舊，也發生一堆破事，但這裡很乾淨。唯一的活動是在農業交流廳舉辦的週三賓果比賽（上次比賽的獎品是一隻九公斤的火雞及二十元美金的獎金），但這裡很乾淨，也很安靜。這樣有什麼不好的？

他憤恨不平地望著柯利．帕克。兄弟，你的損失，就是這樣。你去把喬利埃特、你的糖果店狐群狗黨，還有你的磨坊統統塞進你的屁眼裡。可以的話，交叉亂塞也沒關係。

他又想到小珍。他需要她。他心想：小珍，我愛妳。他不蠢，他曉得她對他來說，精神上更重要。她成了一種生命的象徵，一扇抵擋來自半履帶戰車驟死命運的盾牌。他愈來愈想要她，因為她象徵了他還能擁有一具肉體的時光——他自己。

現在是早上五點四十五分。他望向靠近不知名小鎮市中心十字路口一群歡呼的家庭主婦，其中一人穿著窄腳褲及緊身針織衫。她沒有化妝，右手手腕上戴了三只金手環，一揮手就發出鏘啷的聲響。蓋瑞提聽得到這鏘啷聲，他也對她揮手，沒有多想。他滿腦子都是小珍，來自康乃狄克州的小珍。她總是看起來溫柔又自信，一頭長長金髮，還有平底鞋。她總是穿平底鞋，因為她很高。他是在學校認識她的，兩人進展很慢，但最後終於來電。老天，終於來電。

「蓋瑞提？」

「啥？」

開口的是哈克尼斯，他看起來憂心忡忡。「老兄，我的腳抽筋了，我不曉得我能不能繼續走。」哈克尼斯的眼神似乎是在哀求蓋瑞提做點什麼。

蓋瑞提不曉得該怎麼辦，也不曉得該怎麼答話。小珍的聲音，她的笑，焦糖黃褐色毛線衣，蔓越莓紫紅色長褲，有次他們拿他弟弟的雪橇出門，最後卻在雪堤上親熱（這是在她把雪塞進他大外套後領之前的事）……這些畫面都是生命，哈克尼斯則要死了。至此，蓋瑞提已經嗅到死亡的氣息。

「我幫不了你。」蓋瑞提說：「你得自己解決。」

哈克尼斯驚駭焦慮地望著他，然後表情堅毅起來，點點頭。他停下腳步，蹲了下來，然後手忙腳亂地脫下他的樂福鞋。

「警告！四十九號，警告！」

他正在按摩腳掌。蓋瑞提轉頭，背對著往前走，這才好看著他。兩個身穿小聯盟T恤的小男孩從路邊望著他，他們的棒球手套掛在腳踏車龍頭上，嘴巴張得老大。

「警告！四十九號，第二次警告！」

哈克尼斯起身，開始用穿著襪子的腳一跛一跛往前，他沒有抽筋的那條腿已經準備要彎著撐起額外的負重。他弄掉了鞋子，他伸手去拿，兩隻手指搆到了，摸索一番，還是掉了。他停下腳步想撿鞋子，卻得到第三支警告。

哈克尼斯平常就紅通通的臉，現在一如火燒引擎的紅。他打開嘴巴，形成一個濕濕黏黏的「噢」嘴型。蓋瑞提發現自己在替哈克尼斯打氣，他心想：加油，快點，追上來，哈克尼斯，你辦得到的。

哈克尼斯加快速度跛行前進，小聯盟男孩開始看著他，騎腳踏車前進。蓋瑞提轉向前，不想繼續看哈克尼斯。他盯著前方看，打算回想親吻小珍的感覺，碰觸她隆起胸部的感覺。

殼牌加油站緩緩出現在右手邊，柏油路上停了一輛滿是泥沙、擋泥板凹陷的皮卡車，兩名身穿紅黑格子狩獵襯衫的男人坐在尾門上喝啤酒。滿是車轍的泥巴車道盡頭有一個信箱，蓋子打開，像個嘴巴。看不見的地方，一隻狗嘶聲吠叫不停。

原本斜豎在胸前的卡賓步槍，現在放低，就瞄準姿勢，鎖定哈克尼斯。

一陣漫長、嚇人的靜默後，步槍又豎起，全都照規矩來，照注意事項來。然後槍口又往下移。蓋瑞提都聽得到哈克尼斯急促、濡濕的呼吸聲。

槍立起，瞄準，又緩緩恢復成豎起擺在胸前的姿勢。

兩個小聯盟的男孩持續跟上來，貝克忽然嘶聲大喊：「走開！你們不會想看這一幕的。快滾！」

他們只是用好奇的目光望著貝克，繼續跟著。他們看貝克的眼神，彷彿他是什麼魚一樣。其中一個男孩，小小的，頭圓圓的，還理了個平頭，眼睛又大又圓，他按響焊在腳踏車上的喇叭，然後笑了笑。他戴牙套，陽光在他嘴裡形成一團野蠻又閃著光芒的東西。

槍放下了。這一切彷彿某種舞步，一種儀式。哈克尼斯走在道路邊上。最近有沒有看什麼好書啊？蓋瑞提瘋狂地想。這次他們就會對你開槍了，只要走慢一步……

永恆。

一切都靜止了。

槍又回到直豎的姿態。

蓋瑞提望向手錶，秒針走了一圈、兩圈、三圈。哈克尼斯追上他，哈克尼斯超過他。哈克尼斯一臉堅毅不拔的神情，目光直直盯著前方，瞳孔縮成小小的兩個點。他的嘴唇有點青藍，他火紅的臉色褪為奶油的顏色，只剩臉頰兩圈顯眼的紅。不過，他敢用疼痛的那隻腳走了，抽筋減緩了，他那隻穿襪子的腳掌規律地踩向地面。蓋瑞提心想：不穿鞋走路能夠走多久？

他也感覺到一直卡在胸口的感覺鬆開了，他還聽到貝克鬆了口氣的聲音。有這種想法實在很蠢。哈克尼斯快點出局，比賽也就能快點結束。現實就是這麼簡單，邏輯就是這樣。不過，他在這一切背後還有更深刻、更真實，更嚇人的邏輯。哈克尼斯是蓋瑞提所在團體的一份子，他小圈圈的一環，蓋瑞提所屬魔法陣的其中一個環節。如果這個魔法陣有一處破碎，那一切都可能隨之瓦解。

兩個小聯盟男孩騎著腳踏車跟著他們又前進了差不多兩英里的路，然後他們覺得沒意思，掉頭離開了。蓋瑞提心想：這樣比較好。重點不在於他們是不是把貝克看成動物園裡的動物，重點在於他們還不用直接面對他們難逃一死的命運，這樣比較好。他看著男孩消失。

前方的哈克尼斯形成全新的一人衝鋒小組，走得非常快，差點就要跑起來了。他沒有左右張望，蓋瑞提很好奇此時的他腦袋裡在想什麼。

第七章

「我喜歡覺得自己迷人，真的。認識我的人都覺得我思覺失調，因為我在螢幕前、螢幕後完全是不同的兩個人……」

——英國版遊戲節目《世紀大銷售》主持人尼可拉斯．帕森斯

八十五號的史寬讓蓋瑞提著迷的不是他乍現的智慧，史寬根本沒那麼靈光。他圓圓的臉、平頭，或是壯得跟馴鹿一樣的體格沒有迷住蓋瑞提，他讓蓋瑞提著迷的是，他竟然已經結婚了。

「真的假的？」蓋瑞提問了第三遍。他還是不相信，史寬還是無法說服他。「你真的結婚了？」

「對。」史寬用享受的目光仰望朝陽。「我十四歲的時候就輟學了，讀書對我來說沒有意義。我沒有惹事，只是成績不好。有次我們的歷史老師讀了一篇文章，說學校學生太多了，我就想說那我為什麼不輟學，讓其他可以學習的人來讀，我直接開始工作，反正我當時也想跟凱西結婚了。」

「你幾歲結婚？」蓋瑞提問，他感興趣得不得了。他們經過另一座小鎮，兩旁人行道都是標

語與觀眾，但他幾乎沒有注意。群眾好像是在另一個世界，完全與他無關一樣，他們也許是在厚厚的平板玻璃盾牌之外。

「十五歲。」史寬回答。他搔搔下巴，他的下巴已經因為鬍碴有點青藍。

「沒有人說服你不要這麼做嗎？」

「學校有輔導老師，他跟我扯了一堆繼續念書，不要去清水溝的屁話，但他有比讓我留在學校更重要的事情要做。我猜你可以說，他推銷得不是特別勤快吧？再說，水溝總是要有人來清，對吧？」

他熱情地對一群啦啦隊小女孩揮手打招呼，她們正忙著進行一連串看起來都快抽筋的啦啦隊例行動作：穿著打褶的裙子，磨破的膝蓋踢得老高。

「總之呢，我沒清過水溝，這輩子連一天也沒有清過。我在鳳凰城的一間床單工廠工作，時薪三美元。我跟凱西，我們是知足常樂的人。」史寬笑了笑。「有時，我們在看電視的時候，凱西會忽然拉住我說：『親愛的，我們是快樂的人。』她真是個蜜桃。」

「你們有孩子嗎？」蓋瑞提問，他內心愈來愈覺得這場對話有夠瘋狂。

「這個嘛，凱西現在懷孕了。她說我們應該等到銀行存款足夠生產再說，等到我們存到七百塊的時候，她說可以，我們就開始，結果她沒多久就懷孕了。」史寬嚴肅地望著蓋瑞提說：「我的孩子會上大學。他們說我這種蠢蛋生不出聰明的孩子，但凱西有兩人份的智慧。凱西讀完高中了，是我叫她讀的，她上四堂夜校的課，完成同等學力測驗。我的孩子只要想上大學，他就可以上。」

蓋瑞提沒有說話，他不曉得該說什麼。麥克菲退到一旁，跟歐爾森低聲交談。貝克與亞伯拉罕在玩拼字遊戲。蓋瑞提好奇哈克尼斯在哪，反正是看不到的地方。真正看不清現實的還有史寬呢。嘿，史寬，我覺得你鑄下大錯了。史寬，就算你老婆懷孕，這也不代表你參加這場比賽能有什麼優勢。銀行裡有七百塊存款？史寬啊史寬，三位數還不足以拼湊出「懷孕」這兩個字啊。而且全世界的保險公司，都不會替大競走上路人加保。

蓋瑞提將目光移開，落到一個身穿黑白格子外套的男人身上，他瘋狂地揮舞草帽，帽沿都磨損變成一條一條的了。

「史寬，如果你領罰單怎麼辦？」他謹慎地問。

史寬露出大大的微笑。「我不會，我覺得我可以永遠走下去。哎啊，自我長大到有慾望開始，我就想要參加大競走。我兩個禮拜前才走了八十英里，一滴汗也沒流呢。」

「但也許會出什麼事……」

但史寬只是笑笑。

「凱西幾歲？」

「大我差不多一歲，快十八歲了。她父母正陪著她，在鳳凰城。」

蓋瑞提聽來，凱西．史寬的父母似乎了解史寬他本人不清楚的狀況。

「你一定很愛她。」蓋瑞提講得有點一廂情願。

史寬笑了笑，露出他那口牙裡最後幾顆倖存者。「我結婚以後就沒有正眼看過別的女孩了。她是個蜜桃。」

「然後你跑來參加這個。」

史寬大笑。「是不是很好笑？」

「對哈克尼斯來說，一點也不好笑。」蓋瑞提酸溜溜地說：「去問他好不好笑啊。」

「你完全沒有理解後果。」皮爾森插進史寬與蓋瑞提之間。「你**可能**會輸。你必須坦承你**可能**會輸。」

「大競走還沒開始前，賠率就站在我這邊了。」史寬說：「勝券在握啊。」

「當然。」皮爾森陰鬱地說：「而且你體態很好，誰都看得出來。」皮爾森走了一夜之後，看起來蒼白憔悴。他興趣缺缺地望向聚集在超市停車場外的人群，他們剛剛才經過這些人面前。「狀況不好的都已經掛了，或差不多要掛了。不過，路上還是有七十二個人。」

「對，但……」史寬的大臉上出現一個思索的糾結眉頭。蓋瑞提都能聽見那座機器運轉的聲音：緩慢、笨重，但如同逃都逃不掉的死亡與稅收一樣，最後思考出來的結果很讚。

「我不想惹你們生氣。」史寬說：「你們都是好人，但你們的心態不是贏得比賽、得到大獎。多數人都不曉得自己為何參加。看看巴克維奇，他不是為了什麼大獎參加，他走只是想看到別人死。這是他活下來的方法。有人領罰單，他就得到一點前進的動力，但這樣不夠，他還是會跟樹上的落葉一樣凋落。」

「那我呢？」蓋瑞提問。

史寬露出困擾的神情。「啊，見鬼……」

「不，你說。」

「這個嘛，就我看來，你也不曉得自己為何而走。這是同一件事。你走是因為你害怕，但……這樣也不夠，這樣還是會消磨殆盡。」史寬望向道路，搓揉雙手。「而當你耗盡能量的時候，小雷，我猜你也會跟其他人一樣領罰單。」

蓋瑞提想起麥克菲說的，**當我覺得夠累的時候……我覺得我就會坐下了。**

「你要走很遠才會贏過我。」蓋瑞提說，但史寬對眼前狀況的簡單評估卻嚇壞他了。

史寬說：「我已經做好要走很久的準備了。」

他們的腳在柏油路面上上下下，帶領他們前進，繞過彎道，下坡，穿過道路上的金屬火車鐵軌。他們經過一間沒有開門的炸鮮蚌小屋，然後他們又進入鄉間。

「我覺得我明白死亡是怎麼回事了。」皮爾森忽然說：「至少現在我知道了。不是死亡本身，這我還沒完全參透，而是瀕臨死亡這件事。如果我停下腳步，我就會抵達我的盡頭。」他嚥了嚥口水，喉嚨發出咕嚕一聲。「就像轉完最後一圈溝槽的黑膠唱片。」他認真望向史寬。「也許就跟你說的一樣，也許這樣不足以支撐下去，但……我不想死。」

史寬用近乎不屑的神情看著他。「你覺得了解死亡，你就不會死？」

皮爾森笑了笑，這個笑容很怪，很噁心，有點像是繁忙船隻上不想把晚餐吐出來的生意人一樣。「至今這是讓我繼續前進的全部動力。」蓋瑞提覺得非常感激，因為他的辯詞還沒縮水到只剩這麼一點。至少，還沒啦。

前方，一個身穿黑色高領毛衣的男孩忽然抽搐，事出突然彷彿是在附和他們正在討論的狀況一樣。他倒在路上，開始猛烈彎曲扭動身體。他四肢痙攣又拍打晃動。他的喉頭不斷發出古怪的吞嚥聲音，**啊啊啊啊啊啊**，聲音類似羊叫，他是無意識發出的。蓋瑞提連忙走過，一隻顫抖的手從他鞋上拂過，他感覺到一陣瘋狂的噁心。男孩翻起白眼，他嘴角與下巴都有白沫。他得到第二支警告，但他當然聽不見，而當他的兩分鐘過去之後，他們射殺他，把他當狗一樣。

之後沒多久他們就抵達緩緩上坡的最高處，能夠俯瞰前方綠油油、罕無人煙的鄉間景色。蓋瑞提很感謝涼爽的早晨微風吹拂他已經大汗淋漓的身體。

「景色真不錯。」史寬說。

前方這條路看起來差不多有十二英里。一路都是長長的下坡，尖銳地彎向樹林之中，彷彿黑黑灰灰的木炭痕跡劃過一片綠色的縐紋紙。前方遠處又開始上坡，最後消失進晨光裡的粉紅色朦朧裡。

「這裡應該是他們說的海恩斯維爾森林。」蓋瑞提不太有把握。「卡車司機的墓園。冬天冷得要死。」

「我從沒見過這種景色。」史寬敬畏地說：「整個亞利桑納州都沒有這麼綠的地方。」

「能享受就盡量享受。」貝克加入他們，「等等會熱死人。已經開始熱了，但現在才早上六點半呢。」

「想想你來的地方，你應該會習慣吧？」皮爾森憤恨不平地說。

「鬼才會習慣。」貝克將薄薄的外套掛在手臂上。「你只能學著與之共處。」

「我想在這裡蓋一棟房子。」史寬說。他打了兩個大大的噴嚏，聽起來像發情的大公牛。

「用我的手在這裡蓋一棟房子，每天早上能夠欣賞這種景色。只有我跟凱西。也許等到這一切結束，改天我真的會來這裡蓋房子。」

大家都沒有說話。

六點四十五分，他們已經跨越山脊，又拋下山脊了。微風已經差不多消失，高溫開始穿梭在他們之間。蓋瑞提脫下外套抖了抖，然後將它牢牢綁在腰際。穿過樹林的道路不再罕無人煙，偶爾有幾個早起的人停在路邊，三三兩兩或坐或站，歡呼、揮手、高舉標語。

下坡的盡頭有兩個女孩站在一台老舊的MG汽車旁，她們穿著夏日小短褲、水手領罩衫跟拖鞋。她們一邊歡呼又一邊吹口哨。兩個女孩的臉因為某些古老的想法而熱燙發紅，興奮不已；而對蓋瑞提來說，現在的他性慾高漲到幾乎精神錯亂的地步。他感覺到一種動物的慾望在體內生起，這充滿侵略性的活物，讓他的身體因麻痺發熱而顫抖。

結果他們之中最激動的人是葛瑞賓，他忽然朝她們飛奔而去，他的腳還在路肩上踢起一堆塵土。其中一個女孩靠在車子引擎蓋上，微微敞開大腿，向他抬起髖部。葛瑞賓用雙手撫摸她的胸部，她完全沒有要阻止他的意思。他遭到警告，遲疑了一下，然後用力挺向她。他是一個猛烈向前、挫敗無力、憤怒也害怕的人影，白襯衫與燈芯絨褲子都沾滿汗水。女孩用腳踝勾住葛瑞寶的小腿，雙臂輕輕繞著他的脖子，接著他們擁吻了起來。

葛瑞寶得到第二支警告，然後是第三支，到了也許只剩十五秒好活的時候，他踉蹌離開，拖著腳步瘋瘋癲癲地跑了起來。他跌倒，趕緊起身，抓著胯下、拖著腳步回到路上。隨即，他尷尬的臉漲紅起來。

「辦不到。」他抽抽噎噎地說：「時間不夠，她想要我，但我……我辦不到……」他哭了起來，腳步也歪歪扭扭的，雙手抓著胯下。他的話語聽起來更像不清不楚的哀號。

「所以你讓她們爽到了。」巴克維奇說：「明天她們在電視上就有料可以爆了。」

「給我閉嘴！」葛瑞寶尖叫著說，他的手重重壓在胯下。「會痛，我那裡抽筋……」

「這叫藍色蛋蛋，性慾來了，但無法滿足。」皮爾森解釋道：「他現在就是這樣。」

葛瑞寶透過掉落眼前的絲絲黑色瀏海看著他，他看起來就像嚇壞的鼬鼠。他又低聲地說：「好痛。」然後緩緩跪下，雙手壓著下腹部，彎著腰，頭也低了下去。他渾身顫抖，喘著大氣，蓋瑞提看到他脖子上的汗珠，有些就卡在他後頸的細毛上。蓋瑞提他老爸總說這叫庸醫細毛。

不一會，他就死了。

蓋瑞提回頭望向那兩個女孩，但她們已經回到車上。她們只不過是陰影的形狀而已。

他決定要努力忘掉這兩個女孩，她們卻一再回來。乾磨蹭那樣溫暖、自願送上門來的軀體是什麼樣的感覺？女孩大腿顫動，老天啊，真的在**顫動**，類似抽搐、類似高潮，噢，天啊，這是無法控制的衝動，想要揉捏、想要愛撫……最重要的是感覺那股熱流……那股**暖洋洋**的感覺。

他放開自己。那股暖洋洋、散發出陣陣肉慾的感覺，讓他渾身暖了起來、讓他濕濕的。噢，天啊，這種濕濕的感覺會一路透到他的褲子上，別人可能會注意到。注意到，還指著他，問他喜不喜歡扒光衣服在附近逛大街，光溜溜地走路、走路……走路……一直走下去……

噢，小珍，我愛妳，我真的很愛妳。他心想。不過他感覺有點迷惑，一切都攪和成別的樣子。

他重新把外套綁在腰際，跟之前一樣走路。回憶變黃褪色得很快，如同留在陽光下的拍立得負片。

腳步加快了。他們抵達陡峭的下坡路段了，要慢慢走實在不可能。肌肉運作起來，像上了活塞，相互推擠。太神奇了，蓋瑞提發現自己想念起夜晚。他好奇地望向歐爾森，不曉得他狀況如何。

歐爾森又盯著自己的腳。他脖子部位的脊椎突起，一節一節的。他的雙唇向後扯出一個冷冽的笑臉。

「他快走到盡頭了。」麥克菲在蓋瑞提身旁說，嚇了他一跳。「當他們開始希望有人能夠朝他們開槍，這樣他們的雙腿就能休息的時候，他們就離盡頭不遠了。」

「是這樣嗎？」蓋瑞提沒好氣地說：「怎麼這裡每個人都懂得比我還要多？」

「那是因為你很可愛。」麥克菲溫柔地說，然後加快腳步，讓他的腿沿著下坡路段前進，甩開蓋瑞提。

史戴本。他已經好久沒有想到史戴本了。他轉頭尋找史戴本，發現史戴本就在那兒。漫長的下坡讓隊伍拉得長長的，史戴本差不多在後面四分之一英里的地方，那紫色長褲、藍色工作襯衫，他絕對不會認錯人。史戴本依舊殿後，如同枯瘦的禿鷹，等著他們之中有人倒下……

蓋瑞提感覺到一陣憤怒。他忽然想要跑去後面掐住史戴本的脖子，沒有任何原因和理由，但他必須主動壓下這股衝動。

等他們走到斜坡下時，蓋瑞提的腿已經有點軟也走不太穩了。出乎意料、穿刺腳掌與雙腿的銳利刺痛，多少打破了他身體已慢慢習慣的麻痺疲憊感，威脅著要讓他肌肉糾結、抽筋。他心想：老天啊，怎麼不抽筋呢？他已經上路走了二十二個小時了。二十二個小時，完全沒停下，一直走，真是難以置信。

「你現在覺得怎樣？」他問史寬，彷彿他上次問候他是十二小時前一樣。

「強健舒適。」史寬說。他用手背抹抹鼻子，吸了吸鼻涕，然後吐掉。「超級強健，超級舒適也不過如此。」

「你聽起來好像快感冒了耶。」

「沒啦，只是花粉。每年春天都會這樣，花粉熱。我在亞利桑納州也這樣，但我沒感冒過。」

蓋瑞提開口想說點什麼，但前方遠處卻傳來**隆隆**聲響。那是步槍。消息傳過來，哈克尼斯體力透支了。

蓋瑞提將消息向後傳的時候，他的肚子裡有種古怪的飄浮感。魔法陣破了。哈克尼斯再也寫不出他那本報導大競走的書了。他們會在前方某處把哈克尼斯像糧袋一樣拖離道路，把他扔上卡車，用帆布屍袋牢牢包好。對哈克尼斯來說，大競走已經結束。

「哈克尼斯。」麥克菲說：「好傢伙哈克尼斯領了罰單、去了農場。」

「你為什麼不寫首詩給他？」巴克維奇喊道。

「殺人兇手，閉嘴。」麥克菲心不在焉地說，又搖了搖頭。「哈克尼斯，真他媽的。」

「我不是殺人兇手！」巴克維奇尖聲厲喊：「刀疤臉，我會在你墳上跳舞！我會……」眾人齊聲怒吼讓他閉上嘴。巴克維奇瞪著麥克菲，咕噥了幾句，然後沒有繼續張望，默默加快腳步走開。

「你們知道我叔叔是做什麼的嗎？」貝克忽然開口。他們經過一大片繁茂枝葉所形成的樹蔭隧道，蓋瑞提滿腦子專注在這裡有多涼，想要忘了哈克尼斯及葛瑞寶。

「做什麼的？」亞伯拉罕問。

「他開殯儀館。」貝克說。

「好生意。」亞伯拉罕不以為然地說。

「我小時候總會好奇。」貝克講得不清不楚，他似乎迷失在思緒之中。然後他望向蓋瑞提，笑了笑，這個笑容很特別。「我是說，誰會替他做防腐程序？好比說，你會想知道是誰替理髮師理頭髮，或誰幫醫生做膽結石手術一樣，懂嗎？」

「無膽之徒不能當醫生。」麥克菲嚴肅地說。

「你懂我的意思。」

「所以時間到的時候，接下這任務的人是誰？」亞伯拉罕問。

「對啊。」史寬加油添醋地說：「是誰？」

貝克抬頭望向他們剛剛經過的厚重茂密樹枝，蓋瑞提再次注意到貝克看起來很累。他告訴自己：我們不都看起來很累嗎？

「快說。」麥克菲說：「別吊人胃口了，是誰埋了他？」

「這是世界上最古老的笑話。」亞伯拉罕說：「貝克表示：你怎麼會覺得他死了？」

「但他的確死了。」貝克說：「六年前死於肺癌。」

「他抽菸嗎？」亞伯拉罕一邊問，一邊向一家四口及他們的貓揮手。那隻貓還繫著牽繩，是一隻波斯貓，看起來很兇，心情不好。

「沒有，連菸斗也不抽。」貝克說：「他擔心抽菸會致癌。」

「噢，拜託喔！」麥克菲說：「是誰幫他辦的葬禮？快點告訴我們，這樣我們才能談談世界大事，或棒球，或節育，或之類的話題。」

「我覺得節育是世界大事。」蓋瑞提一臉嚴肅地說：「我女朋友是天主教徒，她……」

「哎呦！」麥克菲低吼：「貝克，是誰他媽的替你爺爺辦的葬禮？」

「是我叔叔，是我的叔叔。我爺爺是來自路易斯安那州薛夫波特的律師，他……」

「我不在乎。」麥克菲說：「我不在乎這位老先生是不是有三個雞雞，我只是想知道是誰替他辦了葬禮，這樣我們才能繼續。」

「事實上，沒有人幫他辦葬禮。他想要火化。」

「噢，我痛得要死的蛋蛋啊。」亞伯拉罕說著，然後笑了幾聲。

「我嬸嬸把他的骨灰裝在陶瓷骨灰罈裡，就擺在她位於巴頓魯治的家裡。她想要繼續葬儀社的生意，但似乎沒有人想找女性辦喪事。」

「我覺得不是這樣。」麥克菲說。

「不是嗎？」

「不是。我覺得你叔叔觸她霉頭。」

「觸霉頭？什麼意思？」貝克展現出很有興趣的樣子。

「哎啊，你必須坦承這對生意來說沒有什麼廣告效果。」

「什麼？死掉嗎？」

「不是。」麥克菲說：「火化。」

史寬塞住的鼻子哼笑了幾聲。「老兄，他唬住你囉。」

「我猜是吧。」貝克說。他跟麥克菲相視而笑。

亞伯拉罕沉悶地說：「你叔叔讓我覺得無聊死了。我可以加一句嗎？他……」

此時，歐爾森開始懇求軍人讓他休息。

他沒有停下腳步，也沒有放慢速度得到警告，但他的聲音起伏就是在哀求，就是在請求，而這怯懦的單調話語讓蓋瑞提替他覺得丟臉。對話慢慢停下，大家用又驚嚇又著迷的目光看著歐爾森。蓋瑞提希望歐爾森能在讓其他人覺得難堪之前先閉嘴。蓋瑞提自己也不想死，但如果他不得不死，他希望他死的時候不是懦夫。軍人的目光繞過歐爾森、穿過歐爾森、跳過歐爾森，他們面無表情，又傻又聾。不過他們偶爾會提出警告，所以蓋瑞提覺得也許你實在不能說他們傻。

七點四十五分，消息傳來，他們距離上路一百英里只差六英里了。蓋瑞提想起曾在某篇報導中讀到，大競走第一個一百英里而尚未出局的最多人數是六十三人。他們這屆肯定可以打破紀錄，目前還有六十九人。是說不管怎麼樣，這根本不重要啦。

歐爾森在蓋瑞提左邊不斷低聲哀叫，這似乎讓這天變得更熱、更不舒服了。幾個男孩對歐爾森大吼，但他不曉得是沒聽見，還是不在乎。

他們經過一座廊橋，木板在他們腳下發出隆隆的碰撞聲響。蓋瑞提聽到燕子偷偷展翅俯衝的聲音，牠們把這裡的椽木當家。橋內清新涼爽，等到他們抵達另一端時，陽光似乎刺照得更熱。他告訴自己，如果你覺得現在就叫熱，那等下怎麼辦？等等你們回到空曠的鄉間，那還真是要命啊。

他喊著要求水壺，軍人立刻拿著水壺跑過來。他一語不發地交給蓋瑞提，然後又跑回去。蓋瑞提已經飢腸轆轆，他心想：九點鐘，必須繼續走到那個時候。如果我餓著肚子死掉，那真是不應該。

貝克忽然超過他身邊，張望尋找群眾，但沒看見，然後他就脫下馬褲，蹲了下來。他得到一支警告。蓋瑞提超越他，聽到軍人警告他第二次。差不多二十秒後，他再次追上蓋瑞提與麥克菲，上氣不接下氣的。他正拉好褲頭。

「這輩子拉屎**沒**這麼快過！」他還氣喘吁吁。

「你該帶本型錄擦屁股。」麥克菲說。

「我走一走就會想大便。」貝克說：「見鬼，有些人一個禮拜才大一次，但我是一天一次。如果我一天不大便，我就會吃瀉藥。」

「瀉藥會搞壞你的腸子。」皮爾森說。

「噢，完蛋囉。」貝克嘲諷地說。

麥克菲仰頭大笑。

亞伯拉罕扭頭加入這場對話。「我爺爺從來不吃瀉藥，他活到……」

「我猜你都有在記錄就對了。」皮爾森說。

「你不會質疑我爺爺的話，對吧？」

「天理不容啊。」皮爾森翻起白眼。

「好喔，我爺爺他……」

「看。」蓋瑞提低聲地說。他對吃不吃瀉藥完全不感興趣，其實他先前就一直在觀察那位不知姓啥的波西。現在他仔細觀察對方，完全不敢相信眼前的景象。波西走著走著就慢慢接近路邊，現在他已經走在沙地路肩上了。他偶爾會對半履帶戰車上的軍人投以戒慎恐懼的目光，然後望向右邊，那邊距離濃密的樹林不過七英尺遠。

「我覺得他要溜了。」蓋瑞提說。

「他們肯定會朝他開槍。」貝克的聲音壓低成竊竊私語。

「感覺沒人在看他啊。」皮爾森說。

「拜託，那就別暗示他們！」麥克菲憤怒地說：「你們這群笨蛋！老天啊！」

接下來十分鐘，沒人涉及敏感話題。他們有模有樣地聊著天，同時觀察波西偷看軍人、偷看且在心底盤算進入濃密樹林的短短腳程。

最後皮爾森說：「他才沒這個膽。」結果，在其他人能夠回應之前，波西開始前進，不疾不徐地朝樹林走去。兩步、三步，再走一步，頂多再兩步他就到了。他那穿著牛仔褲的雙腿緩緩前進，他那像被太陽漂白的金髮在一陣微風之中稍微有點亂。他也許只是賞鳥日當天外出的童子軍探險隊。

沒有警告。當波西將他的右腳踏過路肩的邊緣之時，他就喪失了遭到警告的權利。波西離開道路，一直以來，軍人都清清楚楚。不曉得姓什麼的波西啊，他誰也沒唬著。一陣清脆俐落的槍聲響起，蓋瑞提把目光從波西身上迅速移開，望向站在半履帶戰車後方的軍人。這位士兵是一座線條清晰的雕像，步槍抵在他肩膀的凹陷處，他的腦袋微斜地靠在槍管上。

然後蓋瑞提又轉頭望向波西。波西才是真正的好戲，對不對？波西雙腳站在松樹樹林的雜草邊緣上，他也如同朝他開槍的男人一樣，是一座不會動的雕像。蓋瑞提心想：他們兩人也許都是米開朗基羅的模特兒。在春日的藍天下，波西一動也不動，一手壓在胸口，彷彿是即將開口的詩人。他的雙眼睜得老大，似乎帶有一點迷離的色彩。

閃耀的鮮血從他的指間滲出，在陽光下泛著光澤。不曉得姓什麼的波西啊。嘿，波西，媽媽在叫你了！嘿，波西，你媽曉得你出局了嗎？嘿，波西，這是什麼娘娘腔的蠢名字！波西、波西，你是不是好可愛啊？波西變成一位被太陽照得閃閃發光的美男子阿多尼斯，與其產生強烈對比的是呈現灰褐色色調的野蠻獵人。接著，一枚、兩枚、三枚銅板形狀的鮮血出現在波西因行走而沾滿塵土的黑鞋上，這一切發生的時間不過短短三秒。蓋瑞提甚至還沒走完兩步，他也沒有得到警告。噢，波西，你媽媽會怎麼說？告訴我，你真的有膽去死嗎？

波西的確有膽去死。他向前倒，擦到一株歪斜的矮矮小樹，滾了半圈，最後落地時面朝天空。那份優雅，那份凝滯的對稱美感，現在蕩然無存。波西就這麼死了。

「將鹽花播種於這塊土地上。」麥克菲忽然連珠砲地開口：「這塊土地再也生長不出玉米和小麥。詛咒這片土地上的孩童，詛咒他們的下半身，詛咒他們的火腿與膝蓋。萬福瑪利亞，讓咱們炸掉這個鬼地方。」

麥克菲大笑起來。

「閉嘴。」亞伯拉罕用沙啞的嗓音說：「不要再講這種話。」

「整個世界都是上帝。」麥克菲歇斯底里地笑著。「我們**行走**在天父裡，那邊的蒼蠅爬在天父之上，事實上，蒼蠅本身也是天父，所以咱們來祝福你子宮裡的果實波西。阿們，哈雷路亞，顆粒花生醬。我們以錫箔美化過的天父，你的名就是神聖。」

「我會揍你！」亞伯拉罕警告道。他面色蒼白，「彼得，我會動手的！」

「禱—告—之—人！」麥克菲繼續嘲諷，然後他又笑了起來。「噢，我的肥皂水，我的肉體！噢，我神聖的**帽子**！」

「你不閉嘴我就揍你！」亞伯拉罕怒吼道。

「別這樣。」蓋瑞提驚慌地說：「咱們別動手動腳的，咱們……和氣點。」

「想來點聚會伴手禮嗎？」貝克跟瘋子一樣講這話。

「誰問你了，你這該死的鄉巴佬！」

「他來參加這場健行，但他看起來年紀好小。」貝克哀傷地說：「如果他滿十四歲，我就笑著去吻一頭豬。」

「媽咪寵壞他了。」亞伯拉罕用顫抖的聲音說：「看得出來。」他轉頭用哀求的神情望向蓋瑞提與皮爾森，說：「你們看得出來，對不對？」

「媽咪再也不會寵壞他了。」麥克菲說。

歐爾森再次對著軍人喃喃自語。剛剛槍殺波西的軍人現在坐了下來，吃起他的三明治。他們已經走過了八點整。他們走過了一處陽光普照的加油站，身穿油膩連身工作服的技工正拿水管朝柏油地面灑水。

「真希望他能對我們灑水。」史寬說：「我熱得跟火鉗一樣。」

「我們都覺得很熱。」蓋瑞提說。

「我以為緬因州永遠都不會熱。」皮爾森說。他的口氣聽起來疲憊無比。「我以為緬因州應該很涼快。」

「這個嘛，你現在曉得不是這樣了。」蓋瑞提簡明扼要地說。

「蓋瑞提，你很好笑。」皮爾森說：「你知道這點嗎？你真的超級好笑。老天，真高興我認識你。」

麥克菲大笑起來。

「你知道嗎？」蓋瑞提說。

「知道什麼？」

「你內褲上有屎痕。」蓋瑞提說。這是他短時間內擠得出最聰明的話了。

他們又經過另一個停靠卡車的地方。兩、三輛卡車被攔下，駛離道路，無疑是在替上路人空出路面。其中一位司機焦慮地站在卡車旁，這是一輛大型的冷凍車，他用手撫摸載貨的車身，感受在早晨陽光下，逐漸消失的涼意。上路人經過的時候，幾名女服務生向他們歡呼，那個撫摸冷藏貨櫃的卡車司機卻轉過身來，朝上路人比中指。他是個大傢伙，從骯髒T恤裡伸出來的脖子紅通通的。

「他為什麼要這樣？」史寬說：「就是個不上道的老兄！」

麥克菲大笑，「這是這場破爛盛宴開始之後，咱們遇到的第一位誠實公民啊，史寬。老兄，我真愛這傢伙！」

「也許他載了會壞的東西要去蒙特婁。」蓋瑞提說：「從波士頓來的。我們逼他離開道路，他大概擔心他的工作不保。如果他是自營駕駛，那他的卡車也可能不保。」

「有沒有這麼辛苦？」柯利．帕克粗聲粗氣地說：「有沒有這麼他媽的辛苦？因為他們只花了兩個月以上的時間公告大競走的路線，是不是？真他媽的，就是另一個鄉巴佬而已！」

「你對他們的了解似乎很深。」亞伯拉罕對蓋瑞提說。

「一點點。」蓋瑞提瞪著帕克。「我爸開過卡車，然後他就……然後他就離開了。這份工作賺錢不易，也許那人以為他有時間能夠抄下一段近路。如果有捷徑，他肯定不會走這條。」

「那他也不用對我們比中指啊。」史寬堅持，「他不用比中指。老天啊，他爛掉的臭番茄無關生死，咱們可不同。」

「你爸拋下你媽？」麥克菲問蓋瑞提。

「我爸被特別小組帶走了。」蓋瑞提言簡意賅。他在內心賭帕克或任何人敢不敢開口接話，但大家都一語不發。

史戴本依舊殿後。他才剛通過卡車停靠的地方，沒禮貌的司機就閃回卡車駕駛座了。前方，槍枝發出它們唯一能夠發出的聲音。一具肉體倒下，翻滾，動也不動。兩名軍人將其拖去路邊，第三個軍人在半履帶戰車上朝他們扔了一個屍袋。

「我叔叔被特別小組帶走。」懷曼遲疑地說。蓋瑞提注意到懷曼左腳鞋子的鞋舌從鞋帶間伸出來，不斷以猥褻的姿態拍打晃動。

「只有蠢蛋會被特別小組帶走。」柯利．帕克明確地說。

蓋瑞提望著他，想要感受一絲怒火，但他又低下頭，望著路面。他的父親就是該死的大蠢蛋。他也是大酒鬼，無論手放在哪裡，嘴巴就是守不住他腦子裡微薄的意見，這個人就是沒辦法不表示他對政治的觀感。蓋瑞提覺得自己好老，想吐。

「閉上你的臭嘴。」麥克菲冷冷地說。

「你可以試試看，要我……」

「不，我不想試試看，不想逼你。閉嘴就對了，你這混蛋。」

柯利．帕克放慢速度走到蓋瑞提與麥克菲之間，皮爾森與亞伯拉罕則稍微讓開一點。就連軍人也挺直身子，準備好要處理問題。帕克端詳著蓋瑞提好一會兒，他的臉寬寬的，上頭還有汗珠，他的目光依舊很自大。然後，他迅速拍了拍蓋瑞提的手臂。

「我有時話講太快，我不是有心的，好嗎？」蓋瑞提無奈地點點頭，帕克又望向麥克菲。

「都怪你，討厭鬼。」他說完，然後加快速度朝著打頭陣的人走去。

「真是個假惺惺的王八蛋。」麥克菲陰鬱地說。

「沒有巴克維奇壞啦。」亞伯拉罕說：「也許好那麼一點點。」

「再說，」皮爾森加油添醋道：「被特別小組帶走會怎樣？比死掉好多了，對吧？」

「你又怎麼知道？」蓋瑞提問：「我們又怎麼會有人知道？」

他的父親是一位沙黃髮色的巨人，聲音洪亮，笑聲響亮，在蓋瑞提的小耳朵裡，父親的笑聲像是山脈炸裂的聲音。自從父親失去自己的卡車後，他就靠著替政府從布倫瑞克開卡車維生。這份工作應該很不錯，前提是吉姆．蓋瑞提不要到處分享他的政治高見。不過，當你替政府工作的時候，政府就會格外注意你的存在，而他們覺得狀況可能有些問題的時候，他們也會格外準備好要派遣特別小組行動。吉姆．蓋瑞提並不喜歡大競走，因此，有天他收到了一份電報，隔天兩名軍人出現在家門口，吉姆．蓋瑞提則氣急敗壞地跟他們走。他的妻子關上家門，臉頰蒼白得跟牛奶一樣，而當小蓋瑞提問媽媽爹地跟軍人去哪裡的時候，她則搧他巴掌，力道之大讓他嘴巴都流血了，媽媽還叫他閉嘴、閉嘴、給我閉嘴！之後蓋瑞提再也沒有見過他的父親。那是十一年前的事，那場行動俐落乾淨，無色無味、消毒殺菌、預先過水、抗頭皮屑。

「我哥哥惹過法律問題。」貝克說：「不是政府，只是犯法。他偷了一輛車，一路從我們老家密西西比州的哈蒂斯堡開出去。他得到兩年緩刑，但他死了。」

「死了？」這聲音聽起來乾枯又空洞，跟鬼一樣。歐爾森加入他們的對話。他憔悴的臉比身體顯眼多了。

「他有心臟病。」貝克說：「他只大我三歲。媽總說他是她背負的十字架，但我哥只有惹過一次事。我比較糟，連續三年，我晚上都會出去找黑人麻煩。」

蓋瑞提望著他。貝克疲憊的臉上浮現羞恥的神情，但同時也很尊貴，從樹梢照進來的微暗陽光照出這種線條。

「這是違反特別小組條例的罪行，但我不在乎。我加入的時候只有十二歲。你知道的，現在都是小孩子在幹這些事。老鳥想得比較多，老鳥會叫我們出去鬧事，拍拍我們的腦袋，但惹上特別小組的不是他們，不會是他們。我們在某個黑人的草坪上焚燒十字架後，我就退出了。我嚇得要死，也覺得丟臉。怎麼會有人想去黑人老兄的草坪上燒十字架？老天爺啊，這種事已經是歷史了吧，對吧？肯定是。」貝克猛烈搖頭。「這樣不對。」

此時，步槍再度響起。

「又一個。」史寬說。他的聲音聽起來鼻塞很嚴重，鼻音很重，他用手背抹抹鼻子。

「三十四。」皮爾森說。他從一邊口袋裡拿出一分硬幣，放進另一側口袋。「我帶了九十九分出門，每次有人領罰單，我就移一分錢到另一邊，當……」

「真可怕！」歐爾森說。他憂心忡忡的目光兇狠地瞪著皮爾森，「你的報死蟲在哪？你的巫毒娃娃在哪？」

皮爾森沒有說話。他帶著焦躁的尷尬端詳著他們經過的一塊休耕田地，最後他說：「我沒打算解釋什麼，但這只是在祈求好運而已。」

「噁心死了。」歐爾森沙啞地說：「**骯髒齷齪**，根本是……」

「噢，閉嘴啦。」亞伯拉罕說：「不要在那邊煩了。」

蓋瑞提望向手錶，八點二十分。再過四十分鐘就有東西吃了。他覺得如果能夠進入零星散布在路邊的小簡餐店該有多好啊，一屁股坐進那種高腳吧台椅，腳踩在橫槓上（噢，天啊，那感覺多輕鬆啊），點了牛排跟炸洋蔥，副餐是炸薯條，還要來一大份加了草莓醬的香草冰淇淋。也許一大盤肉丸義大利麵加義大利麵包，旁邊加上幾顆在奶油裡游泳的青豆。還有牛奶，一整壺牛奶。去他的吸管跟水壺蒸餾水。牛奶跟真正的食物，可以坐的地方，好好吃一頓。這樣棒不棒啊？

前方大榆樹樹下有一家五口，父母、男孩、女孩，還有白髮老祖母，他們正在享用一大早的野餐三明治，還有看起來像熱可可的飲料。他們歡快地向上路人揮手。

「怪胎。」蓋瑞提咕噥著說。

「你說什麼？」麥克菲問。

「我說我想坐下來吃點東西。看看這些人，一群該死的豬。」

「換成是你，你也會這樣的。」麥克菲說。他揮手微笑，將最燦爛的笑容留給老祖母，她也揮手，啃著——應該說用沒牙齒的牙齦摩擦看起來像雞蛋沙拉三明治的玩意兒。

「我肯定會。坐在那裡吃吃喝喝，同時一群餓著肚子的……」

「小雷，要說『幾乎沒有餓著肚子』，感覺是這樣才對。」

「那就『餓得要死』……」

「精神高於物質。」麥克菲喃喃說道：「我年輕的朋友，精神高於物質。」喃喃低語變成模仿喜劇演員W. C.菲爾茲（W. C. Fields）的口氣，聽起來真討厭。

「去你的。你只是不想承認而已，這些人就是畜生。他們想看到人家的腦子灑在路上，所以他們才出來。他們只是要出來看你的腦子灑了一地而已。」

「這不是重點。」麥克菲冷靜地說：「你不是說你小時候也看過大競走嗎？」

「對，但那時我不曉得這是怎麼一回事。」

「這樣喔，這樣就沒關係了，對不對？」麥克菲發出短促難聽的笑聲。「他們的確是畜生，你以為你剛發現了什麼新的原則嗎？有時我真的懷疑你怎麼可以這麼天真。欣賞完斷頭台的戲碼後，法國的大爺會跟姑娘打砲；古時候的羅馬人會在角鬥士打鬥中交媾。蓋瑞提，這就是娛樂，沒什麼新鮮的。」他又大笑，蓋瑞提入迷地望著他。

「繼續啊。」有人說：「麥克菲，你上二壘了，怎麼不往三壘前進？」

蓋瑞提不用轉頭也知道，開口的人當然是史戴本，纖瘦的佛陀史戴本。蓋瑞提的腳自動帶他前進，但他似乎注意到雙腳又腫又滑，彷彿腳掌全是膿汁黏液一樣。

「死亡讓人胃口大開。」麥克菲說：「那兩個女孩跟葛瑞寶又怎麼說？她們只是想體驗操個死人的感覺。現在該來點不同以往的新玩意兒了[13]。我不曉得葛瑞寶爽到多少，但他的確爽到了。大家都一樣，無論他們是不是在吃喝拉撒。他們更喜歡這樣，他們感覺得到，食物更好吃，因為他們正在看著人死掉。

「蓋瑞提，但就算如此，這也不是這場微小冒險的重點。重點是，他們是聰明人。下場跟獅子搏鬥的人不是**他們**；拖著腳步前進、希望拉個屎不會得到兩支警告的人也不是**他們**。蓋瑞提，你才是笨蛋。你、我、皮爾森、巴克維奇，還有史戴本，我們都是笨蛋。史寬很笨，因為他以為他了解了一切，但他沒有。歐爾森很笨，因為他明白一切的時候已經太晚。他們的確是畜生，沒錯，但你又怎麼確定經歷這一切的我們就是人類？」

他沒有說下去，氣喘吁吁的。

「好啦。」他又說：「你繼續，害我又來了，第三百四十二場佈道，總共大概有六千場吧……不止、不止。大概害我少了五個小時的壽命。」

「那你為什麼要這樣？」蓋瑞提問他：「如果你懂這麼多，你又這麼肯定，你為什麼還要加入？」

「就跟我們每個人的理由一樣。」史戴本說。他露出溫柔的微笑，幾乎可說是帶著愛意的笑容。他的嘴唇有點缺水，除此之外，他的臉還是一點老態都沒有，看起來所向無敵。「我們都不想活了，所以我們才來。還有什麼理由？蓋瑞提，還能有什麼其他的理由？」

13. 譯註：這句話出自英國六人喜劇團體蒙提．派森的飛行馬戲團一九七一年的喜劇電影《And Now for Something Completely Different》，此片沒有正式中文名稱。

第八章

「三六九
鵝喝酒
街車上的猴子嚼菸草
街車壞了
猴子噎著
大夥一起
滑小船
上天堂。」

——童謠

雷蒙・蓋瑞提緊緊將他的濃縮食物腰帶繫在腰上，還告誡自己，至少在九點半之前，他什麼也不准吃。他感覺得出來這是很難堅守的原則，因為他的肚子已經咕咕叫了。他身邊的上路人都不得不慶祝起上路的第一個二十四小時已經結束。

史寬滿口起司醬，笑著對蓋瑞提說了什麼愉快的話語，但他在講什麼沒人聽得懂。貝克吃起一小瓶橄欖，真正的橄欖，規律得跟機關槍一樣，橄欖一一消失進他嘴裡。皮爾森正把擠著滿滿鮪魚醬的小脆餅塞進口中，他的表情可能是非常痛苦，又或是享受到不行。

八點半到九點之間又有兩人出局，一個是之前加油站店員替他加油的偉恩。不過，他們抵達九十六英里的時候，只有三十六人出局，這樣是不是很棒？蓋瑞提心想。此時麥克菲舔完管子裡最後一點濃縮雞肉泥，將空空的容器扔去一邊，蓋瑞提看得口水直流。真不錯，我希望他們現在全都暴斃身亡。

一名把牛仔褲褲腳捲起幾節的青少年跟一位中年家庭主婦，兩人賽跑爭奪麥克菲的空容器，雖然這東西已經沒用了，但新的用途是紀念品。家庭主婦比較靠近，但青少年動作比較快，以一倍的距離贏過她。少年對麥克菲大喊：「謝了！」手裡高舉扭曲變形的空容器。他蹦蹦跳跳回到朋友身邊，容器還沒放下來，家庭主婦正用白眼瞪著他。

「你還不吃嗎？」麥克菲問。

「我要自己等一等。」

「等什麼？」

「九點半。」

麥克菲深思地望著他。「自律什麼的老規矩？」

蓋瑞提聳聳肩，準備好接受對方的嘲諷，但麥克菲只是繼續望著他。

「你知道嗎？」麥克菲終於開口。

「什麼？」

「如果我有一塊錢……提醒你，**就**一塊錢……蓋瑞提，我覺得我會押在你身上，我覺得你很有機會贏得這場比賽。」

蓋瑞提尷尬地笑了笑，「這是在觸我霉頭喔？」

「什麼霉頭？」

「觸霉頭。就跟告訴投手，他會投出無安打比賽一樣。」

「也許是吧。」麥克菲說著，把手拿到面前，雙手微微顫抖。麥克菲用岔開話題的專注望著雙手，皺起眉頭。這是有點瘋癲的凝視，他說：「我希望巴克維奇快點出局。」

「彼得？」

「怎樣？」

「如果一切全部可以重來……如果你知道你能走到這麼遠，依舊前進……你還會加入嗎？」

麥克菲放下雙手，看著蓋瑞提。「你是在開玩笑嗎？你一定是在說笑。」

「不，我是認真的。」

「小雷，我覺得就算少校用槍指著我的屁股，我都不會參加。這根本就是自殺，只不過一般的自殺速度快多了。」

「真的。」歐爾森說：「你真會說。」他露出集中營囚犯那種空洞的笑容，蓋瑞提的肚子裡忽然有東西在爬的感覺。

十分鐘後，他們經過一片紅色與白色的旗幟，上頭寫著：**一百英里！傑佛遜農林商會祝賀！恭喜今年「世紀俱樂部」的大競走上路人！！**

「我有個地方可以放他們的世紀俱樂部。」柯利・帕克說：「那裡長長的，還是咖啡色的，太陽永遠照不進去。」

忽然間，道路兩旁零星聳立的松樹與雲杉次生林都消失了，取而代之的是他們見到的第一批大批群眾。歡呼四起，一波接著一波，感覺像是打上石塊的波浪。閃光燈泡亮起，讓人眼花。州警將層層人牆擋在外頭，亮橘色的尼龍封鎖線圍在泥巴路肩。一名警察正在處理一名有點棘手的尖叫小男孩。那男孩臉很髒，鼻涕流不停。他一手揮舞一台玩具滑翔機，另一手則拿著簽名簿。

「老天！」貝克高喊：「真是的，看看他們，你看看他們！」

柯利・帕克揮手微笑，蓋瑞提一直到走近他，才聽到他用平板的中西部口音說：「很高興見到你們，你們這群該下地獄的智障。」揮手、微笑。「麥克利大娘[14]，妳怎麼樣？妳這可惡的死老太婆。妳的臉配上我的屁股，真配，真配。妳好嗎？妳好嗎？」

蓋瑞提用雙手摀著嘴，歇斯底里地笑了起來。站在第一排的男人揮舞著有史寬名字的告示牌，字寫得很潦草，他的褲襠拉鍊還沒拉。第一排之後的胖女人穿了一身黃色的連身緊身泳衣，

14. 譯註：原文Mother Mc-Cree，出自一九二八年的默劇電影《麥克利大娘》（Mother Machree），講述一位命運多舛的愛爾蘭女性移民至美國，希望改善兒子生活的故事。

喝啤酒的三個大學生圍著她。蓋瑞提心想：無敵肥。他笑得更大聲了。

你要發瘋了，噢，我的天啊，別笑、別笑，想想葛瑞寶……別……別……別……

但他還是笑了。他發出滾滾笑聲，直到肚子打結、扭成一團，他屈著腿走路，有人對他大吼，尖叫聲壓過群眾歡呼，是麥克菲。「小雷！小雷！怎麼了？你還好嗎？」

「他們好好笑！」他現在笑到快哭了。「彼得，彼得，他們好好笑，就是……就是……**好好笑！**」

草地上坐著一位臉色鐵青的女孩，她噘嘴皺眉。他們經過時，她做出很醜的表情。蓋瑞提笑到差點暈倒，他因此得到一支警告。太怪了，雖然這麼吵，但他還是能夠清楚聽到警告聲。

他心想：我可能會死掉，我可能會笑到死掉，這難道不好笑嗎？

柯利臉上依舊掛著歡快的笑容，持續對觀眾還有記者愉快揮手，順便咒罵他們，這看起來是最好笑的畫面。蓋瑞提雙膝一軟，又得到另一支警告。他繼續短暫噗哧噴笑，他疲憊的肺只能發出這種聲音了。

群眾裡有人歡快地喊：「他要吐了！愛麗絲，快看，他要吐了！」

「蓋瑞提！蓋瑞提，拜託！」麥克菲喊著他。他一手攬著蓋瑞提的後背，一手扣住他的腋下。他不知怎麼地把蓋瑞提拉了起來，讓蓋瑞提繼續前進。

「噢，老天啊。」蓋瑞提氣喘吁吁地說：「噢，我的老天爺啊，他們會殺了我……我……我不行……」他再次爆笑出無力的細碎笑聲，他的膝蓋又軟了。麥克菲再次拉起他，蓋瑞提的領口裂開。他們都得到了警告。蓋瑞提朦朧間想到：這是我的最後一支警告。我就要去那傳說中的農場了，小珍，抱歉，我……

「快起來，你這火雞！我拖不動你了！」麥克菲嘶聲地說。

「我辦不到。」蓋瑞提上氣不接下氣。「我沒力了，我……」

麥克菲迅速甩他兩個巴掌，掌心摑右臉，手背拍左臉。然後他立刻轉身走人，頭也不回。

他沒有繼續笑，但他的五臟六腑是一坨果凍，他的肺空空的，似乎沒有辦法充飽氣。他跟喝醉一樣歪歪斜斜地跟著前進，腳步搖晃，想要找回他的力氣。他眼前冒出跳動的黑色斑點，他多少明白自己快要昏厥了。他一腳踩到另一腳，絆了一下，差點跌倒，但他還是穩住平衡。

如果我跌倒，我就死定了。我永遠爬不起來。

他們看著他，群眾看著他，歡呼聲安靜下來，剩下低語，如同床笫間的細語。他們等著他倒下。

他繼續前進，專注在一腳一腳前進上頭。他八年級的時候曾經讀過一篇故事，作者是雷·布萊伯利（Ray Bradbury），這篇故事在講死亡事故現場聚集的群眾，這些人永遠都是同樣的表情，而他們似乎永遠知道受害人的傷勢是否致命。蓋瑞提告訴他們，我會活久一點，我會活下去。我會多活一下下。

他讓雙腳的起落配合上腦袋裡穩定的節奏。他把一切拋諸腦後，就連小珍也是。他沒有注意到他的腦袋、柯利·帕克或怪仔德拉西歐，他甚至沒有注意到雙腳緩緩的疼痛，或膝蓋後方肌肉的僵硬。這個念頭如同定音鼓在他腦袋裡敲響，如同一聲心跳。**活久一點、活久一點、活久一點**……直到這句話本身變得什麼也不是，毫無意義。

讓他回過神的是槍聲。

在群眾竊竊私語的寧靜之中，槍聲大作，非常驚人，他聽到有人尖叫。他心想：現在你明白了，你活得夠久才能聽到這聲槍響，活得夠久才能聽到自己尖叫……

不過，他的腳踢到一塊小石頭，好痛。領罰單的人不是他，是六十四號，一個開朗討喜、面帶微笑的男孩法蘭克．摩根。他們把法蘭克．摩根拖離道路，他的眼鏡在地上拖，還在人行道上翻動，但鏡框仍然頑強地勾住他的一隻耳朵。左眼鏡片破裂。

「我沒死。」他恍惚地說。震驚襲來，如同一道溫暖的藍色浪波，威脅著要讓他的雙腿再次化成水。

「對，但你該死了。」麥克菲說。

「你救了他。」歐爾森用詛咒的口問道：「**你為什麼要救他？**你為什麼要救他？」他的雙眼又黑又亮，如同門把。「如果可以，我會殺了你。我恨你。麥克菲，你死定了。你等著看。上帝會因為你的行為劈死你。上帝會劈死你，把你當成一坨狗屎。」他的聲音呆板空虛。蓋瑞提在他身上幾乎可以聞到裹屍布的味道。他用雙手摀住嘴，在指縫間呻吟。事實是，他們每個人都散發著裹屍布的味道。

「滾一邊去啦。」麥克菲冷靜地說：「我只是在還債，僅此而已。」他望向蓋瑞提，「兄弟，咱們扯平了。互不相欠了，對嗎？」他不疾不徐地走開，沒多久他就成為前方約二十碼處另一件有顏色的襯衫而已。

蓋瑞提的體力恢復了，但恢復得很慢，他一度以為他的肋部在痛……但那感覺最終過去了。麥克菲救了他一命。他發瘋地歇斯底里，笑到停不下來，是麥克菲救了他，拉了他一把。兄弟，咱們扯平了。互不相欠了，對嗎？

「上帝會懲罰他。」漢克．歐爾森用駭人、死氣沉沉的口氣保證道：「上帝會劈死他。」

「閉嘴，不然我先劈死你。」亞伯拉罕說。

天氣愈來愈熱，細碎、吹毛求疵的爭論如同野火展開。他們經過電視攝影機及一堆麥克風的半徑時，原本的大批群眾變得比較少了，但群眾沒有全部消失，甚至看不出一小群一小群人的界線。群眾一出動，就不會輕易離去。出來的群眾全混合成一張身分不詳的「群眾臉孔」，了無生趣的急切神情就這樣一英里一英里地複製下去。人聚集在門口階梯、草坪、車道、野餐區、加油站路面（老闆可是有收入場費的），以及他們到的下一座城鎮，街道兩側與鎮上超市停車場，滿滿都是人。「群眾臉孔」扮起鬼臉、高談闊論、放聲歡呼，但基本上那是同一張臉。懷曼蹲下去拉屎的時候，這張臉貪得無厭地盯著他。男人、女人、孩童，「群眾臉孔」永遠是同一張臉，蓋瑞提很快就看膩這張臉了。

他想謝謝麥克菲，但他卻懷疑麥克菲會不會領情。他看到前方的麥克菲就走在巴克維奇後頭，麥克菲正緊盯著巴克維奇的後頸。

九點半到了又走。群眾似乎讓天氣加溫，蓋瑞提解開襯衫鈕釦，一路解到皮帶頭上。他在想怪仔德拉西歐在事情發生前，是否知道自己就要「領罰單」了？但他又覺得知不知道大概沒差，不會造成任何改變。

道路開始陡峭上坡，群眾暫時減少，他們往上爬，越過腳下四組在床基渣碎小石裡閃著炙熱光澤的東西向鐵軌。到了最頂處，他們越過木橋，蓋瑞提看到前方有另一片樹林及附近的建築。幾乎又是郊區的地形，他們剛從右邊走到左邊。

一陣涼風吹過他汗濕的皮膚，他打了個冷顫。史寬打了三個響亮的大噴嚏。

「我**要**感冒了。」他厭惡地宣布。

「感冒就沒體力了。」皮爾森說：「真是糟糕透頂。」

「我努力點就是了。」史寬說。

「你一定是鐵打的。」皮爾森說：「如果我感冒，我想我應該會直接躺在地上等死。我的體力就只剩這麼一點了。」

「那你現在就躺下等死啊！」巴克維奇向後喊：「省點力氣！」

「閉嘴，繼續走你的路，殺人兇手。」麥克菲立刻接話。

巴克維奇扭頭看他。「麥克菲，你可不可以不要跟在我後面？去別的地方啦！」

「這是自由的大路，我他媽愛走哪就走哪。」

巴克維奇大聲清嗓，吐了口痰，然後不理他了。

蓋瑞提打開食物包裝，開始吃加了起司醬的餅乾。吃第一口，他的肚子叫得好大聲，他不得不克制住自己想一口氣狼吞虎嚥吃光所有食物的慾望。他將一小條濃縮烤牛肉擠進嘴裡，規律咀嚼起來。他用水配著嚥下，然後逼自己在此打住。

他們經過一座伐木場，一群男人站在一堆木板上，天光下的剪影看起來像印第安人。這些人向上路人招手，然後他們又回到樹林中，靜謐似乎翩然落下。不過這當然不是什麼靜悄悄的場景，上路人交談，半履帶戰車在一旁機械式地前進，有人沒力、有人大笑，蓋瑞提後方有人發出不自主的悶哼呻吟。道路兩側還是有很多群眾，但了不起的「世紀俱樂部」成員消失，相較之下的確安靜多了。高聳樹冠上的鳥兒啼叫，狡猾的微風偶爾會暫時掩飾氣溫的炎熱，聽起來就像颯颯穿過樹林的迷失靈魂。高聳的樹枝上有隻愣住的咖啡色松鼠，牠的尾巴蓬鬆，黑色眼睛銳利無比，牠跟老鼠一樣的前爪還握著一顆堅果。牠對他們叫，然後快手快腳往上爬，最後消失。飛機在遠處飛行，發出低低的聲響，如同巨大的蒼蠅。

對蓋瑞提來說，大家好像是故意跟他冷戰一樣。麥克菲依舊走在巴克維奇後面；皮爾森跟貝克聊著西洋棋；亞伯拉罕正在吃東西，不但吃得很大聲，還用自己的襯衫擦手；史寬撕了T恤一角下來當手帕；柯利．帕克跟懷曼正在交換彼此跟女孩交往的故事；而歐爾森……他甚至不想看歐爾森，歐爾森似乎想要在自己接下來將要面對死亡之時，還要牽連其他人一樣。

所以蓋瑞提小心翼翼地放慢腳步，一次放慢一點點（三支警告他還放在心上），直到他跟史戴本平行。他紫色的褲子沾滿塵土，藍色工作襯衫的腋下有兩塊圓形深色汗漬。無論史戴本是什麼，他都不是超人。他瞥了蓋瑞提一眼，削瘦的臉龐充滿疑問，然後又將目光移至路面。他後背脊椎的關節非常顯眼。

「為什麼沒有更多人？」蓋瑞提猶豫地問：「我是說，來看戲。」

他一度覺得史戴本不會回話，但男孩還是抬起頭，他將頭髮從額頭撥開後說：「會有的，等一等。會有三排人坐在屋頂看你。」

「但有人說下注的賭金高達幾十億，你會覺得他們應該一路都擠成三排吧？而且還有電視報導……」

「這樣不會有打氣的效果。」

「為什麼？」

「你幹嘛問我？」

「因為你**知道**。」蓋瑞提惱怒地說。

「你又怎麼知道？」

「老天，你有時會讓我想到《愛麗絲夢遊仙境》裡的那隻毛蟲。」蓋瑞提說：「你就不能好好講話嗎？」

「兩邊的人一直對你尖叫，你能撐多久？剛開始不久，光是體味就足以讓你崩潰，感覺起來就像跨年夜在時代廣場走上三百英里。」

「但他們**會**讓他們看，對吧？有人說從舊城開始就會有大批人潮。」

「總之我不是毛毛蟲。」史戴本說完，露出淺淺賊賊的微笑。「你不覺得我比較像白兔嗎？只不過我的金錶忘在家裡，也沒有人邀請我去喝茶。至少，就我所知，沒人邀請我。也許當我贏了比賽，我要的就是這個。當他們問我想要什麼獎品的時候，我就說：『哎啊，我希望受邀去喝茶。』」

「真他媽的！」

史戴本的笑容變得更大了，但那只是拉開嘴唇的運動而已，並不是真心的笑容。「對，從舊城或附近的地方，掃興的東西就會消失了，到那時候也不會有人在意體味這種世俗的玩意兒了。從奧古斯塔開始就會有不停的電視轉播，畢竟大競走是舉國上下的消遣娛樂。」

「那為什麼不從這裡就開始？」

「太早了。」史戴本說：「太早了。」

下一個彎道傳來槍聲，嚇得一隻雉雞從矮樹叢裡跳出來，全身炸毛。蓋瑞提與史戴本抵達彎道時，屍袋已經拉上拉鍊。動作真快。他沒看到是誰領了罰單。

史戴本說：「你會抵達某種境界，群眾再也不重要，無論是作為鼓勵或是妨礙，都不重要了。他們就停在那裡，我覺得有點像鷹架上的人，只是個背景。你會躲著群眾。」

「我想我明白這種感覺。」蓋瑞提說。他覺得有點心虛。

「如果你明白，那你剛剛就不會歇斯底里，還需要你的朋友來救你了，但你終將會明白。」

「我在想你躲了多遠？」

「你又躲了多遠？」

「我不知道。」

「哎啊，這你也會慢慢挖掘出答案的。挖掘出蓋瑞提深不可測的深度。這聽起來像是什麼旅遊廣告，對吧？你一直挖，直到你碰到床岩，然後你挖**進**床岩。最終，你會抵達底部，然後你就會明白。這是我的想法，咱們也來聽聽你的高見吧。」

蓋瑞提沒有說話。這一刻，他什麼想法也沒有。

大競走繼續，溫度持續升高。太陽掛在馬路延伸過去的一排排樹上，樹影短小矮胖。差不多十點的時候，一名軍人消失進半履帶戰車的後車廂，等他出現時，他拿著一根長桿，桿子上半部三分之二的地方纏著布料。他關上後車廂，將桿子一端插進金屬插槽中。他伸手到布料下方……把弄著什麼東西，大概是按鈕吧。不一會兒，一張暗褐色的大陽傘就撐起來了。大傘遮住了半履帶戰車差不多全車的金屬表面，他就與其他兩位目前當班的軍人，盤腿坐在軍用卡其色陽傘的陰影之中。

「你們這些爛掉的王八蛋！」有人大喊：「我的獎品就是要看你們公開閹割！」

想到這個畫面，那些軍人似乎沒有滿心恐懼。他們持續用無神的雙眼掃視上路人，偶爾望向他們的電腦控制台。

「這一切結束後，他們可能會拿老婆出氣吧。」蓋瑞提說。

「噢，我相信會的。」史戴本邊說，邊大笑起來。

蓋瑞提不想繼續與史戴本同行，至少現在不想。史戴本讓他不舒服，他一次只能攝取低量的史戴本。他加快腳步，再次留下史戴本一人。十點零二分，再過二十三分鐘他就能抵銷一支警告，但這一刻他還是有三支。三支警告沒有嚇壞他，這超出他的預期。他還是抱持著難以撼動的盲目自信，雷蒙．蓋瑞提這具有機體不會死。其他人可能會死，他們在他生命的電影裡只是配角，但雷蒙．蓋瑞提不是，他是這齣長銷熱門賣座大戲《雷蒙．蓋瑞提傳》的主角。也許最後他在情緒與智識上會逐漸明白這不是真的……也許這就是剛剛史戴本提的最深之處吧。他不喜歡這個想法，這令人膽寒。

他沒注意到自己超前了大部分上路人四分之三的腳程，他又抵達了麥克菲的後方。這列疲憊的康加舞隊伍中有三個人：帶頭的是巴克維奇，他還想裝出一副不可一世的模樣，但邊緣已經開始剝落；麥克菲垂著頭，雙手半握，稍微只靠右腳出力；以及殿後的《雷蒙．蓋瑞提傳》男主角他本人。他心想，我看起來怎麼樣？

他用一隻手摩擦臉頰側邊，聽著手摩擦微微冒出頭的鬍碴聲音。他看起來大概也沒有生氣勃勃。

他又加快些許腳步，直到他跟麥克菲並肩。麥克菲短暫望了過來，然後又回去盯著巴克維奇，他的目光深邃暗沉，難以解讀。

他們爬上一段短小的上坡路，這裡陽光普照，很是要命，然後又穿過另一座小橋。十五分鐘過去，二十分鐘過去，麥克菲一語不發。蓋瑞提清嗓兩回，但也沒有說話。他想著，你愈是不說話，想要打破寧靜就愈困難。麥克菲現在大概很氣自己救了蓋瑞提一命吧？麥克菲說不定很氣自己這麼做。這念頭讓蓋瑞提的胃空空地翻了一下。這一切都愚蠢、絕望，又沒有意義，最重要的是真他媽的太沒意義了，沒意義到讓人覺得可悲。他開口想告訴麥克菲這一切，但在話語出口前，麥克菲先講話了。

「一切都沒事。」聽到麥克菲的聲音，巴克維奇嚇了一跳，但麥克菲又說：「殺人兇手，不是在說你，你永遠都不會沒事，你快走吧。」

「吃我的屌啦。」巴克維奇惡狠狠地說。

「我猜我給你惹了些麻煩。」蓋瑞提壓低聲音說。

「我跟你說過了，互相扯平，兩不相欠，不虧不欠。」麥克菲用平穩的語氣說：「我不會再幫你，我要你清楚這點。」

「我很清楚。」蓋瑞提說：「我只是……」

「不要傷害我！」有人尖叫：「求求你，不要傷害我！」

那是一位紅髮男孩，腰際綁著他的格子襯衫，他站在道路中央哭哭啼啼的。他剛得到第一支警告，然後他跑向半履帶戰車，淚水在他又是汗水又是塵土的臉上劃出乾淨的淚痕，紅髮在陽光下如烈火般閃耀。「不要……我辦不到……拜託……我媽媽……我不行……我不……不行了……我的腳……」他想從旁邊爬上戰車，一名軍人用步槍槍托重擊他的雙手，男孩哭喊著跌下。

他再次尖叫，這次是令人難以置信的尖細聲音，銳利到足以震破玻璃，他在叫的是——

「我的**腳—腳—腳—腳—腳—腳**—」

「老天。」蓋瑞提咕噥著說：「他為什麼一直叫？」尖叫一路持續下去。

「我懷疑他不得不叫。」麥克菲診斷道：「戰車後面的履帶輾過他的雙腿。」

蓋瑞提看了一眼，覺得胃快從喉嚨翻出來了。真的，難怪紅髮男孩喊著他的腳。他的兩隻腳已經消失了。

「警告！三十八號，警告！」

「—**腳—腳—腳—腳—腳**—」

「我想回家。」蓋瑞提聽到身後有人低聲地說：「噢，老天，我真的好想回家。」

沒多久，紅髮男孩的臉就被轟掉了。

「我會在自由港見到我的女孩。」蓋瑞提急切地說：「我會抵銷掉所有的警告，我要好好吻她，天啊，我真想她，天啊，**我的天啊**，你有沒有看到他的**腿**？彼得，他們居然還警告他，好像他們以為他還能起來繼續**走**……」

「又一個『倫』進入那座銀色之城，『癲』上的父啊。」巴克維奇口齒不清地唸誦起來。

「殺人兇手，閉嘴。」麥克菲心不在焉地說：「小雷，你女朋友，她美嗎？」

「她很美，我愛她。」

麥克菲露出微笑。「你會娶她嗎？」

「會。」蓋瑞提口齒不清地說：「我們會是最平凡的小夫妻，四個孩子跟一隻可麗牧羊犬。他的腿，他的腿都沒了，他們輾過他，他們不能輾過一個人吧，規則裡沒有這一條啊，誰去舉報這件事啊？誰去……」

「你們會生兩個男孩、兩個女孩？」

「對、對，她很美，我只希望我不會……」

「第一個孩子會叫小雷二世。狗碗上還會印著牠的名字，對吧？」

蓋瑞提緩緩抬頭，像是喝太多的拳擊手。「你是在嘲笑我還是怎樣？」

「不！」巴克維奇高聲地說：「孩子，他就是在**耍**你！你別忘了！但別擔心，我會替你在他的墳上跳舞。」他乾笑幾聲。

「兇手，別吵。」麥克菲說：「小雷，我沒有在鬧你。來，咱們離這殺人兇手遠一點。」

「把這話塞進你的屁眼裡！」巴克維奇對著走遠的他們喊。

「她愛你嗎？你的女朋友，小珍？」

「我想愛吧。」蓋瑞提說。

麥克菲緩緩搖頭。「那一切浪漫的狗屁……你知道，那都是真的。至少，對某些人來說，在短時間內是真的。至少對我是這樣。我也曾跟你一樣。」他望向蓋瑞提。「你還想聽傷疤的故事嗎？」

他們抵達彎道，露營車上的幾名孩子歡叫揮手。

「想。」蓋瑞提說。

「為什麼?」他望著蓋瑞提，但他忽然間赤裸的目光似乎也在探索這個問題的答案。

「我想幫你。」蓋瑞提說。

麥克菲低頭望向自己的左腳。「好痛。我不太能扭動腳趾了。我脖子僵硬，腎臟發痛。蓋瑞提，我的女朋友原來是個賤貨，我加入這場狗屎大競走就跟那些人加入外籍兵團的理由一樣。套句偉大的搖滾名詩——我真情真意，她理都不理，還放了個屁。」

蓋瑞提沒有說話。正值十點半，自由港還在遠方。

「她叫普絲拉。」麥克菲說：「你以為你是個案?我才是多愁善感的男孩，我的中間名是六月粉紅滿月。我會吻她的手指，風向對的時候，我甚至會在屋後讀濟慈的詩給她聽。她老爸養牛，客氣點說，牛屎味搭配約翰・濟慈(John Keats)的詩『別有風味』。也許風向不對的時候，我該讀阿嘉農・查爾斯・史溫伯恩(Algernon Charles Swinburne)給她聽。」麥克菲笑了起來。

「你只是在掩飾自己內心真正的感受。」蓋瑞提說。

「啊，小雷，你才在演戲，是說這也不重要啦。你只會記得偉大的浪漫愛情故事，而不是你每次在她淺粉紅色的耳朵裡呢喃了哪些情話，結果只能回家打手槍的時刻。」

「你有你裝模作樣的方式，我有我演戲的方法。」

麥克菲似乎沒聽到這句話。「事情是這樣的，這種東西根本不值得拿出來講。」他說：「沙林傑(J. D. Salinger)……約翰・諾爾斯(John Knowles)……甚至是詹姆斯・柯克伍(James

Kirkwood）還有那個唐・布雷斯（Don Bredes）……蓋瑞提，這些作家都摧毀了青少年的生活。如果你是一個十六歲的男孩，你再也不能合情合理地討論青少年愛情帶來的痛苦，你聽起來就會像是勃起的朗・霍華[15]，真他媽的。」

麥克菲笑得有點歇斯底里，但蓋瑞提完全聽不懂他在講什麼。蓋瑞提對小珍的愛非常穩固，他完全沒有覺得不自在。他們的腳在路上摩擦拖行，蓋瑞提感覺到右腳跟有點搖晃。很快趾甲就會脫落，他會跟擺脫死皮一樣蹭掉鞋底。他們之後的史寬咳嗽個不停，但更讓蓋瑞提心煩的是大競走，不是這什麼浪漫愛情的狗屁。

「但那跟這個故事一點關係也沒有。」麥克菲似乎讀到了蓋瑞提的想法。「關於傷疤。那是去年夏天的事，我們想要離開原生家庭，離開我們的父母，離開牛屎味，這樣偉大的愛情故事才能得以熱切萌發。所以我們在紐澤西州的睡衣工廠找到工作。蓋瑞提，你覺得怎麼樣？紐澤西的睡衣工廠？

「我們住在紐瓦克的不同地方。紐瓦克是個好地方，天氣好的時候，你在紐瓦克可以聞到紐澤西州所有的牛屎味。我們的爸媽叨唸了一下，但因為住在不同地方，還有不錯的暑假工作，他們也就沒有繼續叨唸了。我跟其他兩個男孩一起住，絲絲跟三個女孩住在一起。我們六月三日開著我的車出發，下午三點抵達汽車旅館，並決定先擺脫貞操問題。我真的覺得自己是在做什麼壞事。她其實不想上床，但她想取悅我。我們住的是這間『陰暗角落』汽車旅館，完事後，我把保險套沖進『陰暗角落』的馬桶，用『陰暗角落』的紙杯漱口。一切都非常浪漫，非常飄渺。

「然後到了紐瓦克，聞著牛屎味，我很確定是**不一樣**的牛屎。我送她到她的公寓，然後去我住的地方。禮拜一，我們開始在普利茅斯睡衣工廠工作。蓋瑞提，這跟拍電影不一樣。胚布很臭，我的前臂都快斷了，午餐時，我們還會用掛鉤丟布袋底下的老鼠。不過，我不在意，因為這是愛啊，懂嗎？這是愛。」

他朝塵土呸出乾乾的唾液，拿水壺漱口，然後喊要另一個水壺。他們正在爬一座彎處有坡面堆高的漫長上坡路，麥克菲的話語顯得氣喘吁吁。

「絲絲在一樓，那邊會開放給白癡觀光客參觀，這些人沒有別的事好做，只能來製作他們睡衣的地方觀光。絲絲待的地方還不錯，有漂亮的粉彩色牆壁、先進的設備，還有冷氣。絲絲每天七點到三點負責縫鈕釦。你想想，全美上下每個人穿的睡衣都要扣絲絲縫的鈕釦，這種想法會溫暖最冰冷的心。

「我則在五樓，我是裝袋工。是這樣的，他們在地下室替胚布染色，然後用暖氣管將布料送到五樓來。整批布上來後，他們會敲鐘，我就會打開我的桶槽，一大堆亂七八糟的布料就會倒進來，跟彩虹一樣什麼顏色都有。我要把布料用長耙子叉出來，裝成九十公斤的包裝，用鎖鏈將包裝拉起來，跟其他布袋擺在一起，等著起重機來載。他們會加以分類，織布機會紡織，其他人會

15. 譯註：這裡指的是於一九七四年一月到一九八四年九月播出的電視劇《歡樂時光》，尚未成為導演的朗．霍華當時在其中扮演一位十六、七歲的少年。

裁布，把它們縫成睡衣。到了那個漂亮的粉彩色調房間，絲絲會加上鈕釦，而蠢得要死的觀光客則會透過玻璃牆看著她與其他的女孩……就跟今天人家看我們一樣。蓋瑞提，這樣是不是解釋得很清楚了？」

「傷疤。」蓋瑞提提醒他。

「我一直在顧左右而言他，是不是？」麥克菲抹抹額頭，解開襯衫的釦子，他們正挺進上坡路段。樹林在他們面前一波波延展開來，地平線上有冒出頭的山峰，山頭與天空如同互相緊扣的拼圖。也許有十英里那麼長，幾乎消失進熱浪氣流之中，防火塔屹立在一片綠色的景象中。道路切進去，看起來就像滑行的灰色大蛇。

「一開始，濟慈浪漫國度還是充滿歡笑與喜樂的。我又上了她三次，三次都在露天汽車電影院，牛屎味從旁邊草原飄進車窗裡。無論我洗幾次頭，我的頭髮上永遠都會有零散布料的碎屑，最糟的是她逐漸遠離我，跟我漸行漸遠。我愛她，我真的很愛她，我曉得我沒有其他辦法可以讓她明白我對她的愛。我甚至沒辦法透過性交讓她了解這份愛，因為那總伴隨著牛屎味。

「蓋瑞提，問題在於工廠論件計酬。這意味著我們的薪水少得可憐，用最低的薪資乘上我們工作的比例。我不是高明的打包工，我一天只能處理差不多二十三袋，但其他人一天都是三十袋左右。這點讓其他男孩不可能喜歡我，因為我害慘了他們。染坊的哈蘭完成的件數很少，因為我滿滿的桶槽卡住了他的送料口。起重機的勞夫完成的件數很少，因為我給他的布袋不夠。一切都很不愉快。他們很在乎，所以非常不愉快。你明白嗎？」

「明白。」蓋瑞提說。他用手抹抹後頸，然後在褲子上抹手，褲子隨即留下深色的汗漬。

「同一時間，絲絲在樓下縫鈕釦，但她可沒閒著。有些夜裡，她會聊她的閨蜜，一聊就是個把小時，通常都是同樣的論調——這個賺多少錢、那個賺多少錢。最重要的是，她自己賺了多少錢。她賺得很多了，所以我必須搞清楚，跟你想結婚的女孩比誰賺得多，是多麼有意思的事情。到了週末，我帶著六十四塊四毛的支票回家，還要在水泡上擦一堆潤膚乳液；絲絲一個禮拜賺了差不多九十塊，然後以最快的速度跑去銀行，把錢存起來。當我建議我們去哪裡，但要自己出自己的錢時，你會以為我說的是活人獻祭。

「過了一陣子，我也不上她了。我很想說我不跟她上床了，這聽起來好聽多了，但我們根本沒有床可以上。我不能帶她來我住的地方，因為通常會有十六個男生在那邊喝啤酒，而她那邊也永遠有人，至少她是這麼說的，而我也付不起再次上汽車旅館的錢，**這**我顯然不能建議一人出一半吧？所以就只好在露天電影院的汽車後座打砲，但我感覺得出來她開始反感了。因為我察覺到這點，而我愛她卻也開始恨她，我因此向她求婚。那個時候，她開始不安，想要我改變主意，最後我逼她回答要還是不要。」

「她說不要。」

「當然不要。『彼得，我們沒有錢結婚。我媽會怎麼說？彼得，我們得等一等。』彼得這個、彼得那個，但一直以來的問題就是她的錢，她靠縫釦子賺來的錢。」

「誒，你這樣對她也太不公平了。」

「我當然不公平！」麥克菲惡狠狠地說：「我很清楚。我想讓她覺得她就是個貪心、自我中心的小婊子，因為她讓我覺得自己是個窩囊廢。」

他伸手去摸他的傷疤。

「只不過，不用她讓我**覺得**自己是個窩囊廢，我**就是**一個窩囊廢。我沒有什麼有價值的東西，只有一根專門用來捅她的屌，而她甚至不會拒絕，讓我更不像個男人。」

他們身後傳來槍聲。

「是歐爾森嗎？」麥克菲問。

「不是，他還在後面。」

「噢……」

「傷疤。」蓋瑞提再度提醒他。

「噢，你為什麼不肯放過這個話題？」

「你救了我一命。」

「吃大便啦。」

「傷疤。」

「我打架。」麥克菲終於在長長的靜默後開口：「我跟勞夫打架，那個負責升降機的傢伙。他把我的兩隻眼睛打到烏青，還說我最好在他打斷我雙手前滾蛋。我不幹了，那晚，我告訴絲絲這件事。她看得出來我有多慘，她明白。她說這樣也許最好。我跟她說我要回老家了，要她一起走。她說她不行。我說她只不過是她那些該死鈕釦的奴隸，我希望我再也不要見到她。蓋瑞提，我內心有太多毒素。我說她是個白癡，還是沒血沒淚的婊子。她看不到未來，只看得見她隨身攜在包包裡的該死存摺。我說的一切都不公平，但……我猜我說得也不算全錯。好，我們在她的公寓。這是我第一次過去，她的室友不在，看電影去了。我想跟她上床，她卻用拆信刀劃我的臉。那是一把趣味拆信刀，她朋友從英國寄給她的，上頭有派丁頓熊的裝飾。她割我的樣子好像我是要性侵她一樣，我好像是什麼細菌，就要感染她一樣。小雷，我這樣說你有進入狀況嗎？」

「有，我進入狀況了。」蓋瑞提說。他抬頭望著一台停在路邊的白色旅行車，車身上寫著WHGH新聞轉播車。他們走近，一個身穿閃亮西裝的禿頭男子就用大台的新聞影片攝影機拍攝他們。皮爾森、亞伯拉罕、詹森都用左手握著褲襠，右手做出鬼臉。這微不足道的輕蔑舉動居然具有如同火箭女郎表演的精密一致性，這點讓蓋瑞提覺得很好笑。

「我哭了。」麥克菲說：「我哭得跟小奶娃一樣。我下跪，拉著她的裙子，求她原諒我，血流到地上。蓋瑞提，那場景基本上滿噁心的。她反嘔，跑進廁所。她吐了，我聽到她吐了。她出來的時候，拿了毛巾來擦我的臉，她說她再也不想見到我。她哭了，她問我為什麼要這樣，為什麼要這樣傷害她，她說我沒有權利這麼做。小雷，我的臉上被劃開一個大口子，結果她問**我**，我為什麼要傷害**她**。」

「就是啊。」

「我離開的時候，毛巾還壓在臉上。我縫了十二針，而這就是這美麗傷痕的由來，你開心了嗎？」

「你們之後還有見面嗎？」

「沒。」麥克菲說：「我也沒有很想見她。她對我來說似乎變得很渺小、很遙遠。此時的絲絲在我心底差不多只是地平線上的一顆塵埃。小雷，她心裡有病，可能是她媽……她媽是個酒鬼……可能是什麼東西讓她這麼執著在金錢上，她是貨真價實的守財奴。他們說，拉開距離才看得清楚。昨天早上絲絲對我還很重要，但現在她什麼也不是了。我剛剛跟你說的故事，我本來以為會很痛，但一點也不痛。再說，我懷疑這樁破事跟我來這裡到底有沒有什麼實際的關聯，只不過是個好用的藉口而已。」

「什麼意思？」

「蓋瑞提，你為何參賽？」

「我不知道。」他的聲音非常機械化，如同會講話的娃娃。怪仔德拉西歐看不到球飛過來，他眼睛有問題，距離感不好，球砸中他的額頭，縫線烙印在他的額頭上。之後（還是之前……過往現在全混在一起了），他用空氣槍的槍管打中他最好朋友的嘴巴，說不定他會跟麥克菲一樣留疤。吉米，他跟吉米玩過看醫生的遊戲。

「你不知道。」麥克菲說：「你都要死了，你還不知道原因。」

「死了就不重要了。」

「對，也許吧。」麥克菲說：「但有件事你要知道，小雷，這樣一切才不會完全沒有意義。」

「那是啥？」

「啥？你上當了，你被拐來加入這場比賽。小雷，你是說你真的不知道嗎？你真的不知道？」

第九章

「很好，西北大學，接下來是你們搶答決定權的問題，價值十分。」

——益智節目《大學盃》主持人艾倫・路登

一點鐘，蓋瑞提清點起路程來。

已經走了一百一十五英里。他們在距離舊城四十五英里以北，距離緬因州首府奧古斯塔以北一百二十五英里的地方，距離自由港一百五十英里（或者更遠……他很擔心奧古斯塔到自由港會超過二十五英里），距離新罕布夏州州界大概是兩百三十英里吧。消息傳回來，這屆大競走就是會走到這麼遠。

一度有很長時間，差不多一個半小時吧，都沒有人領罰單。他們一邊走，一邊心不在焉地聽著兩旁的歡呼聲，他們望著一里又一里單調無趣的松樹樹林。蓋瑞提的雙腿原本已經出現僵硬、穩定的隱隱作痛，腳掌也一直低調痠痛，現在又感受到左小腿閃現的抽痛。

到了中午左右，氣溫來到最高點，槍聲又開始出現。九十二號崔斯勒中暑了，他中槍前，人已經無意識倒在地上。另一個男孩抽搐，領罰單時，他整個人蜷在路上，腫脹的舌頭周遭不斷發出噁心的聲音。一號亞倫森兩腳都抽筋，在白線上遭到槍殺時站得直直的，像座雕像。他抬頭望向太陽，脖子緊繃專注。一點五分，另一個蓋瑞提不認識的男孩也中暑了。

蓋瑞提心想：這一切我都看過了，走在顫抖、喃喃自語的隊伍路上，看著步槍，看著疲憊不堪、不久人世男孩頭髮上的汗珠。這些我都看過了，我可以先閃人了嗎？

槍聲響起，一群高中男生短暫鼓起掌來，他們坐在童子軍營地勉強夠遮住他們的樹蔭下。

「我希望少校出現。」貝克怒氣沖沖地說：「我要見少校。」

「什麼？」亞伯拉罕機械式地回答。過去幾小時裡，他變得更憔悴了，他的雙眼深陷進眼眶裡，臉上還青青藍藍的，鬍碴都要冒出來了。

「這樣我才可以在他身上撒尿。」貝克說。

「冷靜點。」蓋瑞提說：「放輕鬆。」他的三支警告現在都撤銷了。

「**你**才放輕鬆。」貝克說：「看看你會有什麼下場。」

「你沒權利恨少校，他又沒**逼**你來。」

「**逼我？逼我？**他只是要**謀殺**我而已！」

「這也不是……」

「閉嘴。」貝克唐突地說，蓋瑞提只好乖乖閉嘴。他稍微揉了揉後頸，抬頭望向發白的藍天，他的影子是腳下踩著的一團畸形。他拿起今天的第三個水壺，喝光裡頭的水。

貝克說：「抱歉，我不是故意要對你大聲的。我的腳……」

「當然，我懂。」蓋瑞提說。

「我們全部都會走到這一步。」貝克說：「我有時覺得這樣最糟糕。」

蓋瑞提閉上雙眼，他好睏。

「你知道我想幹嘛嗎？」皮爾森說著，走進蓋瑞提跟貝克中間。

「對少校撒尿。」蓋瑞提說：「大家都想對少校撒尿。他再過來，我們就圍住他，叫他跪下，然後全部拉開拉鍊，用尿淹死……」

「我要說的不是這個。」皮爾森走路的模樣，像是他的意識即將進入酩酊大醉前的階段。他的腦袋在脖子上搖來晃去，他的眼皮如同抽筋的百葉窗，上上下下的。「跟少校沒有關係。我只想去旁邊的田裡躺下，閉上眼睛，躺在小麥……」

「緬因州沒有小麥。」蓋瑞提說：「那是乾草。」

「好，躺在乾草上，替我自己寫一首詩，然後沉沉睡去。」

蓋瑞提摸索起他的食物腰帶，發現多數口袋都是空的，最後他翻到一包蠟紙包裝的蘇打餅乾，便配著水嚥下。「我好像是篩子。」他說：「我把水喝下肚，兩分鐘後，水就從我的皮膚滲出來。」

槍聲再次響起，又有人失態倒下，彷彿是從驚喜盒裡跳出來的疲憊小丑，倒地不起。

「四『持』五。」史寬加入他們，口齒不清地說：「照這『數』度，我們怎麼走得到波特『來』？」

「你聽起來狀況很糟。」皮爾森說道，語氣裡似乎還帶著謹慎的樂觀。

「所幸我『森』體好。」史寬歡快地說：「我覺得我要發『騷』了。」

「老天，你怎麼還能走？」亞伯拉罕問道，談吐間散發出近乎虔誠的驚懼。

「我？說**我**？」史寬說：「看那傢伙！他怎麼還能『左』？我才想『資』道！」他用拇指比了比歐爾森。

歐爾森已經兩個小時沒開口了，新的水壺他連碰都沒有碰。大家貪婪的目光不斷望向他的食物腰帶，他也幾乎沒吃。他的雙眼像是烏亮的黑曜岩，直直盯著前方看。兩天份的鬍碴已經冒出頭來，他看起來有點像病態的狐狸。就連他的頭髮，後面鬈曲，卻披掛在前面額頭上，替他整體看來如同食屍鬼的模樣增色不少。他的嘴唇發乾、起水泡，舌頭從下唇掛出來，像是死在洞口的大蛇，原本健康的粉紅色消失，現在是髒兮兮的灰色，想來是路上的塵土沾上了他的舌頭。

蓋瑞提心想：他走到那裡了，沒錯，他肯定到那個境界了。史戴本說的，如果我們活得夠久，就會走到這一步。他自己陷了多深？幾英尋[16]？幾英里？幾光年？多深、多黑暗？答案呼之欲出：深到看不到盡頭。他會縮進黑暗之中，深到看不見盡頭。

「歐爾森？」他輕聲地說：「歐爾森？」

歐爾森沒有反應，全身只剩雙腳在動。

「希望他至少把舌頭收起來。」皮爾森神色緊張地低語。

16. 譯註：英尋，測量水深單位，一英尋為六英尺或一點八公尺。

比賽繼續。

樹林退去，他們經過另一處道路旁開闊的空間。路邊站了好幾列歡欣鼓舞的群眾，出現最多的是支持蓋瑞提的看板。然後樹林又占據了空地。不過，現在就算是樹林也無法阻擋群眾了。他們開始站在泥巴路肩上，漂亮的女孩穿著短褲與露背背心，男孩穿著籃球短褲與秀出肌肉的汗衫。

蓋瑞提心想：根本是同性戀假期。

他無法繼續希望自己沒有參加這場比賽，他太累、太麻痹，沒有辦法多想什麼。木已成舟，無力回天。他心想：很快，他也會累到無法費力與別人交談。他希望他能跟小男孩一樣躲進自己的內心，蜷進毛毯之中，再也沒有哀傷擔憂。這樣一來，一切就會變得簡單一點。

麥克菲的話讓他深思許久。麥克菲說他們都上當受騙加入這場比賽，他卻固執地告訴自己，事情不是這樣。他們之中有一個人沒有被騙，他們之中有一個人會騙過其他所有人……難道不是這樣嗎？

他舔舔嘴唇，喝了點水。

他們經過一個小小的綠色路標，顯示四十四英里外就是緬因州的收費公路。

「就是這樣。」他沒有特別對誰說：「再四十四英里就到舊城。」

沒有人答腔。在大夥兒抵達另一個十字路口，蓋瑞提考慮要不要去找麥克菲的時候，一名婦女尖叫起來。道路圍了封鎖線，群眾熱切地擠在拒馬外，警方維護著場面。他們揮舞雙手、看板，或一罐罐防曬乳。

尖叫的女人身材高大，漲紅著臉。她整個人被壓翻在及腰的拒馬上，還扯著後面的亮黃色封鎖線。她對著壓制住她的多位員警又抓又扒，掙扎尖叫不已。警察發出吃力的悶哼聲。

蓋瑞提心想：我認識她，對不對？我認識這個人？

藍色的手帕、好戰的閃耀雙眼，就連裙襬打褶的藏青色洋裝，這一切都好眼熟。女人的叫喊變得語無倫次，一隻揮舞的手抓破一名攔住她的警察臉部，鮮血直流——或者應該說是**試圖**攔住她的警察。

蓋瑞提距離她十英尺。他走過去的時候，這才想起他在哪裡見過她。當然啦，這女人是波西他媽啊！想要偷跑進樹林的波西，結果卻一腳踩進另一個世界的波西。

「我要我兒子！」她高喊：「我要我兒子！」

群眾熱情也中立地替她打氣，她身後的一個小男孩則朝她腿上吐口水，然後肇事逃逸。

蓋瑞提心想：小珍，我正走向妳。小珍，管他這一切去死，我發誓我就要來了。不過，麥克菲是對的，小珍根本不希望他參賽。她哭了，她求他改變主意，她說他們可以慢慢來，她不想失去他。拜託，小雷，別這麼蠢，大競走就是一場大謀殺……

他們當時坐在露天音樂廳旁邊的長椅上。那是一個月前的事，四月，他一手攬著她。她擦了他替她買的生日禮物香水，香水似乎凸顯了她本身私密的女孩氣味，幽微的味道，清新也直率。他告訴她，我必須參加，我別無選擇，妳不懂嗎？我必須參加。

小雷，你根本不曉得你在做什麼。拜託不要去，我愛你。

哎啊，此時此刻，他走在這條路上，他心想，她說得對極了，我的確不曉得自己在做什麼。

但就算到了這一刻，我還是不懂，這才是最要命的，最純粹、最要命的一點。

「蓋瑞提？」

他嚇了一跳，他又陷入半夢半醒的狀態。開口的人是走在他旁邊的麥克菲。

「你感覺如何？」

「感覺？」蓋瑞提謹慎地說：「還行，我猜。我猜我還行。」

「巴克維奇快撐不住了。」麥克菲用低調也歡快的神情說：「我很有把握。他喃喃自語，還一跛一跛的。」

「你也一跛一跛的。」蓋瑞提說：「皮爾森也是，我也是。」

「我只是腳受傷而已，但巴克維奇……他一直揉捏他的腿，我覺得他肌肉拉傷了。」

「你為什麼這麼討厭他？為什麼不找柯利・帕克的麻煩？或歐爾森？或我們所有人？」

「因為巴克維奇曉得自己在幹嘛。」

「你是說，他參加比賽是為了贏？」

「小雷，你不懂我的意思。」

「不知道你自己懂不懂。」蓋瑞提說：「他的確是個混蛋，也許這場比賽只有混蛋才能贏。」

「好人最後才出局？」

「我怎麼會知道？」

他們經過一間有護牆板的單間學校教室，孩子都跑來操場揮手。幾個男孩跟哨兵一樣站在攀登架上，蓋瑞提想起許久以前在伐木場看過的工人。

「蓋瑞提！」其中一人高喊：「雷蒙・蓋瑞提！蓋—瑞—提—！」一頭亂髮的小男孩在攀登架最上方跳上跳下，不斷揮舞雙手。蓋瑞提心不在焉地揮手回禮，男孩翻了過去，頭上腳下地用雙腿倒掛在架子上，持續揮手。男孩跟學校從視線中消失後，蓋瑞提才鬆了口氣。最後一個問題想起來實在太費力了，他沒有辦法一直思考。

皮爾森湊了上來。「我在想啊。」

「省點力氣吧。」麥克菲說。

「示弱，兄弟，這是在示弱。」

「你在想什麼？」蓋瑞提問。

「對第二名的人來說，這一切有多慘。」

「為什麼會慘？」蓋瑞提問。

「這個嘛……」皮爾森揉揉眼睛，然後瞇起雙眼望向一棵曾被閃電打到的松樹。「你知道，贏過了每個人，每一個人，但只輸給最後一個人。第二名應該也要有什麼獎勵才對，我是在想這個。」

「什麼?」麥克菲冷淡地問。

「不知道啦。」

「保他一命,怎麼樣?」蓋瑞提問。

「誰會為了這種獎賞而走?」

「也許在大競走開始之前不會有人為了這個而走,但現在我倒是樂見有這種獎勵,管他的第一名大獎,去他的我內心深處的慾望。你呢?」

皮爾森想了好久,最後他滿懷歉意地說:「我不曉得這有什麼意義。」

「彼得,你跟他說啦。」蓋瑞提說。

「跟他說啥?他說得對,一切就是零分或一百分而已。」

「你們瘋了。」蓋瑞提說,但很沒說服力。他又熱又累,雙眼後方的腦袋開始隱隱作痛。他心想,也許中暑就是這樣開始的。也許這樣最好,慢動作進入半夢半醒的狀態,醒來就死了。

「當然。」麥克菲和善地說:「我們就是瘋了,不然怎麼會來這裡?我以為我們早就討論過這檔事了。小雷,我們想死,你那遲鈍、病態的腦袋瓜還沒想清楚這點嗎?看看歐爾森,他只是棍子上的一顆腦袋。你倒是告訴我,他不想死,但你辦不到。第二名?就算我們之中只有一個人是被內心深處的慾望騙來參賽的,那都已經夠慘了。」

「我聽不懂什麼該死的心理學史。」皮爾森最後說:「我只是不覺得我們該把成為第二名當成目標。」

蓋瑞提大笑，說：「你們這些瘋子。」

麥克菲也笑起來，「現在你開始能從我的角度看事情了。多曬點太陽，多烤烤你的腦袋，你就什麼都相信了。」

比賽繼續進行。

太陽似乎穩穩地站在世界的屋頂上。溫度抵達二十六度（一個男孩有口袋溫度計），再過炙熱的幾分鐘，氣溫就要緩緩爬升到二十七度。二十七度，蓋瑞提心想，二十七度還不算熱，七月的時候至少會到三十二度。二十七度，這是適合坐在自家後院榆樹下吃雞肉生菜沙拉的好溫度。二十七度，剛好可以肚子朝下，撲進附近最近的皇家河。噢，老天，感覺也太爽了。河水上方微溫，但到你腳下卻如此冰涼，岩石邊有白吸盤魚，如果你有膽，你甚至可以徒手逮住牠們。這麼多水泡著你的皮膚、頭髮、胯下，想到這裡，他火熱的皮膚顫抖了一下。二十七度，適合扒下泳褲，躺在後院的帆布吊床上，閱讀一本好書。也許還可以打個瞌睡。他曾經把小珍一起拉上吊床，他們一起躺著，搖晃親熱，直到他的生殖器如同火熱的石頭，挺立地抵著自己的下腹。小珍似乎並不介意。二十七度，坐在雪佛蘭裡的耶穌基督啊，二十七度。

二十七度，二十七二十七二十七二十七。沒有意義，別再想了。

「我這輩『指』『蟲』來沒有這麼熱過。」史寬由於鼻塞，講話鼻音很重。他寬大的臉漲紅，汗水直下。他已經脫了上衣，露出體毛濃密的身軀。他的汗水有如泉水湧出的小溪，流得滿身都是。

「你最好把衣服穿回去。」貝克說：「太陽開始下山後，你會著涼的。那你就真的麻煩大了。」

「這該『使』的『俺』冒。」史寬說：「我熱得要『使』。」

「要下雨了。」貝克雙眼探索著空蕩蕩的天空。「一定會下雨的。」

「根本不會下什麼雨。」柯利・帕克說：「我從沒見過這麼鳥不生蛋、狗不拉屎的州。」

「如果你這麼討厭這裡，你為什麼不回家呢？」蓋瑞提問，然後傻笑起來。

「你他媽去死啦。」

蓋瑞提逼自己只能再喝一點水。他不想因為喝水而痙攣，這樣出局也太慘了。他曾因為喝水電解質不平衡而痙攣，但這種事發生一次就夠了。他那時正在幫隔壁鄰居艾威爾一家搬乾草，艾威爾的穀倉廄樓熱到不行，他們正在接力把三十公斤的乾草扔上去。艾威爾太太送來冰水，蓋瑞提犯下技術性的錯誤，一口氣喝了三大杓。他的胸腔、腹部跟腦袋忽然劇痛，他踩到散落的乾草，整個人軟弱地從樓上摔到卡車上。艾威爾先生因粗活而長繭的大手扶著他的身軀，讓他側著臉嘔吐，他覺得自己虛弱痛苦，顏面盡失。他們請他回家，這個男孩第一次的成年測驗就不及格，手臂上爬滿乾草引發的疹子，頭髮裡卡著穀糠。他走回家，太陽照著他曬傷的後頸，如同五公斤壓下來的鐵鎚。

他痙攣地打起冷顫，他的身體忽然冒起熱疹，頭痛在他雙眼之後噁心地隱隱作痛……放棄是多麼容易的事情啊。

他望向歐爾森，歐爾森還在。他的舌頭變成黑黑的，臉上很髒，雙眼無神。我不像他，上帝啊，我不要變得跟他一樣。拜託，我不想死得跟歐爾森一樣。

「真是太羞辱了。」貝克陰鬱地說：「我們根本走不到新罕布夏州，我敢賭上我的積蓄。」

「兩年前，他們遇上冰雹。」亞伯拉罕說：「他們走到州界，至少最後四個人走到州界。」

「對，但熱天不一樣。」詹森說：「覺得冷，你就會走快一點，身體才會暖和。覺得熱，你只能慢慢走……最後冰涼。你能怎麼辦？」

「不公平啦。」柯利．帕克氣憤地說：「他們為什麼不在伊利諾州辦這該死的大競走？那邊的路都是平的。」

「我喜『翻』緬因。」史寬帶著濃厚的鼻音說：「帕克，你嘴巴怎麼這麼『張』？」

「那你為什麼有這麼多鼻涕可以擤？」帕克說：「因為我就是這樣，這就是原因。你有意見嗎？」

蓋瑞提望向手錶，時間停在十點十六分。他忘了調時間。「現在幾點？」他問。

「我看看嘿。」皮爾森瞇著眼睛看向自己的手錶。「蓋瑞提，現在剛過混蛋點。」

大家都笑了。「拜託喔。」他說：「我的錶停了。」

皮爾森又看了看。「兩點兩分啦。」他抬頭望向天空。「距離天黑還有好久。」

太陽惡狠狠地掛在樹林邊上。太陽的角度現在還不足以在道路上投出樹影，至少還要等上兩個小時才會有斜斜的樹影。蓋瑞提望向南方遠處，那紫色的一抹可能是雷暴雲頂，卻也可能只是他的一廂情願。

亞伯拉罕跟柯利．帕克正哀怨地討論起四腔化油器的優點，其他人似乎不太想交談，於是蓋瑞提自己晃到路邊，偶爾對路人揮手，但以不打擾人家為原則。

上路人沒有之前那麼分散，一眼就能看到打頭陣的兩個男孩，他們身材高䠷，皮膚黝黑，黑色皮外套繫在腰上。據說他們是一對同性戀，但蓋瑞提相信這件事的程度，就跟他相信月亮是綠色的起司一樣——他才不信。他們看起來一點也不陰柔，感覺人還不錯……他心想，不過這兩件事跟他們到底是不是同性戀也沒有太大關係。再說，就算他們是同性戀，這也不關他的事，但……

巴克維奇在皮衣男孩之後，麥克菲跟在巴克維奇後頭，緊盯著巴克維奇的背後。黃色的雨帽在巴克維奇的後方口袋裡飄動，蓋瑞提覺得他看起來不像快垮了。事實上，他痛苦地發現麥克菲才是看起來快累垮的人。

麥克菲、巴克維奇之後是鬆散的七、八個男孩，似乎在大競走的過程中，這群人會不小心湊在一起，又重新組合，新人舊人來來去去。他們之後是更小一群人，這群人之後就是史寬、皮爾森、貝克、帕克跟詹森，他的小圈圈。一開始其中還有其他人，但他現在已經想不起來那些人的名字了。

在他的小圈圈之後還有兩組人馬，如同胡椒顆粒混入鹽巴中，是穿插在隊伍裡的獨行俠。

有幾個獨行俠，好比說歐爾森，他遺世獨立，進入僵直、無神的狀態。其他人，如同史戴本，似乎樂得獨身一人。而幾乎所有人臉上都帶著那種堅毅又驚恐的神情，蓋瑞提現在已經很熟悉這種表情。

槍聲響起，打中蓋瑞提望向的獨行俠，那是一個矮胖的男孩，身著洗舊的綠色絲綢背心。就蓋瑞提看來，這人半小時前就集到最後一支警告了。他短暫驚恐地望向步槍，加快腳步。槍枝對他失去興趣，至少現在如此。

蓋瑞提忽然莫名地情緒高漲。他們現在距離舊城與文明頂多只剩四十英里了——如果你認為磨坊、製鞋、做獨木舟的小鎮稱得上文明的話。他們會在今晚抵達這個鎮，然後走上收費公路。相較眼前的道路，收費公路會一路平順。如果你要，在收費公路上，你可以脫掉鞋子走在長草的分隔帶上，感受到冰涼的露水。老天，感覺一定很棒。他用手臂抹抹額頭，想著也許狀況最後會好轉。紫色的那一抹現在比較靠近了，肯定是雷暴雲頂。

槍聲響起，他甚至沒有嚇到。綠色絲綢背心的男孩領罰單了，而他死前凝望著太陽。也許就連死亡也沒有那麼糟了。每一個人，甚至是少校他自己，遲早都必須面對死亡。所以說到底，到底是誰在騙誰？他在心底提醒自己，下次跟麥克菲交談的時候要跟他提這件事。

他稍微加快腳步，決定要跟接下來看到的漂亮女孩揮手打招呼，但在漂亮女孩出現前，他先見到的是矮小的義大利男人。

義大利男人外表滑稽，身材矮小，戴著一頂軟軟的帽子，黑色的鬍鬚兩端還向上翹起。他站在一輛老舊的旅行車旁，後車廂打開。他揮手招呼，笑容可掬，牙齒又白又方，很是誇張。

旅行車放貨物的空間裡鋪著隔熱墊，墊子上堆滿碎冰，點綴著碎冰的是一片片切好的西瓜，看起來像是大大的粉紅色薄荷微笑。

蓋瑞提感覺到自己的胃翻了兩下，如同翻滾的高空跳水選手。旅行車上方的招牌寫著：**唐恩・藍提諾愛每一位上路人，西瓜免費招待！！！**

好幾名上路人，包括亞伯拉罕與柯利・帕克，都小跑步往路肩前進。這些人都遭到警告。他們都沒有慢於限速，但他們的方向不對。唐恩・藍提諾看到他們過來，發出清脆、不帶心計的笑聲。他拍起手來，伸手進碎冰裡，兩隻手拿出微笑的粉紅色西瓜。蓋瑞提好想吃，他感覺到自己口腔乾癟，但他心想：他們不會放任這位老兄，就跟他們阻止了在路邊提供汽水的商店老闆一樣。然後他又想：噢，但，老天啊，西瓜一定超美味。天啊，希望他們這次阻擋的速度不要太快，這樣算要求太多嗎？是說這位先生在這時節是去哪兒弄來的西瓜啊？

許多上路人在封鎖線附近輾轉，圍繞在唐恩周圍的一小群人開心到快發瘋，第二支警告出現後，三名州警神奇地出現要制止唐恩的行為，唐恩則扯開喉嚨，聲音洪亮清晰地說——

「什麼意思？什麼意思叫我不行？這是我的西瓜，你們這些蠢條子！我想送人，我想送人。嘿！你想怎樣？你這個死人骨頭，不要碰我的後車廂！」

一名州警搶走唐恩手上的西瓜，另一人則繞過他，用力甩上旅行車的後車廂車門。

「你們這些混蛋！」蓋瑞提用盡力氣尖叫。他的喊叫如同劃過晴朗天際的玻璃長矛，一位州警轉過頭來，一臉詫異，而且……這麼說好了，還有點畏縮。

「臭王八蛋！」蓋瑞提對他們喊道：「真希望你媽懷你們這些**臭婊子蛋**的時候流產！」

「蓋瑞提，給他們好看！」有人助陣，是巴克維奇，他笑起來露出一嘴牙，他還對州警揮舞雙拳。「給他們……」

但他們現在吶喊尖叫，州警並不是剛從國家特別小組特別挑選出來的大競走士兵。他們尷尬到漲紅著臉，但他們依舊拖著唐恩以及他滿手的冰涼粉紅微笑快步離開側道。

唐恩要嘛就是喪失英語能力，要嘛就是放棄了，他開始喊起道地的義大利髒話問候州警。群眾對著州警噓聲不斷，一名戴著大帽沿草帽的女子將攜帶型收音機朝其中一位警察扔過去。收音機砸中他的頭，帽子都掉了。蓋瑞提覺得這位州警很可憐，但他的尖聲咒罵也沒停下。他實在忍不住。他從來沒有在書本以外的地方聽誰罵過「臭婊子蛋」這種字眼。

看來唐恩．藍提諾就要被永久帶離上路人的視線之外了，但說時遲、那時快，這位嬌小的義大利老兄竟然掙脫出來，跑回上路人的方向，群眾立刻替他開道，之後又試著聚攏回去，擋住警方。一名州警想要飛撲他，只擒抱到他的雙膝，害他往前摔倒。最後一刻，唐恩向外扔出手裡的美好粉紅色微笑。

「唐恩．藍提諾愛你們！」他大喊。

群眾歇斯底里地歡呼起來。唐恩一臉栽在泥巴地上，瞬間他的手就銬在身後了。切片的西瓜以拋物線飛騰在明亮的空中，蓋瑞提看到亞伯拉罕沉著冷靜地接到一片，蓋瑞提大笑起來，高舉雙手，凱旋地揮舞拳頭。

其他人因為撿西瓜而得到第三支警告，但所幸沒人遭到槍殺。就蓋瑞提所見，最後有五、六個男孩拿到了西瓜。其他人不是替這些撿到西瓜的人歡呼，就是咒罵起木然的軍人，現在很適合用幽微的尷尬苦惱來解讀他們的表情。

「我愛大家！」亞伯拉罕低吼。他的笑容沾上了紅色的西瓜汁，隨後他將三顆咖啡色的西瓜籽吐到空中。

「真他媽的。」柯利．帕克歡快地說：「真他媽的，真他媽的，真是要命。」他一臉埋進西瓜裡，貪婪地享用起來，然後他將西瓜掰成兩半，將一半扔給蓋瑞提，蓋瑞提詫異到笨手笨腳。「來啦，鄉下人！」柯利高喊：「別說我對你不好，你這討厭的鄉巴佬！」

蓋瑞提大笑著說：「吃大便啦！」西瓜冰冰涼涼，汁液沾上他的鼻子，還沿著他的下巴流下。噢，甜美的天堂在他的喉嚨裡，順著喉嚨下肚。

他只允許自己吃一半。他高喊：「彼得！」然後將剩下的西瓜扔給他。

麥克菲帥氣反手接招，展現出足以成為大學游擊手，甚至是大聯盟棒球選手的氣勢。他對蓋瑞提笑了笑，然後吃起西瓜。

蓋瑞提張望四周，感覺到瘋狂般的喜樂浮現心頭，心臟加速，他想張開雙臂奔跑繞圈。幾乎每個人多少都吃到了西瓜，就算只是一小口連著瓜籽的粉紅色果肉，也算吃到了。

一如往常，史戴本還是例外。他望著地面，手裡空空，臉上沒有笑容。

蓋瑞提心想：去他的。不過，些許的歡樂還是就此消失，他又開始覺得沉重。他曉得重點不是史戴本沒有吃到，也不是史戴本不想吃，而是史戴本不需要吃。

午後兩點半。他們走了一百二十一英里。雷暴雲頂飄近了。起風了，寒意抵著蓋瑞提熱烘烘的皮膚。他心想：很棒，又要下雨了。

路邊群眾捲起野餐毯，撿拾飛起的紙張，將物品收回野餐籃裡。風暴慵懶地朝他們前來，忽然間，氣溫驟降，感覺秋天來了。蓋瑞提迅速扣起襯衫鈕釦。

「要下雨囉。」他對史寬說：「快把衣服穿回來。」

「開什麼玩笑？」史寬笑著說：「這是我今天覺得最棒的時刻！」

「要下暴雨了！」帕克開心地說。

他們正在緩緩上坡的高原上，他們看到雷暴雲頂下，簾幕般的大雨灑向樹林，朝他們直逼而來。他們正上方的天空是病態的黃色，蓋瑞提心想：這是龍捲風的天色。這會是活生生的末日嗎？要是龍捲風席捲道路，巨大的飛塵漩渦將他們、脫落拍打的鞋底、打轉的西瓜籽統統捲起，一路吹往《綠野仙蹤》的奧茲王國，那該怎麼辦？

「麥克菲！」

麥克菲抓好角度面對他。風裡的他彎著腰，衣服貼著他的身軀，在身後飄動。黑色的頭髮以及蝕刻在他黝黑臉上的白色傷疤讓他看起來如同歷經風霜、腦子不太清楚的船長，而這位船長正跨著步子走在他的大船橋樓上。

「幹嘛？」他低吼。

「有什麼經文是在描述上帝的行為準則嗎？」

麥克菲想了想說：「沒有，我覺得沒有。」他開始扣外套。

「如果我們被閃電劈會怎樣？」

麥克菲仰頭大笑說：「那我們就死定了！」

蓋瑞提哼了一聲走開了。有人焦慮地望著天空，這不會是什麼小雨，像昨天替他們降溫的那場小雨。剛剛帕克是怎麼說的？暴雨，沒錯，肯定會是大暴雨。

一頂棒球帽打轉著從蓋瑞提雙腿之間飛過，他轉頭看到一個小男孩渴望地看著帽子。史寬一把抓住，他想把帽子交給男孩，但大風卻以迴旋鏢的弧度將帽子吹上一棵瘋狂拍打的樹。打雷了，紫白色的尖齒閃電擊中地平線，樹林間舒心的風聲變成百隻野鬼，拍動呼嘯。

槍聲響起，在風聲雷鳴下，幾乎聽不見小小的玩具氣槍聲響。蓋瑞提猛然回頭，想著歐爾森終於領到了屬於他的子彈，但歐爾森還在，拍打的衣服顯示出他迅速削瘦的程度。歐爾森的外套掉了，從短短袖口裡伸出來的手骨瘦如柴，有如鉛筆。

遭到拖走的是別人，在飄打的亂髮下是一張疲憊又死氣沉沉的小臉。

「如果是順風，我們四點半就能到舊城了！」巴克維奇歡樂地說。他把雨帽拉扯到耳朵下方，他尖銳的臉帶著歡喜與瘋狂。

蓋瑞提忽然明白了。他提醒自己要告訴麥克菲，巴克維奇是真的瘋了。幾分鐘後，風勢忽然停下，大雷消散成幾個濃厚的咕噥。高溫再次襲來，在冷冽的疾風過後，感覺黏膩，令人難以忍受。

「這是怎麼了？」柯利．帕克粗聲粗氣地說：「蓋瑞提！這爛地方怎麼連暴風雨都留不住？」

「我覺得你會美夢成真的。」蓋瑞提說：「只不過真的來臨時，你大概會後悔。」

「呦呼！雷蒙！雷蒙．蓋瑞提！」

蓋瑞提猛然抬頭。他一度驚恐地以為那是他媽，波西跳舞的畫面閃現他腦海，但那只是一位看起來和藹可親的老婦人，她從當成雨帽的《風尚》雜誌下望著他。

「臭老太婆。」亞瑟．貝克撇頭咕噥道。

「她看起來挺和善的啊。你認識她嗎？」

「我認識她這種人。」貝克惡狠狠地說：「她看起來就像我的海蒂阿姨。她以前會跑去葬禮，聆聽喪家的哭泣、哀號與吵吵鬧鬧，臉上掛著同樣的笑容，就跟吃到好料的貓一樣。」

「她大概是少校他媽。」蓋瑞提說。這應該是笑話，但感覺很沒力。貝克的臉在天光漸退的雲湧光線下，看起來緊繃蒼白。

「我的海蒂阿姨有九個孩子，九個啊，蓋瑞提。她用同樣的表情親手埋葬了其中四個，她自己的小孩。有人就是喜歡看別人死掉。這我不明白，你能嗎？」

「不行。」蓋瑞提說。貝克又讓他覺得不安了。天上的雷鳴再次隆隆響起。「你的海蒂阿姨，現在還健在嗎？」

「在。」貝克抬頭望著天空。「她在我南方老家，現在大概坐在陽台露台的搖椅上。她行動不便，只能坐在那裡搖晃聽著收音機的新聞轉播。每聽到一個新數字，她就會笑一笑。」貝克用掌心搓揉手肘。「蓋瑞提，你有看過大貓吃自己的小貓嗎？」

蓋瑞提沒有回話。空氣裡現在瀰漫著電波的張力，跟他們上方猶豫不決的暴風有關，但也不只是如此。蓋瑞提不想深究。他眨眼的時候，似乎看到怪仔德拉西歐那雙無法對焦的雙眼從黑暗中望向他。

最後，他對貝克說：「你家族的人都對死亡這麼有心得喔？」

貝克露出憔悴的微笑，「誒，我曾想過幾年後要去讀禮儀師學校呢，這是好工作。經濟大蕭條的時候，禮儀師還吃得飽呢。」

「我一直以為我會去小便斗工廠。」蓋瑞提說：「跟電影院、保齡球館什麼之類的地方簽約，肯定會成功。全美能有幾間小便斗工廠？」

「我覺得我已經不想成為禮儀師了。」貝克說：「是說這也不重要了。」

大大的閃電劃過天際，接著是雷擊巨響。風起雲湧的烏雲有如橫越深色噩夢海面的瘋狂武裝民船。

「要來了。」蓋瑞提說：「亞瑟，要來了。」

「有人說他們不在意。」貝克忽然說：「『老唐，我走的時候，簡簡單單就好』，他們每個人都這樣說，都這樣跟我叔叔說，但每個人都挑東挑西。這是我叔叔跟我說的。他們會說，『簡單一個松木盒子裝我就行了』，但如果負擔得起，他們最後都會選擇鉛製的棺材，很多人甚至在遺囑中記下想要的型號。」

「為什麼？」蓋瑞提問。

「在我們老家，多數人都想葬在陵墓裡面，在地面之上。他們不想葬在地下，因為我來的地方，地下水平面很高，潮濕的時候，東西也爛得快。不過，如果你埋在地上，你就得擔心老鼠的問題，路易斯安那的大肥河狸鼠，墓地的老鼠，牠們會直直啃穿松木棺材。」

風如同無形的手，一直拉著他們。蓋瑞提希望風暴快來快來快來，感覺很像瘋狂的旋轉木馬。無論你跟誰交談，最後都會回到這該死的話題。

「最好是我會花這個錢啦。」蓋瑞提說：「扔出一千五還是多少的，只為了在死後杜絕鼠患。」

「不曉得耶。」貝克說著就雙眼半閉，打起瞌睡。「老鼠會鑽軟的地方，我只擔心這個。我想像牠們咬穿我的棺材，把洞咬大，直到牠們足以鑽進來，然後直接把我的眼睛當棗味糖來嚼。牠們會吃我的眼睛，我就成了老鼠的一部分了，是不是這麼說？」

「我不知道。」蓋瑞提覺得噁心。

「不，謝了。我還是選鉛做的棺材。不管選幾次，我都會選這種。」

「雖然你只需要一次而已。」蓋瑞提一邊說，一邊發出駭人的笑聲。

「這倒是。」貝克正色同意。

再次閃電，類似粉紅色的閃電，在空中留下臭氧的味道。不一會兒，暴風再次襲擊他們，但這次不是雨，而是冰雹。

在五秒鐘的空檔後，小卵石尺寸的冰雹開始襲擊他們。幾個男孩慘叫，蓋瑞提用一隻手遮擋眼睛。風呼嘯起來。冰雹襲擊路面，彈跳不已，打在人臉及身體上。

詹森開始驚慌地亂跑繞圈，遮著雙眼，雙腿相互打結。他終於不小心跑過路肩，半履帶戰車上的軍人朝著冰雹簾幕開了六槍，才確定完成任務。蓋瑞提心想：再見了，詹森。兄弟，很遺憾。

大雨隨著冰雹一起落下，沿著他們正在爬的坡道往下流，融化了他們腳邊散落的冰雹。又一波冰雹，又一波雨勢，又一波冰雹，然後雨勢逐漸穩定下來，偶爾點綴幾聲響雷。

「真他媽的！」帕克大喊，朝蓋瑞提走去。他臉上有許多紅色的斑塊，看起來像落水的老鼠。「蓋瑞提，這裡真他媽無庸置疑是最……」

「……對，全美五十一州裡最要命的一州。」蓋瑞提替他說完，「洗你的頭吧！」

帕克仰頭，張開大嘴，讓雨水打進去。「我是啊，他媽的，我在洗啊！」

蓋瑞提抵著風勢追上麥克菲，問道：「你感覺怎麼樣？」

麥克菲環抱自己，顫抖地說：「無法面面俱到，現在我希望太陽快點出來。」

「下不久的啦！」蓋瑞提說。但他錯了，他們走到四點，雨依舊沒有停。

第十章

「你知道為什麼他們叫我伯爵嗎？因為我喜歡計數！啊哈哈哈哈哈。」[17]

——《芝麻街》裡的伯爵

他們上路的第二晚，沒有看到夕陽。四點半左右，暴風雨轉小，成為刺骨的毛毛雨。毛毛雨一直下到晚上八點，然後雲才散開，透出冷冽閃爍的星子。

蓋瑞提緊抱自己在濕透衣服裡的軀體，不用靠氣象員也知道風吹往何方。一路走來，無常的春天如同老舊的毛毯，在他們腳下揭開宜人的溫暖感受。

也許提供溫暖的是群眾，輻射熱還是什麼的。路上排了愈來愈多人。他們縮在一起取暖，但很克制。他們看著上路人經過，然後不是回家，就是連忙跑去下一個制高點。如果群眾想要見血，那他們沒有看到多少。詹森之後又有兩個男孩出局，兩個年輕的孩子，死的時候已經暈倒，不省人事。這樣他們算是中間值，不……超過一半了，五十人出局，路上還有四十九人。

蓋瑞提自己一個人前進。他覺得好冷，一點也不睏。他雙唇緊抿，希望嘴唇不要一直顫

17. 譯註：英文的count包含有伯爵及計數的意思。

抖。歐爾森還在，大家隨意打賭，說歐爾森應該是第五十個出局的人，中場男孩。不過，他沒有成為中場男孩，獲得這項殊榮的是十三號的羅傑·費南，倒楣的十三號。蓋瑞提開始覺得歐爾森會一直走下去，也許走到他餓死的那一刻。他將自己安然鎖在超越痛苦的所在。蓋瑞提覺得，如果歐爾森贏得比賽，這大概也稱得上是詩意的正義。他已經幾乎看得到頭條會這麼寫：死人贏得大競走。

蓋瑞提腳趾麻木，他在鞋子破爛的內裡扭動腳趾，卻沒有感覺。真正的痛楚不是來自腳趾，而是他的足弓。他每走一步，銳利、喋喋不休的痛感就刺上他的小腿。他想起小時候媽媽唸給他聽的一則故事：美人魚想要成為真正的女人，只不過她有一條尾巴，善良的仙子還是誰告訴她，如果她真的很想很想，她就能長出腿來。她走在陸地上的每一步都有如刀割，但如果她要，她還是可以擁有雙腿，她說，嗯，好喔，然後就是這場大競走。簡單來說……

「警告，四十七號，警告！」

「聽見了。」蓋瑞提沒好氣地說，加快腳步。

樹林變得稀疏，他們已經拋下了緬因州的正北邊。他們經過兩座靜悄悄的住宅小鎮，道路縱長切入，人行道上都是人，但在細雨街燈下，他們只是一小片陰影，沒有什麼歡呼。他心想：太冷了，太冷又太黑了，老天，他現在又要持續往前走，直到擺脫這支警告。如果這不叫討厭，那什麼叫討厭？

他的腳又放慢速度，他趕緊逼自己加快腳步。前方遠處傳來巴克維奇的講話聲，然後是他討人厭的短暫笑聲。他聽到麥克菲清楚地說：「殺人兇手，閉嘴。」巴克維奇叫麥克菲下地獄去，然後似乎又因為這件事而不高興。蓋瑞提在黑暗中露出疲憊的微笑。

他又殿後了，幾乎已經到了最後，而他不情願地發現自己正走向史戴本。史戴本的某些特質吸引著他，但他決定不要特別探究那是什麼。這時該放棄好奇心了，好奇心對人沒好處，這是另一件討厭的事情。

前方黑暗裡有一個泛著冷光的巨大箭頭，如同惡靈一般亮著。忽然間，一組管銅樂團吹響進行曲，聽起來是很有規模的樂團。歡呼聲變大了，有東西在空中飄，蓋瑞提一度發瘋地以為下雪了，但那不是雪，那是五彩碎紙片。他們要換路了。之前的路在正確的角度連接上新的道路，又一個路牌，寫著舊城現在不過就在十六英里外。蓋瑞提感受到些許遲疑的興奮觸角，也許還有點得意。舊城之後他就認識路了，後面的路如同他掌心的紋路，他熟悉得很。

「也許這是你的優勢。我不這麼想，但也許事實就是這樣。」

蓋瑞提嚇了一跳。史戴本彷彿揭開他的腦殼，往裡頭望一樣。

「什麼？」

「你來自這裡，不是嗎？」

「沒有這麼北邊。我從來沒有來過都是樹林的北邊，只有開車到起點的時候，但我們不是走這條路上來的。」他們離開管銅樂團，大號與單簧管在雨濕的夜裡閃起光澤。

「但我們會經過你的老家，對嗎？」

「不會，但接近了。」

史戴本哼了一聲。蓋瑞提低頭望向史戴本的雙腳，詫異地發現他已經脫了網球鞋，換上一雙看起來很柔軟的莫卡辛鞋。網球鞋已經被他塞進他的藍色工作襯衫裡。

「我想把網球鞋留起來。」史戴本說：「以防萬一，但我想莫卡辛鞋應該就可以走完整場比賽。」

「噢。」

他們經過一座聳立在空地上的天線塔，塔頂單一的紅色光點規律閃爍，有如心跳。

「期待看到你的親朋好友嗎？」

「期待。」蓋瑞提說。

「那之後呢？」

「之後？」蓋瑞提聳聳肩。「我猜，繼續沿著道路前進吧，除非你覺得之後就該領罰單出局。」

「噢，我可不這麼想。」史戴本露出淺淺的微笑。「你確定你見過他們後，還會想繼續比賽？」

「老天，我什麼都不確定。」蓋瑞提說：「比賽開始的時候我不確定，現在我更沒有把握了。」

「你覺得你有勝算嗎？」

「這我也不知道，我甚至不曉得我幹嘛跟你講話，根本就像在跟霧氣聊天。」

前方夜色中傳來警車的嗚笛，以及喊叫聲。

「前面警察比較少的地方有人跑進道路上了。」史戴本說：「蓋瑞提，當地人開始迫不及待了，想想前面這些人都是為了要替你開路才這麼辛苦。」

「那也是為了你啊。」

「那也是為了我。」史戴本同意，但之後久久沒有開口。他的藍色工作襯衫衣領不斷拍打他的頸子。之後，他終於開口：「心靈支配肉體的能力真讓人讚嘆。心靈能夠掌控、指揮肉體，太了不起了。一般家庭主婦一天大概只會走上十六英里的路，從冰箱到燙衣板到曬衣繩。等到這天過完的時候，她已經準備好要蹺起腳來，但她沒有筋疲力竭。登門拜訪的銷售員可能走得到二十英里，訓練有素的高中美式足球球員也許走得到二十五至二十八英里……這是從早上起床算到晚上睡覺。他們都會累，但他們沒有筋疲力竭。」

「對啊。」

「但假設你告訴那位家庭主婦，今天晚餐前，妳得走十六英里。」

蓋瑞提點點頭。「她就會筋疲力竭，而不只是累而已。」

史戴本沒有說話。蓋瑞提反常地覺得史戴本對他很失望。

「呃……不對嗎？」

「你為什麼不會覺得她中午之前就走完十六英里，下午踢掉鞋子看肥皂劇？我就會這麼想。

蓋瑞提，你累了嗎？」

「累。」蓋瑞提簡短地說：「我累了。」

「筋疲力竭了嗎？」

「唉，快了。」

「不，蓋瑞提，你還沒有筋疲力竭。」他用拇指比向歐爾森的身影。「**這**才叫筋疲力竭。他已經快到底了。」

蓋瑞提入迷地望向歐爾森，幾乎期待他跟著史戴本的話語就此倒地一樣。「你想說什麼？」

「問問你那愛吹牛的朋友亞瑟・貝克。騾子不喜歡犁田，但牠喜歡胡蘿蔔，於是你把胡蘿蔔掛在牠面前。沒有胡蘿蔔的騾子會筋疲力竭，但有胡蘿蔔的驢子則會久久保持在累的狀態裡。你懂嗎？」

「不懂。」

史戴本再次微笑。「你會懂的，看看歐爾森。他對胡蘿蔔已經沒胃口了，他現在還不曉得這點，但他會明白的。蓋瑞提，看著歐爾森，你可以從他身上好好學習。」

蓋瑞提緊盯著史戴本看，不確定該不該把他的話當真。史戴本大笑起來，他的笑聲飽滿渾厚，笑聲很嚇人，其他上路人還轉頭察看。「去啊，蓋瑞提，跟他聊聊。如果他不開口，你就仔細觀察他。學習永遠不嫌晚。」

蓋瑞提嚥了嚥口水。「你會說這是非常寶貴的一課嗎？」

史戴本打住笑聲，用力握住蓋瑞提的手腕。「也許是你這輩子最重要的一課，這是超越死亡的生命秘密。蓋瑞提，還原這條方程式，你就擔負得起死亡，你就可以如同作樂狂歡的酒鬼般揮霍你的生命。」

史戴本放開手，蓋瑞提緩緩搓揉手腕。史戴本似乎又要趕他走了，蓋瑞提緊張地離開史戴本，朝歐爾森前進。

對蓋瑞提來說，似乎有條看不見的線將他吸引到歐爾森身邊。四點的時候，他抵達歐爾森旁邊，他想理解歐爾森的表情。

曾幾何時，許久以前，某位電影明星讓他晚上嚇得睡不著，是誰呢？應該是勞勃．米切（Robert Mitchum）吧？他扮演的是一位態度強硬的南方復興會牧師，還是一位強迫症殺人狂。就側影來看，歐爾森現在看起來有點像這位演員。他的身軀似乎拉長了，體重消瘦了；他的皮膚因為脫水而開始掉屑；他的雙眼深陷在空洞的眼眶裡，頭髮如同風吹動的玉米鬚，漫無目的地從頭皮上飛起。

怎麼說呢？他只是一個機器人，什麼都是自動運行的。歐爾森還躲在裡面嗎？不，他不在了。曾經坐在草地上打趣說著在起點就動彈不得領罰單的男孩，講這件事的歐爾森已經不在了，蓋瑞提如此深信不疑。那個歐爾森已經不在了，眼前這個只是死掉的黏土人。

「歐爾森？」他低聲地說。

歐爾森繼續前進。他是長了兩條腿、步履蹣跚的鬼屋。歐爾森的大小便都在身上，聞起來很臭。

「歐爾森，你可以講話嗎？」

歐爾森繼續往前走。他臉色暗沉，但**還**在移動，沒錯，他**還**在走。裡面還在運作，裡面持續前進，但……

有在運作，沒錯，的確有**東西**在裡面，但，是什麼呢？

他們挺進另一個上坡路段。蓋瑞提的氣愈來愈短，他像狗一樣氣喘吁吁。他濕濕的衣服散發著蒸氣。他們下方有一條河，如同銀色的蛇蟄伏在黑暗之中。他心想，這是靜水河，靜水河會經過舊城。幾聲無心的歡呼出現，但只有幾聲。前方聚集在河灣遠處（可能是佩諾布斯科特河）的一叢亮光，舊城。另一側比較微弱的亮光可能是米爾福德跟布萊德利。舊城，他們就要抵達舊城了。

「歐爾森。」他說：「那是舊城，那些燈光就是舊城。兄弟，我們就要到了。」

歐爾森沒有回話。現在他想起一直困惑他的是什麼，而那一切根本一點也不重要。只是歐爾森讓他想起「飛翔的荷蘭人」（Flying Dutchman）那艘船，雖然船員集體消失，卻還是一直漂泊航行的幽靈船。

他們迅速走下長長的斜坡，經過一個S形的彎道，過了一座橋，就路標來看，橋下是牧草溪。橋的另一端是另一個「陡坡，卡車請用低速檔」的告示牌。一些上路人又哀號起來。

這的確是一段陡坡，他們覺得這裡的起伏似乎是平底雪橇的坡道。不長，雖然天黑了，他們還是看得到頂峰。不過還真陡啊，非常陡。他們開始爬坡。

蓋瑞提往前傾，立刻感覺到他把持住的呼吸立刻就要散去。他心想：到了頂峰氣喘吁吁像條狗……然後他又想到，前提是我真的爬得上去。他的兩條腿都在抗議，先是大腿，然後一路延伸下去。他的雙腿對他尖叫，說它們再也無法繼續這樣亂搞下去了。

蓋瑞提告訴它們：但你們會繼續走下去，不走就是死路一條。

雙腿告訴他：我不在乎，我不在乎我是不是會死、會死、會死。

肌肉似乎鬆懈了，如同大太陽下的果凍，就要融化了。他的腿無力地顫抖起來，抖得像難以控制的玩偶一樣。

左邊右邊傳來警告，蓋瑞提發現自己應該很快也會得到警告。他持續盯著歐爾森，逼迫自己跟上歐爾森的速度。他們會一直上去，翻過這要命的上坡路，抵達頂峰，然後他會要歐爾森向他分享秘訣，他的秘密。之後一切都會水到渠成，他再也不用擔心史戴本、麥克菲、小珍或他爸，沒錯，甚至連怪仔德拉西歐都無法影響他，他那如同一坨糨糊般砸在美國一號國道石牆上的腦袋。

還有多遠？一百英尺？五十英尺？多少？

現在他氣喘吁吁。

第一聲槍聲響起。更多槍聲淹沒了劇烈、喘息的尖叫聲。到了頂峰，槍聲再度響起。蓋瑞提在黑暗裡什麼也看不見，他要命的脈搏在太陽穴處跳個不停。他發現自己這次完全不在乎出局的人是誰，那不重要。只有痛楚重要，只有他的雙腿與肺撕裂的痛楚才重要。

山丘環繞、平坦，又繼續環繞，開始下坡。遠處是緩下坡，很適合找回力氣。不過，他肌肉如同果凍般的無力感不肯離去。蓋瑞提冷靜地想：我的腿就要塌了，它們不可能帶我到自由港了。我覺得我連舊城都到不了。我覺得我就要死了。

此時，一個聲音開始從夜色中浮現，野蠻且狂躁。這是一個聲音，這是很多聲音，它們不斷重複喊著同樣的話語。

蓋瑞提！蓋瑞提！蓋—瑞—提！蓋—瑞—提！蓋—瑞—提！

這是上帝還是他爸？準備要砍了他的腿，明明再等一下，他就能明白這個秘密，這個秘密……

如雷貫耳：**蓋—瑞—提！蓋—瑞—提！蓋—瑞—提！**

這不是他爸，也不是上帝。這顯然是舊城高中的全體學生，他們同聲喊著他的名字。他們看到他蒼白無力緊繃的臉，齊聲的呼喚變成不受控制的歡呼喊叫。啦啦隊員拋起彩球，男孩吹起尖銳的口哨，吻起他們的女朋友。蓋瑞提揮手微笑點點頭，然後小心翼翼地接近歐爾森。

「歐爾森。」他低聲地喚著：「歐爾森。」

歐爾森的眼睛可能眨了一下，那微弱的生命火光如同廢棄汽車裡只能轉動一圈的老舊啟動馬達。

「歐爾森，告訴我。」他低語：「告訴我該怎麼做。」

高中女孩與男孩（蓋瑞提心想：我上過高中嗎？那只是一個夢嗎？）已經消失在身後，但他們依舊熱烈歡呼。

歐爾森的眼睛在眼眶裡抽動起來，彷彿生鏽已久，需要上油。他下巴落下，發出聽得見的喀啦聲。

「就是這樣。」蓋瑞提熱切地細語：「說，告訴我，歐爾森，告訴我，快告訴我。」

「啊。」歐爾森說：「啊。啊。」

蓋瑞提靠得更近了，他把一隻手放在歐爾森肩上，湊近汗水、口臭及尿液的邪惡光輪之中。

「拜託你了。」蓋瑞提說：「用力試試看。」

「上、上、上帝、上帝的花園……」

「上帝的花園。」蓋瑞提質疑地複誦起來，「歐爾森，上帝的花園怎麼了？」

「裡面。都是。雜草。」歐爾森哀傷地說。他把頭壓在胸膛上。「我。」

蓋瑞提沒有接話，他說不出話來。他們又要爬上另一座山丘，他再度氣喘吁吁。歐爾森似乎完全不用喘氣一樣。

「我不。想。死。」歐爾森把剛剛的話說完。

蓋瑞提的目光望向歐爾森那張陰暗朽壞的臉，歐爾森也轉頭望向他，脖子發出聲響。

「啊？」歐爾森緩緩抬起伸長的腦袋。「蓋、蓋、蓋瑞提？」

「對，是我。」

「現在幾點？」

蓋瑞提早先調過手錶，天曉得為什麼。「八點四十五分。」

「不、不、不是更晚？」歐爾森蒼老的臉上閃過詫異的神情。

「歐爾森……」他輕搖歐爾森的肩膀，歐爾森整個人就像疾風中的起重機，就快翻倒。「那是怎麼回事？阿飛。[18]」

歐爾森用刻意的敏銳目光望著蓋瑞提。

「蓋瑞提。」他低聲地說，口氣跟水溝排水口差不多。

「怎樣？」

「現在幾點？」

「他媽的！」蓋瑞提對他大吼。他立刻把頭別開，但史戴本正望過來。如果史戴本是在笑蓋瑞提，那天色黑到蓋瑞提看不清楚。

「蓋瑞提？」

「怎樣？」蓋瑞提壓低聲音說。

「耶、耶穌會拯救你的。」

歐爾森猛然抬頭。他忽然離開道路，朝著半履帶戰車走去。

「警告！七十號，警告！」

歐爾森沒有放慢速度，他整個人散發著頹敗的尊貴氣質。群眾的交談打住，他們睜大眼睛看。

歐爾森毫不遲疑，他走向泥巴路肩。他伸手拉住半履帶戰車車身，開始費勁爬上去。

「歐爾森！」亞伯拉罕詫異大喊：「嘿，那是漢克・歐爾森！」

四位軍人舉起四把步槍，如同四部和聲一樣完美。歐爾森伸手握住最近的槍管，打掉這把槍，彷彿那只是冰棒木棍。槍鏘啷掉進群眾之中，群眾紛紛閃避尖叫，彷彿那是一隻活跳跳的極北蝰毒蛇。

此時，其中一把槍開火了。蓋瑞提清楚看到槍口冒出的火花，他看到子彈進入歐爾森的腹部，然後從後背噴出，以及歐爾森襯衫上出現的波紋漣漪。

歐爾森沒有停手。他站上半履帶戰車，握住剛剛朝他開火的那把槍。他舉起槍口，此時這把槍又再次射擊。

「給他們好看！」前方的麥克菲撕心裂肺地喊著：「幹掉他們！歐爾森！殺光他們！殺光他們！」

另外兩把槍同時開槍，兩顆粗口徑子彈的衝擊打飛歐爾森，他跌下半履帶戰車。他大字形躺在地上，如同釘上十字架的人。他的腹部一側是黑色的，血肉模糊。他又中了三槍。之前步槍被歐爾森弄掉的軍人又（毫不費力地）從車上取出另一把步槍。

歐爾森坐起身來，他雙手抱著腹部，冷靜地望著穩穩站在戰車底板上的軍人。軍人也望著他。

18. 譯註：這句話出自一九六六年電影《風流奇男子》（Alfie）的主題曲〈阿飛〉。

「你們這些混蛋！」麥克菲啜泣起來。「你們這些該死的混蛋！」

歐爾森開始起身，但另一波子彈讓他再次倒地。

現在蓋瑞提身後傳來聲音，他不用回頭都曉得這是史戴本，史戴本發出低低的笑聲。

歐爾森再次坐起，槍口依舊對準他，但軍人沒有直接開槍。他們在半履帶戰車上的身影似乎浮現出好奇的態度。

歐爾森放慢速度，反射性地站起身來，雙手交叉抱著肚子。他似乎是在探詢方向，然後緩緩轉身面向大競走的方向，開始拖著腳步前進。

「結束這一切！」一個嘶啞的聲音喊叫道：「拜託結束他的痛苦！」

藍蛇一般的腸子緩緩從歐爾森指尖流出，掛在他胯下，猥褻地擺盪，好像一串香腸。他停下腳步，想把腸子放回去（蓋瑞提驚恐又讚嘆地想著：**放回去**），然後吐出一大口膽汁與鮮血。他走了幾步，卻彎下腰來。他的表情無比平靜。

「噢，我的天。」亞伯拉罕說著，他用雙手摀著嘴巴，轉向蓋瑞提。他面色蒼白、氣色很差、雙眼突出，眼神裡盡是恐懼。「噢，我的老天。小雷，真他媽夠噁心的，老天啊！」亞伯拉罕吐了，嘔吐物從他指間湧出。

蓋瑞提超然地想：哎啊啊，老亞伯把餅乾吐出來了。亞伯，這樣沒有遵守注意事項第十三點喔。

「他們瞄準他的腹部。」史戴本在蓋瑞提身後說：「他們這樣是故意的。為的是要打消其他人搞輕騎兵衝鋒的念頭。」

「你離我遠一點。」蓋瑞提嘶聲地說：「不然我就揍死你。」

史戴本立刻退開。

「警告！八十八號，警告！」

蓋瑞提的笑聲跟著他緩緩離開了。

歐爾森跪了下去，雙臂撐在路上，腦袋掛在那裡。

步槍再度響起，一枚子彈劃過歐爾森左手旁邊的柏油路，彈去別的地方。歐爾森開始疲憊緩慢地爬起來。蓋瑞提心想：他們在玩弄他。這一切對他們來說一定無聊至極，所以他們要玩弄歐爾森。各位孩子，歐爾森好玩嗎？歐爾森讓你們找到樂子了嗎？

蓋瑞提開始叫喊。他跑向歐爾森，跪在他身邊，將那張疲憊、火熱的臉捧在自己胸口。他對著乾燥、發臭的頭髮哭泣。

「警告！四十七號，警告！」

「警告！六十一號，警告！」

麥克菲拉著他，又是麥克菲。「小雷，起來，快起來，你救不了他！拜託快點起來！」

「這不**公平**！」蓋瑞提哭哭啼啼地說。他頰骨上有一抹歐爾森黏黏的血。「這真不公平！」

「我知道，快來，快走！」

蓋瑞提起身，他跟麥克菲迅速背對著前進，他們看著繼續跪在地上的歐爾森。歐爾森起身，跨立在白線上，他高舉雙手。群眾發出輕輕的嘆息。

「我—錯—了！」歐爾森顫抖地呼喊，然後重重倒地死去。

半履帶戰車上的軍人又對他開了兩槍，然後忙著把他拖離道路。

「對，就這樣了。」

他們靜靜走了差不多十分鐘，蓋瑞提走在麥克菲旁邊，得到些微的安慰。最終，他開口：「彼得，我開始懂了，有個模式存在其中。一切不是沒有感覺的。」

「是嗎？別把這件事當真。」

「彼得，他跟我講話了。直到他們對他開槍前，他都還沒死。他還**活著**。」現在這似乎成了整場歐爾森事件裡最重要的一件事。他又說了一遍：「**活著**。」

「我不覺得有什麼差別。」麥克菲疲憊地嘆了口氣。「他只是一個數字，五十三個死人中的其中一員。這代表我們都更接近了一點，但也就只有這個意思。」

「你不是真心這麼想的。」

「別告訴我，我該想什麼，不該想什麼！」麥克菲氣憤地說：「別講了可不可以！」

「我猜我們距離舊城十三英里了。」蓋瑞提說。

「真他媽了不起！」

「你知道史寬怎麼樣嗎？」

「我不是他的醫生，你為什麼不自己滾去問候他？」

「你他媽的是在煩什麼？」

麥克菲發出瘋狂的大笑。「我們走到這一步，這一步，而你想知道我在**煩**什麼？我在煩明年的所得稅！我就在煩這個。我在煩南達科他州的小麥價格，我就在煩這個。蓋瑞提，歐爾森的**腸子**都掉出來了，到最後，他一邊走，**腸子一邊掉出來**，我就是在煩這個，就是這個在煩我……」

他沒說下去，蓋瑞提看著他費勁壓下想要嘔吐的感覺。忽然間，麥克菲話鋒一轉：「史寬狀況很糟。」

「是嗎？」

「柯利．帕克摸他額頭，說他發高燒。史寬講話胡言亂語，一下講他老婆，一下講鳳凰城、弗拉格斯塔夫，還有什麼關於霍皮族、納瓦荷族，還有卡齊納娃娃的鬼話……根本沒人聽得懂……」

「他還可以撐多久？」

「誰說得準？他可能還是可以贏過我們所有人。他壯得像水牛，而且他非常努力。老天，我真累。」

「巴克維奇呢？」

「他很清楚，他曉得我們很多人都樂得看他領罰單去死。他下定決心要走得比我久，這齷齪的小混蛋。他不喜歡我跟在他後面叨絮。他很難對付，沒錯，我知道。」麥克菲又發出狂野的笑聲，蓋瑞提不是很喜歡這種聲音。「但他怕了，他的肺沒力了，現在只靠腿的力量。」

「我們都是啊。」

「對。舊城就要到了？還有十三英里？」

「沒錯。」

「蓋瑞提，我可以跟你講件事嗎？」

「當然，我會帶進墳墓裡。」

「我猜的確如此吧。」

前方群眾有人點燃鞭炮，蓋瑞提與麥克菲都嚇了一跳。幾個女人尖叫起來，一個在前排的彪形大漢吃著一嘴的爆米花說：「他媽的！」

「這一切之所以很恐怖。」麥克菲說：「是因為這一切都微不足道，你懂嗎？我們出賣自我，用靈魂換取這微不足道的東西。歐爾森，他微不足道，他也很巨大，但這兩件事不是互相排斥的。他巨大卻也微不足道。不管怎麼樣，他都像顯微鏡下的蟲子一樣死去。」

「你跟史戴本一樣壞。」蓋瑞提憤恨不平地說。

「我希望普絲拉殺了我。」麥克菲說：「至少那樣死去就不會……」

「不會微不足道了。」蓋瑞提替他說完。

「對，我覺得……」

「聽著，如果可以，我想打個瞌睡。你介意嗎？」

「不介意，抱歉。」麥克菲的聲音聽起來相當生硬，卻也像遭到冒犯。

「我才抱歉。」蓋瑞提說：「聽著，別往心裡去。這其實很……」

「微不足道。」麥克菲替他講完。他第三度發出那瘋狂的笑聲，然後走開了。這不是蓋瑞提第一次希望自己在大競走裡沒有結交任何朋友。比賽會愈來愈困難。事實上，現在已經很困難了。

他的肚子發出運作不良的騷動，他很快就必須要清空腸胃了。這個念頭讓他在腦海裡咬緊了牙關。人家會指指點點，大笑不止。他得在街上大便，就跟雜種狗沒兩樣，之後大家會拿著衛生紙過來，把紀念品裝進瓶子裡。想想人怎麼可能做出這種事呢？但他曉得這種事就是會發生。

歐爾森的腸子流出來了。

麥克菲、普絲拉、睡衣工廠。

史寬、高燒愈來愈嚴重。

亞伯拉罕……各位觀眾，那頂高禮帽多少錢[19]？

蓋瑞提低下頭打起瞌睡。比賽繼續。

翻過山丘，翻過山谷，跨過旋轉閘門與山脈。跨過橋梁，走進橋下，經過我這位女士的噴泉[20]。蓋瑞提在他腦袋朦朧的歇息中低笑起來。他的腳重重踏在道路上，脫落的鞋底鬆脫得更厲害了，如同死寂房屋裡的老舊百葉窗。

19. 譯註：此處因為半夢半醒的蓋瑞提把比賽裡的亞伯拉罕跟美國總統亞伯拉罕・林肯混為一談。
20. 譯註：這段話應是改寫自莎士比亞《仲夏夜之夢》裡的〈翻過山丘，翻過山谷〉一詩。

我思故我在，第一年拉丁文課上的。已死語言的老調重彈。

叮咚響，貓咪掉下井。兇手誰？小傑克・弗林[21]。

我存故我在。

又放了一枚鞭炮。咻咻聲，歡呼聲。半履帶戰車喀啦喀啦前進，蓋瑞提聽到他的警告聲，睡得更沉了。爹地，你離開我並不開心，但你走後，我並沒有很想你。抱歉，但這不是我來這裡的原因。我的潛意識並不想自殺，抱歉，史戴本。真的很抱歉，但……

槍聲響起，將他嚇醒，又是那熟悉的郵包倒地聲，又一個男孩回家見上帝去了。群眾驚嚇尖叫，也贊同吼叫。

「蓋瑞提！」一個女人高喊：「雷蒙・蓋瑞提！」她的聲音聽起來粗啞刺耳。「孩子，我們都站在你**這邊**！我們跟你**同一陣線**，小雷！」

她的聲音一路傳出來，群眾轉頭、扭著脖子望過去，這樣才能好好看看這位「緬因本地人」。高漲的歡呼壓過些許噓聲。

群眾又喊起他的名字。蓋瑞提聽到自己的名字，直到聲音濃縮成一連串胡言亂語的音節，對他來說再也沒有意義。

他稍微揮揮手，又打起瞌睡來。

第十一章

「快點，混蛋！你想永生不死是不是？」

——一次世界大戰某位一級中士

午夜時分，他們進入舊城。他們轉換上兩條專用支線，進入二號國道，然後抵達市中心。對雷蒙．蓋瑞提來說，整趟旅程像是一場模糊、籠罩著睡意的噩夢。歡呼聲不斷加劇，直到歡呼聲似乎阻斷了任何可能的思考與邏輯。鈉弧光燈的古怪橘色燈光讓夜晚變成充滿光明、毫無暗影的白日。在這種燈光下，最友善的面容看起來都像是從地下室爬出來的怪物。五彩碎紙、報紙、撕碎的電話簿，以及從二、三樓窗戶飄落的長長捲筒衛生紙。這是美國小聯盟版本的紐約紙帶大遊行（New York tickertape parade）。

沒有人死在舊城。他們沿著早晨的壕溝走在靜水河旁邊時，橘色的弧光燈褪去，群眾稍微少了一點。現在是五月三日。造紙廠的濃厚氣味襲擊著他們，刺鼻的化學藥劑、燃燒木頭的煙氣、遭到污染的河流，等待滋養萌發的胃癌。商業區裡有圓柱形的鋸木屑，堆得比建築物還高，做紙

21. 譯註：摘錄自一五八〇年代的童謠。

漿用的木材則如同巨岩一堆堆聳天立起。蓋瑞提打起瞌睡，夢起他那讓人鬆懈又充滿救贖的幽暗夢境，感覺似乎過了永恆。忽然，有人戳他的肋骨，是麥克菲。

「怎樣？」

「我們要上收費道路了。」麥克菲興奮地說：「消息傳來，據說他們在交流道入口搞了一整組樂旗隊，我們會接受四百響鳴槍的致敬。」

「死亡幽谷道路上的四百響鳴槍啊。」蓋瑞提咕噥著，還把眼睛裡的眼屎揉掉。「我今晚已經聽了太多三響鳴槍了。沒興趣，讓我睡吧。」

「這不是重點。**他們**結束後，我們也會給**他們**回禮。」

「是嗎？」

「對，四十六人的齊聲回呸。」

蓋瑞提微笑起來。他感覺自己嘴唇僵硬、沒有把握。「是這樣？」

「就是這樣。誒……應該是四十人齊聲回呸。有幾個人現在狀況太差了。」

人形幽靈船歐爾森的畫面短暫閃過蓋瑞提的腦海。

「那好，算我一份。」他說。

「那跟我們走近一點。」

蓋瑞提加快腳步，他跟麥克菲與皮爾森、亞伯拉罕、貝克及史寬湊在一起。打頭陣的兩位皮衣男孩也縮短了與後面隊伍的距離。

「巴克維奇加入嗎？」蓋瑞提問。

麥克菲哼了一聲。「他覺得這是自從付費公廁之後最讚的提議。」

蓋瑞提稍微環抱自己冰冷的軀體，然後發出不帶幽默的短暫笑聲。「我敢說他有很多東西可以呸。」

他們現在已經與收費道路平行了。蓋瑞提看到右手邊的陡峭路堤，以及上方更多朦朧的弧光燈，這次是白光。前方差不多半英里處就是岔開的交流道入口，開始爬升。

「到了、到了。」麥克菲說。

「凱西！」史寬忽然大喊，嚇了蓋瑞提一跳。「凱西，我還沒有放棄妳！」他將因為高燒而濕亮的空洞雙眼轉向蓋瑞提。他沒有認出蓋瑞提。他的臉好紅，嘴唇因為皰瘡而裂開。

「他狀況很糟。」貝克滿懷歉意地說，彷彿一切是他造成的一樣。「我們時不時給他水，也會從他頭上淋他，但他的水壺已經快空了，如果他要水壺，他得自己喊，這是規矩。」

「史寬。」蓋瑞提說。

「是誰？」史寬的雙眼在眼眶裡瘋狂轉動。

「是我，蓋瑞提。」

「噢，你見到凱西了嗎？」

「沒。」蓋瑞提覺得不是很自在。「我……」

「來了、來了。」麥克菲說。群眾的歡呼音量又變大了，而鬼魅般的綠色路標出現在黑暗裡：九十五號州際公路，奧古斯塔、波特蘭、樸茨茅斯南下。

「就是咱們。」亞伯拉罕壓低聲音說：「一路向南，只能指望上帝了。」

他們腳下的交流道開始爬升，他們走進聳立弧光燈的第一圈亮明之中。新的路面在他們腳下走起來比較平順，蓋瑞提感覺到熟悉的興奮起伏。

樂旗隊的軍人驅趕走交流道環形上升入口處的群眾。他們端起步槍，一語不發。他們展演用的制服閃著奪目的光彩，相較之下，沾滿塵土半履帶戰車上的軍人看起來就挺邋遢的。

感覺很像是從嘈雜喧鬧的大海走進寧靜空中一樣，唯一的聲音是他們的腳步聲及急切的呼吸聲。交流道似乎綿延到永遠，而且身穿鮮紅色制服的軍人站在兩旁，雙手捧起直立的槍。

此時，從黑暗某處，少校那用電子儀器擴大的聲音說：「鳴槍致敬！」

槍枝碰撞肢體的聲音。

「準備鳴槍！」

槍抵著肩膀，指著他們上方，如同鋼鐵的拱門。在意味著死亡的槍擊聲中，上路人本能地湊在一起，這點已經制約了他們。

「開槍！」

夜晚的四百把步槍，太了不起了，震耳欲聾。蓋瑞提壓抑住想要抱著腦袋的慾望。

「開槍！」

煙硝味再次飄起，酸溜溜的，線狀無煙火藥的味道很重。是在哪本書裡，他們對著水面開槍，想要讓溺水之人浮出水面？

「我的頭。」史寬哀號道：「噢，老天，我的頭好痛。」

「開槍！」

槍枝再次發射，這是最後一次。

麥克菲立刻轉身，倒著前進，他奮力大喊，臉都紅了。「鳴槍致敬！」

四十條舌頭從四十張嘴裡吐出來。

「準備鳴槍！」

蓋瑞提吸飽氣，努力想憋住氣。

「開槍！」

說真的，場面有夠可悲。在巨大黑暗中，只有些許可悲的輕蔑言語，而且只「開槍」了一次。樂旗隊成員木然的神情沒有改變，但似乎多了微微一抹斥責的情緒。

「噢，去他的。」麥克菲說。他轉回去，又開始正面前進，卻低著頭。

道路漸漸平坦，他們上了收費公路。感覺好像短暫看到少校的吉普車往南方奔馳而去，冰冷的白色燈光照亮黑色的太陽眼鏡，然後群眾又聚攏起來，但距離上路人比較遠，因為公路是四線道，如果把長著青草的分隔帶算進去，這樣有五線道。

蓋瑞提迅速朝分隔帶前進，然後走在短短的青草上，感覺鞋子裂開縫隙間滲進的露水，也留在他的腳踝上。有人遭到警告。收費公路一路延伸下去，平坦也單調，一路延伸下去的混凝土管道，偶爾穿插一點綠色，鈉弧光燈的白色光線將一切都鑲在一起。

他們的影子銳利清晰，也長長的，彷彿是夏夜月亮照出來的一樣。

蓋瑞提拿起水壺，喝了好大一口，將蓋子鎖回去，然後再次打起瞌睡來。到奧古斯塔也許還有八十，甚至八十四英里吧。腳下的濕濕草地感覺好舒心啊……

他拐了一腳，差點跌倒，然後忽然驚醒。哪個笨蛋在分隔帶上種松樹啊？他曉得這是緬因州的州樹，但這樣是不是有點太過分了？誰會期待你走在分隔草地上，然後……

當然沒有人期待你會走上公路，對吧？

蓋瑞提朝左方車道前進，多數人都在那邊。到了奧羅諾入口時，又有兩輛半履帶戰車出現，這樣才能全面監控剩下的四十六名上路人。他們並沒有期待你會走在草地上，蓋瑞提老兄，你又搞笑了。不怎麼重要，那只是另一個小小的失望，真的，微不足道，只是……不敢有什麼奢望，不要有什麼寄望。門都關上了，一扇一扇的門，統統關上了。

「他們今晚就會出局了。」他說：「他們今晚就會跟牆上的蟲子一樣。」

「這我倒是不敢奢望。」柯利．帕克說。現在他聽起來疲憊不堪，口氣終於和緩下來了。

「為什麼？」

「這就像是拿一盒餅乾去過篩一樣，蓋瑞提。破裂的碎屑一下就會掉出來，然後是比較小的碎片，但大塊的餅乾……」帕克笑了笑，在黑暗中露出沾滿唾液的新月笑容。「整塊的餅乾一次只會消磨一點點。」

「但……還有這麼長的路要走……」

「我還想活下去。」帕克粗暴地說：「蓋瑞提，你也是，你別想騙我。你跟那個麥克菲可以一直走下去，滿嘴宇宙大狗屁繼續胡扯，但那又怎樣？那一切都是消磨時間的狗屁和胡扯，但別想騙我。重點在於，你還想活下去，其他多數人也一樣。他們死得很慢，他們一次只死一點點。我也許會領罰單，但我現在覺得我可以一路走到紐奧良，然後我才會因為那些開著玩具車的沒屁用混蛋倒下。」

「真的嗎？」他感受到一絲絕望。「是這樣嗎？」

「對，真的。蓋瑞提，接受吧。路還長得很。」他邁開步子，追上皮衣男孩，也就是麥克與喬，他們替全體上路人訂定前進步調。蓋瑞提低下頭，又打起瞌睡。

他的心思開始飄離身體，一台看不見又超大的攝影機滿滿都是景象的快拍畫面，自由移動，毫無痛苦，沒有摩擦。他想到自己的父親穿著綠色橡膠靴子大步離去。他想到吉米．歐文，他用空氣槍的槍管打了吉米——沒錯，他是故意的，因為那是吉米的主意，是吉米要他們脫了衣服，互相觸摸彼此，那是吉米的主意，那就是吉米的主意。空氣槍劃出閃亮的弧線，閃亮又刻意的弧線，鮮血從吉米的下巴濺出（「吉米，抱歉，噢，天啊，你需要OK繃。」），他扶他回家……吉米一直鬼吼鬼叫……鬼吼鬼叫。

蓋瑞提抬頭，有點昏沉，雖然夜晚陰涼，卻還是出了點汗。有人鬼吼鬼叫，槍口對準一位矮胖的身影，看起來像巴克維奇。步槍齊發，矮胖的身影飛過兩列車道，像是跛腳的洗衣袋。如同月球表面長著痘痘的臉並不是巴克維奇。蓋瑞提覺得那張臉看起來很平靜，終於安息。

他發現自己好奇起來，死了會不會感覺比較好？然後又快點壓下這個念頭，但難道不是這樣嗎？這個念頭難以撼動。在比賽終了前，他雙腳的疼痛可能會翻倍，說不定會變成現在三倍的痛，而光是現在，這種痛楚就已經難以忍受了。最糟糕的甚至不是肉體的痛苦，而是死亡，持續出現的死亡，腐肉的臭味鑽進他的鼻腔。群眾的歡呼成了存在於他思緒的背景配樂。這聲音有助眠效果，他又打起瞌睡，這次他幻想小珍出現了。他一度完全忘了她。某種意義上，他的思緒支離破碎，打瞌睡比徹底熟睡好。他雙腳及雙腿的疼痛似乎屬於別人，而他寬鬆地跟這個人綁在一起，只要稍微打起精神，他就能組織自己的思緒，讓腦袋替他工作。

他在腦海裡緩緩建構出她的形象。她玲瓏的雙腳。她健壯但陰柔的雙腿，纖細的小腿一路延伸到健壯的鄉下人大腿。她的小蠻腰，她的胸部，豐滿挺立。她那張平板圓潤的聰慧小臉，她長長的金髮。不知為何，他覺得那是妓女的頭髮。有次他還當面告訴她，話語就這樣自己冒出來，他以為她會生氣，但她沒有反應。他覺得她應該暗自高興吧……

這次讓他清醒的是腸胃那穩定也不情願的收縮感。他必須咬著牙繼續快速前進，直到這感覺過去。手錶的螢光指針顯示已經快一點了。

噢，上帝，拜託不要讓我在這麼多人面前拉屎。求求祢了，上帝。如果我贏了，我得到什麼獎品，一定會分祢一半，拜託讓我便秘。求求祢，求求祢，求……

他的腸子再次收縮，這次用力也發痛，可能是在確定雖然他的身體疲憊不堪，但基本上還是很健康的。他逼迫自己繼續前進，直到避開前方附近人群無情的目光。他緊張地解開皮帶，等了一下，然後面露難色，一手拉下褲子，還遮在自己的生殖器前，最後才蹲下去。他的膝蓋關節發出爆炸聲響，大腿和小腿的肌肉根本是在尖叫抗議，威脅他們現在是被迫往另一個方向打結扭曲。

「警告！四十七號，警告！」

「約翰！嘿，小約翰，看看那邊那個可憐蟲！」

手指指過來，黑暗中看不清楚，需要想像。然後閃光燈泡打過來，蓋瑞提悲慘地扭開頭。最糟糕的就是這一刻，再也沒有比這一刻更慘的了。

他差點向後跌倒，他用一隻手吃力地撐住身體。

一個尖細的女聲說：「我看到了！他的雞雞！」

貝克經過，完全沒有望向他。

他一度驚恐地以為什麼也沒有，只是假警報，但馬上就來真的了。他居然搞定了這件事。然後他發出悶哼的哀號，站起身來，不穩的腳步讓他半走半跑前進，他再次拉緊褲子，留下一部分的他在黑暗裡冒著水蒸氣，接受一千個人的注目禮。快裝進瓶子裡，擺在壁爐架上！這是人家冒著生命危險拉的屎！**真的，貝蒂，沒說謊！我就跟妳說，遊戲室裡有好東西……就在這裡，就在立體音響上頭。二十分鐘後，他就中彈了……**

他追上麥克菲，低頭走在旁邊。

「辛苦嗎？」麥克菲問。他的語氣裡帶著明顯的欽佩之情。

「超折騰的。」蓋瑞提發出一聲膽寒、鬆懈的嘆息。「我就知道我忘了帶東西了。」

「忘了啥？」

「衛生紙。」

麥克菲笑了笑。「跟我上了年紀的奶奶說的一樣，如果你沒有玉米梗，那你屁眼就張開大一點[22]。」

蓋瑞提爆笑起來，這是暢快、爽朗的笑聲，不帶任何歇斯底里的情緒。他覺得輕鬆多了，無論事情演變成什麼樣子，他都不用再經歷一遍了。

「哎啊，你辦到了。」貝克放慢速度。

「老天。」蓋瑞提詫異地說：「你們怎麼不送我一張早日復原的卡片還是什麼的？」

「這不好笑，這麼多人盯著你看。」貝克嚴肅地說：「聽著，我剛聽說了一件事。我不曉得該不該相信，我甚至不曉得我**想不想**相信。」

「怎麼了？」蓋瑞提問。

「那兩個皮衣男孩，麥克與喬，大家都以為他們是同性戀的那兩個人？他們是霍皮族人。我覺得史寬之前就是想跟我們說這個，但我們聽不懂，但……這個……就我聽說，他們是兄弟。」

蓋瑞提張大了嘴。

「我走上去仔細看他們。」貝克繼續說：「如果他們**看起來**不像兄弟，那我就去吃大便。」

「真變態。」麥克菲憤怒地說：「真他媽變態！他們的父母居然讓這種事發生，特別小組該把他們的父母帶走！」

「你們認識印第安人嗎？」貝克壓低聲音問。

「除非他們來自紐澤西的巴賽克。」麥克菲說。他的語氣聽起來還是很生氣。

「我老家那邊有塞米諾爾族保留區，就在州界附近。」貝克說：「他們是很妙的人，他們不會跟我們一樣思考『責任』這種東西。他們很自傲，也很窮。我猜霍皮族跟塞米諾爾族在這方面大概差不多吧，他們也曉得該怎麼死。」

「這樣還是不對。」麥克菲說。

「他們來自新墨西哥。」貝克說。

「這太糟糕了。」麥克菲斷言，蓋瑞提同意他的看法。

過了一段時間後，對話慢慢停歇，一部分是因為群眾很吵，但蓋瑞提懷疑主要是因為公路本身非常單調。一座座山坡漫長綿延，看起來根本不像山了。上路人打瞌睡，斷斷續續打呼，而且似乎還要繫緊腰帶，聽命於前方難以理解的苦難。這一小群社會的碎塊分解成兩、三座孤島。

群眾不知道累，他們用嘶啞的聲音穩定歡叫，他們揮舞著看不清楚的字牌。他們用單調的頻率喊著蓋瑞提的名字，但也有幾聲來自外地的短暫呼喊，喚的是巴克維奇、皮爾森與懷曼。其他

22. 譯註：相傳馬雅人及殖民時期的美國人如廁後都是用玉米梗清潔。

人名一閃而過，如同電視螢幕上迅速閃過的雪花。

鞭炮響起，一連串飛炸起來。有人朝冰冷的天空扔出一根燃燒的發焰筒，人群迅速尖叫四散，它嘶嘶作響，紫色的火光掉在維修用車道後面的石子路肩土地上。還有幾位鶴立雞群的路人：一位男子手持電子大聲公，一下稱讚蓋瑞提，一下又廣告起他自己是代表第二區的候選人。一個女人抱著小籠子裡的大烏鴉，烏籠緊緊抵著她的胸部，讓人羨慕。一群身穿新罕布夏大學運動衫的男孩搭建起一座人體金字塔。面容削瘦也沒有牙齒的男人穿著山姆大叔服裝，拿著一個牌子，上頭寫著：「我們拱手將巴拿馬運河送給共產黑鬼」。除此之外，群眾似乎跟收費公路本身一樣無聊單調。

蓋瑞提斷斷續續打起瞌睡，他腦袋裡的畫面時不時充滿愛與驚駭。在其中一個夢裡，一個低沉喃喃的聲音不斷不斷問起：**你體驗過嗎？你體驗過嗎？你體驗過嗎？**[23]而他分不清那是史戴本的聲音，還是少校的聲音。

第十二章

「我上了路，路上滿是土。
我撞到腳，鮮血流到飽。
你們都在這嗎？」

——孩童玩捉迷藏時的童謠

居然再次來到早上九點。

雷蒙．蓋瑞提高舉他的水壺，向後仰直到脖子發出喀啦喀啦的聲音。天氣才剛溫暖起來，鼻息的霧氣才消散而已，水的冰涼稍微驅退了一直出現的瞌睡感。

他望了望自己的同行夥伴。麥克菲的鬍碴現在已經很濃密了，顏色跟他的頭髮一樣黑。柯利．帕克看起來相當憔悴，但還是堅毅不拔。貝克可以用飄渺來形容。史寬沒有之前那樣漲紅著臉，但他一直在咳嗽，深層、打雷般的咳嗽。這讓蓋瑞提想起許久以前的自己，五歲時，他曾罹患肺炎。

23. 譯註：〈Are You Experienced〉為吉米．亨德里克斯（Jimi Hendrix）在一九六七年發行的專輯。

昨晚經過一連串跟作夢一樣的古怪反光路牌：威奇、班戈、赫爾蒙、漢普登、溫特波特。軍人只殺了兩個人，蓋瑞提開始接受帕克的餅乾理論類比。

如今大白天再次出現，彼此保護的小團體又重組了，上路人開起鬍碴的玩笑……但他們對腳就不會這樣不敬。蓋瑞提感覺到右腳跟在夜裡有幾顆小水泡破了，但柔軟、吸收液體的襪子替破皮的肉緩衝。現在他們經過一個路牌，上頭寫著「奧古斯塔四十八，波特蘭一百一十七」。

「這比你說的還遠。」皮爾森責備地說。他憔悴到不行，頭髮毫無生氣地掛在臉上。

「我又不是行動地圖。」蓋瑞提說。

「但……你是這個州的人啊。」

「這麼嚴格。」

「對，我猜是吧。」皮爾森疲憊的語氣裡沒了仇恨。「老天，十萬年內我再也不想參加這場比賽了。」

「你就該活這麼久。」

「就是。」皮爾森壓低聲音。「但我已經下定決心，如果我很累，走不動了，我會跑去那邊，鑽到群眾裡。他們不敢開槍，說不定我就能逃出去。」

「那會跟蹦跳床一樣。」蓋瑞提說：「他們會立刻把你推回路上，這樣才能看見流血。你忘了波西了嗎？」

「波西沒在用腦，才會想走進樹林裡。他們倒是狠狠修理波西了。」他好奇地望著蓋瑞提，「小雷，你不累嗎？」

「見鬼，不累。」蓋瑞提誇張地揮動雙臂。「我是在滑翔，你看不出來嗎？」

「我狀況好差。」皮爾森舔舔嘴唇。「我的腦子都不能思考了，好像有人拿魚叉戳我的腿，一路戳到……」

麥克菲走在他們後頭，忽然說：「史寬要死了。」

蓋瑞提與皮爾森異口同聲地大叫了起來：「什麼？」

「他得了肺炎。」麥克菲說。

蓋瑞提點點頭。「我就擔心會這樣。」

「五英尺外就聽得到他肺部發出來的聲音，聽起來像是有人朝他的肺灌墨西哥灣暖流進去一樣。如果今天又變熱，他會熱死。」

「可憐的傢伙。」皮爾森說，而他鬆了口氣的聲音雖然出於無意識，但聽得非常清楚。「我覺得他還是可以贏過我們每個人。而且他結婚了，他老婆怎麼辦？」

「她能怎麼辦？」蓋瑞提問。

他們距離群眾非常近，但他們沒有注意到旁邊奮力伸長想要碰觸他們的手，基本上在他們的指甲刮到你的皮膚一、兩次之後，你就曉得該保持多遠的距離了。一個小男孩哭哭啼啼地說，他想回家。

「我正在跟大家說。」麥克菲說：「呃，差不多每個人啦。我覺得贏家該為史寬的老婆做點什麼。」

「好比說什麼？」蓋瑞提問。

「那就是贏家跟史寬老婆之間的問題了。如果那混蛋不信守承諾，那我們可以變成鬼回來糾纏他。」

「好啊。」皮爾森說：「有什麼損失呢？」

「小雷？」

「行，當然好。你跟蓋瑞．巴克維奇提了嗎？」

「那混蛋？那混蛋連他媽溺水，都不見得會替她做人工呼吸吧。」

「我來跟他說。」蓋瑞提說。

「你不會成功的。」

「沒差，我現在就去跟他講。」

「小雷，你為什麼不也通知史戴本一聲？他似乎只跟你開口說話。」

蓋瑞提哼了一聲。「我完全可以現在就告訴你他的答案。」

「不加入嗎？」

「他會說為什麼。而等他講完，我還是不懂他在講什麼。」

「那跳過他吧。」

「不行。」蓋瑞提開始朝巴克維奇垂頭喪氣的弱小身影走去。「這裡只有他覺得自己會贏。」

巴克維奇正在打瞌睡。他的眼睛快閉起來了，纖纖細毛覆蓋著他小麥色的臉頰，他看起來像是遭到虐待的泰迪熊。他的雨帽要嘛掉了，要嘛丟了。

「巴克維奇。」

巴克維奇忽然驚醒。「怎麼了？誰？蓋瑞提？」

「對，聽著，史寬快死了。」

「誰？噢，對，那邊那個海貍腦。他真棒。」

「他得了肺炎，大概撐不到中午。」

巴克維奇緩緩轉頭，用鞋子鈕釦般黑亮的眼珠子望向蓋瑞提。沒錯，今天早上他看起來特別像小朋友玩壞的泰迪熊。

「蓋瑞提，看看你這副殷切的德行，你想提議什麼？」

「呃，如果你還不知道的話，他結婚了，然後……」

巴克維奇睜大雙眼，感覺眼珠都有掉出來的風險。「結婚？結婚？你是在跟我開他媽什麼狗屁玩……」

「閉嘴，你這混蛋！他會聽到的！」

「我他媽才不在意！他腦子壞啦？」巴克維奇氣沖沖地遠望史寬。「智障，你以為你在幹嘛？打金拉米紙牌遊戲嗎？」他扯開喉嚨大喊。史寬朦朧無神地轉頭望著巴克維奇，然後隨意揮揮手。他顯然以為巴克維奇是看戲的路人。走在史寬旁邊的亞伯拉罕則對巴克維奇豎起中指。巴克維奇不甘示弱地也回敬中指，然後面向蓋瑞提。他忽然露出微笑。

「啊，真是的。」他說：「蓋瑞提，你那蠢土包子臉都要發光了。你是要照顧這將死之人的老婆吧？也真可愛。」

「你這是不加入了？」蓋瑞提硬生生地說：「行。」他轉身要走。

巴克維奇的笑容從嘴角坍塌，他拉住蓋瑞提的衣袖。「等等，等等。我沒說不參加，對吧？你有聽到我拒絕嗎？」

「沒……」

「沒，我當然沒拒絕。」巴克維奇的笑容再次出現，但現在笑容裡帶有一絲絕望，高昂的氣焰也消失了。「聽著，我跟你們幾個一開始就鬧得不愉快，但我不是故意的。見鬼，認識我之後，你就會知道我這人還不錯，但我總是出師不利，我在老家的時候就沒有自己的小圈圈。我是說，在我的學校裡。老天，我不曉得為什麼，但認識我之後，你就會知道我這人不錯，就跟其他不錯的人一樣，但我總是，你知道的，似乎一開始就會跟人結梁子。我是說，在這種事情上，人總是要有一、兩個朋友吧？孤單不好吧，對不對？老天爺啊，蓋瑞提，這你很清楚。那個藍克。蓋瑞提，是他先開始的，他想找我麻煩。他們那些人總想找我麻煩。我念高中的時候，因為那些想找我麻煩的人，我還要帶彈簧刀上學。那個藍克。我不是故意要惹他哭，那完全是個意外。我是說，那不是我的錯，你們只有看到最後的結果，而不是他怎麼……你知道，找我麻煩……」巴克維奇沒繼續說下去。

「對，我猜是吧。」蓋瑞提附和他，覺得自己很虛偽。也許巴克維奇可以自己改寫歷史，但藍克的事蓋瑞提記得一清二楚。「好啦，那你到底想怎樣？到底要不要加入？」

「當然，當然。」巴克維奇的手還死死拉著蓋瑞提的袖子，彷彿是在拉公車上的緊急停車繩一樣。「我會給她足夠的麵包，讓她下半輩子安逸舒適。我只是想告訴你……讓你知道……一個人總是要有朋友……一個人需要有他的小圈圈，懂嗎？如果你難逃一死，誰希望在憎恨中死去？我是這樣的，我、我……」

「對，當然。」蓋瑞提開始抽身，感覺自己是個懦夫，一方面還是討厭巴克維奇，另一方面卻開始同情他。「謝了。」嚇著他的是巴克維奇充滿人性的這一面。為什麼這會嚇到他？他自己也不清楚。

他落後得太快，得到一支警告，接下來十分鐘他回到隊伍最後，史戴本在一旁漫步。

「雷蒙．蓋瑞提。」史戴本說：「蓋瑞提，五月三日快樂。」

蓋瑞提謹慎地點點頭。「你也是。」

「我在算我的腳趾頭。」史戴本和善地說：「它們是很好的夥伴，因為它們數起來的數量總是一樣。你在想什麼？」

於是蓋瑞提把史寬還有史寬他老婆的事情講了第二遍，講到一半的時候，另一個男孩領了罰單（他縐縐的牛仔外套背後有模板油印的「車輪上的地獄天使[24]」字樣），這男孩的死讓一切安排看起來平庸也毫無意義。說完後，他緊張地等著史戴本會怎麼剖析這個想法。

「有何不可呢？」史戴本和善地說。他望向蓋瑞提，露出微笑。蓋瑞提看到疲憊終於起了作用，就算是史戴本也抵擋不了。

「你聽起來像沒什麼損失一樣。」他說。

「沒錯。」史戴本歡快地說：「正因已經沒有什麼東西可以失去，我們才能輕言給予。」

蓋瑞提沮喪地看著史戴本。他的話太中肯了，這話讓他們替史寬做的行為看起來好渺小。

「蓋瑞提老兄，別誤會我。我是有點怪，但我並不吝嗇。如果我的承諾能讓史寬快點翹辮子，那我當然會答應，但我辦不到。我不確定，但我敢說每屆大競走都會有史寬這種可憐蟲，也都會有人提出這種建議，蓋瑞提，我甚至可以進一步打賭每次應該都是在比賽走到這裡的時候，大家開始明白過往的現實與自己必死無疑的時候。在古時候，早在『大變革』與『特別小組』出現之前，那個年代還有百萬富翁，那個年代會打下教育基礎，蓋圖書館，搞些好東西。蓋瑞提，每個人都想要一座能夠對抗死亡的堡壘。有些人可以騙自己說那是他們的孩子，但這些悲慘失落的孩子……」史戴本用一隻手比了比其他上路人，大笑起來，蓋瑞提覺得他的笑聲聽起來很淒涼。「這些人甚至不會留下任何私生子。」他向蓋瑞提使了個眼色。「嚇著你了嗎？」

「我……我猜沒有。」

「蓋瑞提，你跟你的朋友麥克菲在這群小丑裡特別突出。我不曉得你們是怎麼淪落至此的，但我敢打賭狀況比你以為的還要深層。你昨晚把我的話當真了，對不對？關於歐爾森的話。」

「我猜是吧。」蓋瑞提緩緩地說。

史戴本開心地笑了起來。「小雷，你真是了不起。歐爾森才沒有什麼秘密。」

「我覺得你昨晚不是在開玩笑。」

「噢，是，我就是。」

蓋瑞提露出緊繃的笑容。「你知道我是怎麼想的嗎？我覺得昨晚你有某種見解，現在你又不承認了，也許你的想法嚇壞你了。」

史戴本目光陰鬱起來。「蓋瑞提，你愛怎麼想就怎麼想，反正這是你的葬禮。現在你為什麼不走開呢？我已經答應你了。」

「你想作弊，也許這就是你的問題。你想要覺得這場比賽有問題，但也許這就是一場公平的競爭。這嚇到你了嗎？史戴本。」

「滾。」

「快承認啊。」

「除了承認你基本上很蠢，我不會承認其他的事情。快滾，告訴你自己這是場公平的比賽。」史戴本的臉頰浮現微微的漲紅。「全體選手一起受騙的比賽看起來的確很公平。」

24. 譯註：《Hells Angels on Wheels》，這是一九六七年由傑克．尼克遜主演的電影，沒有正式中文名稱。

「你錯了。」蓋瑞提嘴上這麼說，但聲音卻很沒有說服力。史戴本短暫笑了笑，然後又低頭望向他的腳。

他們正從漫長的凹地往上爬，蓋瑞提急忙走回麥克菲、皮爾森、亞伯拉罕、貝克與史寬湊在一起的陣線，他感覺自己在出汗。說他們湊在一起，不如說他們是挨著史寬。他們看起來像頭暈眼花拳擊手身邊那群憂心忡忡的助手。

「他怎麼樣？」蓋瑞提問。

「問他們幹嘛？」史寬質問道。他先前粗啞豪爽的嗓音現在只剩低語。高燒退了，他的臉泛白沒有血色。

「好，那我就問你。」

「啊，還好啦。」史寬說完，就咳起嗽來。那是刺耳的沸騰聲，彷彿來自水下。「我沒那麼糟。你們替凱西做的一切真的很棒。男人應該要照顧自己的妻小，但我猜我大概沒辦法維護自己的尊嚴了，特別是在眼前這樣的狀況下。」

「別講太多話。」皮爾森說：「你會累壞的。」

「有什麼差？現在或晚點，有什麼差？」史寬傻傻地望著他們，然後緩緩左右搖起頭來。

「為什麼我會生病？我本來狀況很好，真的很好。賠率都愛我。我連累了的時候都喜歡走路，看看路人、聞聞空氣……為什麼？是上帝嗎？是上帝害我這樣的嗎？」

「我不知道。」亞伯拉罕說。

蓋瑞提感覺到對死亡的著迷再次浮上心頭，太噁心了。他想甩開這感覺，這不公平，這次是他的朋友要死啊。

「現在幾點？」史寬忽然問，蓋瑞提因此詭異地想起歐爾森。

「十點十分。」貝克說。

「差不多上路兩百英里了。」麥克菲說。

「我的腳一點也不痠。」史寬說：「也太了不起。」

側道上的小男孩精力充沛地喊叫起來。相較於低沉的群眾聲音，他的叫聲純粹是尖叫。「嘿，媽！看那個大塊頭！媽，看那頭馴鹿！嘿，媽，快看！」

蓋瑞提稍微掃視群眾，在第一排看到那個男孩。他穿了機器人小迪的T恤，目光在吃了一半的果醬三明治上打轉。史寬對他揮手。

「小孩很乖。」他說：「對，我希望凱西生男孩，我們都想要男孩。女孩不錯，但你們知道……男孩……才可以留住你的名字，傳承下去。是說史寬不是什麼好名字啦。」他大笑起來，蓋瑞提想起史戴本所說的，對抗死亡的堡壘。

一個身穿藍色縐縐運動衫的蘋果臉上路人經過他們身邊，將現實世界帶回來。麥克與喬的麥克忽然肚子痛，史寬伸手碰觸自己的額頭，他起伏的胸腔吐出沉重的咳嗽，不曉得他是怎麼走過來的。他說：「那兩個男孩住在我老家附近。如果我知道，我可以跟他們一道來。他們是霍皮族人。」

「對，你講過了。」皮爾森說。

史寬一臉困惑。「我講過了？哎啊，這不重要了，既然我看我不會獨自上路，那我倒不如……」

史寬臉上出現下定決心的表情。他開始加快腳步，然後他又稍微放慢，望向周遭的人。一切都沉寂下來，冷靜下來了。蓋瑞提望著他，不能自已，非常著迷。

「我猜我們再也不會見面了。」史寬的語氣裡帶著無比的尊嚴。「永別了。」

麥克菲第一個回話。「兄弟，再見了。」他沙啞地說：「一路好走。」

「對，祝你順利。」皮爾森說完，然後將目光別開。

亞伯拉罕想要開口，卻說不出話來。他蒼白轉身，雙唇扭曲。

「慢慢來。」貝克說。他一臉嚴肅。

「永別了。」蓋瑞提冰冷的嘴唇說：「永別了，史寬，一路好走，一路長眠。」

「一路長眠？」史寬笑了笑，「真正要走的道路才在眼前呢。」

他加快腳步，直到追上麥克與喬，追上他們茫然的神情以及磨損的皮夾克。麥克沒有因為腹痛而彎腰駝背，他只是一邊走，一邊用手壓在下腹上。他的速度很穩定。

史寬跟他們攀談起來。

其他人全看著，感覺他們三個人討論了很久很久。

「他們是在幹嘛？」皮爾森擔心地喃喃自語。

忽然間，討論結束，史寬離開麥克與喬。雖然蓋瑞提在後頭，卻還是聽得到他銳利的咳嗽聲。軍人嚴密監控這三個人。喬的手搭上手足的肩膀，用力捏了捏，他們互相凝望。從他們小麥色的臉上，蓋瑞提看不出任何情緒。接著，麥克就加快腳步追上史寬。

不一會兒，麥克與史寬忽然改變方向，開始朝人群走去，群眾忽然清楚他們的命運，連忙尖叫散開向後退，彷彿這兩個男孩得了瘟疫一樣。

蓋瑞提看著皮爾森雙唇緊抿。

兩個男孩遭到警告，他們朝著道路邊緣的圍欄前進，他們忽然俐落轉向，面對朝他們前去的半履帶戰車，兩人一起比起中指。

「我操你媽的，而你媽爽得很！」史寬大喊。

麥克用他的語言說了些什麼。

上路人歡呼起來，蓋瑞提感覺到眼皮底下濕濕的。群眾安靜下來，沒有人站在麥克與史寬後面的空間。他們得到第二支警告，然後他們一起盤腿坐下，冷靜地交談起來。蓋瑞提經過時心想，這也太怪了，因為史寬與麥克似乎不是說同一種語言啊。

他沒有回頭。他們都沒有回頭，事情結束後也沒有。

「不管誰贏都要遵守承諾。」麥克菲忽然開口：「最好要給我遵守承諾。」

之後沒有人說話。

第十三章

「瓊妮．葛林布倫，下來吧！」

——估價節目《價格猜猜猜》主持人強尼．歐爾森

下午兩點。

「你作弊，你這混蛋！」亞伯拉罕大吼。

「我才沒有作弊。」貝克冷靜地說：「傻蛋，你現在欠我四十塊了。」

「我才不付錢給作弊的人。」亞伯拉罕緊握著剛剛在手上擲起的一角硬幣。

「通常人家這樣叫我，我是不會繼續跟他丟硬幣的。」貝克冷酷地說，然後笑了笑。「不過，亞伯拉罕，看在你的份上，我就破個例。你太討人喜歡了，我控制不了自己。」

「閉嘴，快扔。」亞伯拉罕說。

「噢，別用這種口氣跟我說話。」貝克悲傷地說，還翻了白眼。「我可能會忽然暈倒喔！」

蓋瑞提大笑起來。

亞伯拉罕不屑地哼了一聲，然後擲起他的錢幣，拍在手腕上。「你挑戰我吧。」

「好。」貝克將銅板高高擲起，帥氣接下。蓋瑞提很確定他蓋得很緊張。

「這次你先亮銅板。」貝克說。

「不要，上次就是我先。」

「噢，討厭耶，亞伯拉罕，我**之前**連續三次都是先開。也許是你作弊。」

亞伯拉罕咕噥起來，想了想，然後秀出他的錢幣，反面，是月桂葉環繞的波多馬克河。

貝克拿起手，偷看掌心的錢幣，然後笑了笑。他的錢幣也是反面。「你現在欠我**五十**塊了。」

「我的天啊，你一定覺得我很蠢！」亞伯拉罕怒吼：「你覺得我是什麼白癡，對不對？快說，快承認！你一定在想快把這鄉巴佬扔去清潔工那裡，對不對？」

貝克似乎在思考這件事。

「快說、快說！」亞伯拉罕怒吼：「我能承受！」

「既然你都這麼說了。」貝克說：「我是從來沒有想過你是不是鄉巴佬啦，你沒讀過什麼書這點我倒是挺清楚的。至於把你丟到清潔工那裡……」他一手搭上亞伯拉罕的肩膀。「我的朋友，這點是必然的。」

「好。」亞伯拉罕奸巧地說：「贏兩倍或全輸，這次**你**先開牌。」

貝克想了想，望向蓋瑞提。「小雷，你會嗎？」

「我會怎樣？」蓋瑞提迷失在他們的對話之中，他的左腿開始有點怪怪的。

「你會跟這位老兄來場贏兩倍或全輸的賭局嗎？」

「有何不可？畢竟他蠢到沒辦法作弊贏**你**。」亞伯拉罕冷冷地說。

「蓋瑞提，我以為你是我的朋友。」

「好，這局五十，贏雙倍或輸個精光。」貝克說。此時，致命的痛楚在蓋瑞提的左腿爆發，相較之下，過往三十小時的疼痛都只是輕聲細語而已。

「**我的腿，我的腿，我的腿，我的腿！**」他尖叫起來，無法控制自己。

「噢，天啊，蓋瑞提。」貝克只有時間說這麼短短幾句話，他的聲音裡只帶著些微的驚訝，然後他們就走過去了，其他人也都走過去了。他一個人站在原地，左腿變成緊咬不放也痛苦不堪的大理石。大家都走過去了，大家都拋下他了。

「警告！四十七號，警告！」

別慌，慌了就沒救了。

他坐在地上，他的左腿跟木頭一樣往前伸直。他開始按摩大塊肌肉。他得揉捏它們，感覺像是在揉捏象牙。

「蓋瑞提？」是麥克菲，他的語氣聽起來很害怕……這不是幻想嗎？「怎麼了？抽筋嗎？」

「對，我猜是吧。繼續走，我會沒事的。」

時間，時間，時間為他加速起來，但每個人似乎都慢得像在爬，速度就像棒球賽一壘前的即時慢動作重播。麥克菲慢慢恢復速度，一隻腳跟出現，然後是另一隻腳，一眼看到閃現的磨損趾甲，一瞥即是斷裂磨薄的鞋帶。巴克維奇緩緩經過，臉上掛著淺淺的笑容，一波緊張的氣氛也逐漸掃向群眾，從他的所在位置向左右散去，如同往海灘邁進的閃閃大浪一樣。蓋瑞提心想，我的第二支警告，我的第二支警告就要來了，快啊，腿，快啊，可惡的腿。我不想領罰單，你怎麼說？別鬧了，好不好？

「警告！四十七號，第二次警告！」

好啦，知道了，你當我沒在算嗎？你當我坐在這裡是在曬太陽嗎？他開始理解死亡這件事如同照片般真實、無可辯駁，這點也開始拖著他往下沉，想要癱瘓他。他用冰冷的絕望阻斷這種感覺。他的腿痛到不行，但他的專注讓他幾乎感受不到痛。還有一分鐘，不，現在只剩五十秒，不，四十五秒，我的時間就這樣一秒一秒流失。

蓋瑞提用晦澀難懂，甚至可以說是近乎專業的神情，用手指深入僵直的肌肉組織中。他不斷撫順，不斷撥鬆。他在腦袋裡與這條腿對話：快啊，快啊，快啊，可惡的傢伙。他的手指開始發痠，這他也沒有注意到。史戴本經過他身邊，咕噥說著什麼。蓋瑞提沒聽清楚，可能是祝他好運之類的。於是他獨自一人，坐在順向車道及超車車道之間的破裂白線上。

獨自一人。巡迴表演團已經離鎮，什麼都捲走，然後拍拍屁股閃人。任何人都沒有停留，只有蓋瑞提小朋友獨自面對空空的、扁掉的糖果包裝紙，以及踩爛的菸屁股，還有亂丟的紀念品垃圾。

獨自一人，除了一位軍人，金髮年輕，遠看還有點帥。他一手握著銀色的精密懷錶，一手握著步槍，臉上沒有絲毫憐憫。

「警告！四十七號，第三次警告！四十七號！」

肌肉完全無動於衷。他就要死啦。過了這麼久，還當眾拉屎，但也就這樣了。

他放開那條腿，冷靜地望著軍人。他好奇誰會贏得比賽，他好奇麥克菲會不會走得比巴克維奇還久，他好奇子彈打進腦袋會是什麼感覺，那會是忽然的黑暗，還是他會感覺到自己的思緒一點一滴分崩離析？

最後這幾秒鐘拖得好漫長。

筋鬆開了，血液流進肌肉裡，感覺到又刺又痛，溫溫的。遠看有點帥的金髮軍人將懷錶收起，他嘴裡唸唸有詞，繼續算著最後幾秒。

蓋瑞提心想：但我站不起來，坐著真是太舒服了。我只想坐一下，放任電話響起，真是見鬼了，我之前為什麼不把話筒拿起來呢？

蓋瑞提頭往後仰，軍人似乎是低頭看他，彷彿從隧道的洞口還是深深的井口看他一樣。軍人以慢動作兩手握槍，右手食指碰到扳機，然後彎起食指，槍管也開始掉轉方向。軍人的左手穩穩握住槍柄，陽光照亮結婚戒指。一切都好慢，好慢。電話……電話別掛啊。

蓋瑞提想，這……

這就是，死亡的感覺。

軍人的右手大拇指懸開保險，動作非常緩慢。他身後有三位纖瘦的女人，三個古怪的姊妹花，她們停下了動作。電話再響一分鐘就好，我還要在這裡忙著去死呢。陽光、樹影、藍天、雲朵聚集在公路上。史戴本只剩背影，只剩汗漬留在肩胛中間位置的藍色工作襯衫。再見了，史戴本。

他聽到打雷般的聲音，他不曉得這是想像還是感官遭到放大，抑或只是死亡向他伸手。安全扣鬆脫的時候，發出了斷裂樹枝般的聲音。他齒間向內吸的空氣現在成了風洞，他的心跳跟鼓聲一樣。高亢的歌聲響起，不在他耳裡，而是來自雙耳之間的地方，螺旋而上，他跟瘋子一樣相信那就是腦波的聲音……

他連滾帶爬連忙飛奔起來，尖叫不已。他一路加速快跑，彷彿雙腳是羽毛做的。軍人扣扳機的手指用力到發白，他低頭望向腰際的固態電腦，這個裝置包含了一個小型但精確的聲納系統。蓋瑞提曾在《熱門電機》雜誌上看過一篇相關的文章，這裝置能夠精確讀到上路人的走路速度，精準到小數點後面四位數。

軍人鬆開手指。

蓋瑞提停下奔跑，變成快走，他的嘴唇又軟又乾，心臟跳個不停。他眼前閃現不規則的白色斑塊，他一度以為自己要暈倒了，但斑塊消失了。雙腿原本可以休息的機會遭到剝奪，現在他的腳似乎是在對他怒吼。他咬緊牙根，忍受痛苦。左腿的大塊肌肉似乎還在顫抖，感覺很危險，但他沒有跛行了，至少現在沒有。

他望向手錶。下午兩點十七分。接下來一個小時，他與死亡的距離不會超過兩秒鐘。

他趕上時，史戴本說：「回到活人國度啦。」

「當然。」蓋瑞提傻傻地說。他忽然感覺到憎恨，如果他領罰單，他們還是會繼續前進，沒有人會為他流淚。他只不過是列在正式紀錄上的一個名字，一組號碼，四十七號，雷蒙・蓋瑞提，兩百一十八英里處出局。接下來幾天，報紙上會出現一則關於他的感人故事。「蓋瑞提卒。緬因州自己人，第六十一個出局」。

「希望我會贏。」蓋瑞提喃喃地說。

「你覺得你會贏嗎？」

蓋瑞提想起金髮軍人的臉，那張臉所展現出來的情緒就跟一盤馬鈴薯差不多。

「我懷疑。」他說：「我已經得到三支警告了。這代表我就出局了，對不對？」

「就說最後一次是擦棒的一球吧，小失誤而已。」他又望向自己的雙腳。

蓋瑞提加快腳步，他的兩分鐘邊緣在他腦袋裡有如大石頭。這次就不會有警告了，甚至不會有人有時間說：蓋瑞提，你最好加快腳步，你要得到警告喔。

他追上麥克菲，麥克菲轉過頭說：「小鬼頭，我以為你出局了。」

「我也是。」

「這麼驚險？」

「我想差不多兩秒鐘。」

麥克菲吹出低低的口哨。「我覺得我現在可不想體驗你的滋味。那條腿怎麼樣了？」

「好多了。聽著，我不能聊天了，我要去前面一下。」

「走在前面對哈克尼斯一點幫助也沒有。」

蓋瑞提搖搖頭。「我必須確保我沒有慢於限速。」

「也是，要人陪嗎？」

「如果你有力氣的話。」

麥克菲大笑。「親愛的，你有錢，我就有時間。」

「那走吧，咱們趁我還有命的時候快走。」

蓋瑞提加快腳步，直到雙腿到了要反抗的程度，然後他跟麥克菲快步超越打頭陣的人。第二名與第一名之間差距很大，第二名是一位身材瘦長、長相不怎麼正派的哈洛．金斯，先鋒則是皮衣男孩裡存活下來的喬。近看喬，他的皮膚是驚人的古銅色。他的雙眼穩穩地望著地平線，面無表情。他皮衣上的許多拉鍊都叮噹作響，像是遠處的音樂。

「哈囉，喬。」麥克菲說道，蓋瑞提則是激動地想接著說：「你怎麼樣？[25]」

「你好。」喬簡潔地說。

他們超越喬，道路就是他們的了，寬敞的兩條混凝土材質長路，上頭有油污及阻斷道路的草地分隔帶，兩邊則是穩定的人牆。

25. 譯註：原文Hello Joe, what do you know?出自一九三九年的歌曲〈哎啊，行了（就是今晚）〉。What do you know?在此為打招呼的用語。

「向前，繼續向前。」麥克菲說：「基督精兵啊，行進如同作戰。小雷，聽過這首十九世紀的基督教讚美歌嗎？」

「現在幾點？」

麥克菲望向手錶。「兩點二十分，聽著，小雷，如果你要……」

「天啊，才兩點二十？我以為……」他的恐慌從喉頭爬起，又油又膩。他辦不到，兩秒鐘的空檔太緊張了。

「聽著，如果你一直想著時間，你會發瘋，還會想跑進群眾之中，他們會把你當狗一樣打死。他們會在你舌頭外掛、口水直流的時候開槍打你。盡量不要去想這些。」

「我辦不到。」他內心一切都悶起來了，他覺得卡卡的，又熱又噁心。「歐爾森……史寬……他們都死了。戴維森死了，彼得，我也會死！我現在相信了，死亡就在我該死的後頸吐氣！」

「想想你的女孩，小珍什麼的，或你媽，或你養的臭貓咪，或什麼也別想，只要抬起腿、放下腿就好。盡量沿著道路前進，專注在這點就好。」

蓋瑞提急忙想控制自己。也許他稍微控制住了，但他還是很崩潰。他的腿沒有辦法繼續平順地回應腦袋下的指令，他的雙腿彷彿是老舊的電燈泡，老舊還閃個不停。

「他撐不了多久了。」第一排的女人大聲地說。

「妳的奶子才撐不了多久！」蓋瑞提對她怒吼，群眾則替他歡呼。

「他們真是亂七八糟。」蓋瑞提咕噥著說：「真是亂七八糟，變態。麥克菲，現在幾點？」

「你收到確認信的時候，第一時間做了什麼？」麥克菲溫柔地問：「你知道你真的入選後，做了什麼？」

蓋瑞提皺起眉頭，迅速用手臂抹抹額頭，然後讓思緒帶他閃回那個沒有汗水、沒有驚恐的當下。

「那時只有我一個人，我媽在工作，正值週五下午。信箱裡的那封信有德拉瓦州威明頓的郵戳，所以我立刻就知道了，但我相信那封信只是通知我體檢或智力測驗沒過，或兩者都沒過。我必須讀兩次。我並沒有爽到揮拳，但我很高興，真的很高興，還很有自信。我的腳當時並不痛，我的背不像哪個人用把柄壞掉的耙子鏟過一樣。我是百萬分之一，我也沒有聰明到認出大家搶著看的馬戲團大胖女士就是我自己。」

他停頓了一下，思索起來，聞到四月初的氣味。

「我不能退縮，有太多人在看了。我猜應該每個人都這樣吧。你知道，這是他們操縱的方式。我等著首次棄權的四月十五過去，隔天他們替我在市政廳舉行了盛大的見證餐會，我所有的朋友都出席了。甜點過後，大家喊著『演說！演說』，所以我上去胡言亂語，想到什麼就說什麼，說我如果正式加入，就會盡力之云云，大家瘋也似地鼓掌，感覺好像我是在發表什麼該死的〈蓋茲堡宣言〉。你懂我的意思嗎？」

「懂，我懂。」麥克菲說，然後大笑起來，但他眼神裡充滿陰鬱。

他們身後忽然傳出槍響。蓋瑞提不由自主地嚇了一跳，差點愣住無法前進，但不知怎麼著，他還是繼續走。他覺得這次只是茫然的本能，那下次呢？

「真他媽的。」麥克菲輕聲地說：「是喬。」

「現在幾點？」蓋瑞提問道，但在麥克菲回答前，他想起自己有戴手錶。兩點三十八分，他的兩秒空檔如同掛在他脖子上的鐵製啞鈴。

「沒有人想勸退你嗎？」麥克菲問。他們已經遠遠甩開後頭的人，距離哈洛．金斯超過百碼。一名軍人授命盯著他們，蓋瑞提很慶幸不是那個金髮軍人。「沒有人在最後棄權期限四月三十一日[26]說服你不要參加嗎？」

「一開始沒有。我媽跟小珍，還有派特森醫生，他是我媽的特殊朋友，你知道，他們已經互相陪伴了五年之久，他們一開始都很低調。他們覺得高興又驕傲，因為全國上下十二歲以上的孩子都要接受測驗，但只有五十分之一的機率能通過測驗。這樣還有幾萬名，他們卻只選兩百人，一百名是上路人，一百名是候補人選。而你很清楚，有沒有什麼技能跟中選完全沒有關係。」

「當然，他們會從討厭的滾筒裡抽出人名，超級電視節目。」麥克菲有點破音。

「對，少校會抽出兩百個名字，但他們只會公布名字。你不曉得你是上路人還是候補。」

「一直要到最後棄權日才會知道。」麥克菲順著他的話說，口氣彷彿最後棄權日是好幾年前的事，而不是四天前。「對，他們就喜歡搞這種把戲。」

群眾裡有人放出一整批氣球，成批的紅、藍、綠、黃氣球分散飄上天，穩定的南風用嘲諷、輕鬆的速度推著氣球飛走。

「我猜是吧。」蓋瑞提說：「少校抽籤的時候，我們正在看電視，我是第七十三個從滾筒裡抽出來的名字。我從椅子上跌下來，真不敢相信。」

「對，怎麼可能是**你**？」麥克菲同意。「感覺這種事只會發生在別人身上。」

「對，就是這種感覺。這時，大家都盯著我看。這跟第一次棄權日四月十五號不一樣，什麼演講致詞、畫一堆大餅的，都沒有。小珍……」

他沒說下去，為什麼不說呢？其他的一切他都說了，沒關係的。在這一切結束前，他或麥克菲可能就不存在了，說不定他們兩人都不存在了。「小珍說她願意隨時跟我去任何地方，只要我把握四月三十一日的最終棄權日退出比賽。我告訴她，這樣我會覺得自己很投機、很卑鄙，她很生氣，說這樣總比死了好，然後她哭了又哭，不斷哀求我。」蓋瑞提望向麥克菲。「不知道耶，她對我其他的要求，我都會盡力達到，但這點……我辦不到，感覺好像如鯁在喉。一陣子之後，她曉得我不可能說『好吧，那我就撥那個免付費電話囉』。我覺得她開始明白了，也許她跟我一樣明白了，但只有上帝知道我其實不是很清楚這一切到底是怎麼回事。

「這時，派特森醫生介入。他是診斷專家，他的頭腦精明有邏輯。他說：『聽著，小雷，把首選百人跟備選加在一起，你的存活率只有兩百分之一。小雷，別這樣對你媽。』我一直盡量對

26. 譯註：原文April 31st。這裡可能是作者筆誤，但也可能說明本故事發生在有四月三十一日這天的宇宙之中。

他很客氣，但最後我叫他滾一邊去。我說，我算出來了，他跟我媽結婚的機率相當低，但我可沒看到他因此棄權。」

蓋瑞提用雙手梳了梳他那有如稻草般的頭髮，他已經忘了那兩秒鐘的空檔。

「老天，他超生氣的。他怒氣沖天，說我如果想讓我媽心碎，那就去吧。他說我沒血沒淚，跟……木蝨一樣，我想他是這麼說的，沒血沒淚跟木蝨一樣，也許這是他家人會講的話吧，我不知道。他問我，欺負我媽跟珍妮絲這種好女孩的感覺如何？於是我就用我最無可辯駁的邏輯回他。」

「是嗎？」麥克菲笑了笑，問道：「你說啥？」

「我說，如果他不滾出去，我就會動手。」

「那你媽有什麼反應？」

「她根本沒有說什麼。我不曉得她是不是不相信。想到如果我贏了，大獎是你後半輩子想要的任何東西，這個獎品似乎蒙蔽了她的眼睛，我是這樣想的。我有個弟弟傑夫，他六歲時死於肺炎，死得很慘，但如果他活下來，我也不曉得我們會處得怎麼樣……我猜我媽一直覺得就算我是首選百人，我最後還是有辦法棄權。她是這樣說的：『少校人這麼好，我相信他如果了解狀況，一定會讓你棄權的。』不過，特別小組對付想要棄權的人，跟對付批評大競走的人效率一樣高。然後我接到電話，曉得我是上路人，我是首選百人。」

「我不是。」

「不是嗎？」

「不是。原本的上路人有十二個人在四月三十一日棄權。我是候補十二號，四天前晚上十一點我才接到電話。」

「老天，這麼刺激！」

「嗯哼，就差這麼一點點。」

「你這樣不會……很難受嗎？」

麥克菲只有聳聳肩。

蓋瑞提望向手錶。三點零二分。一切都會沒事的。他的影子在午後的太陽裡拉得長長的，走起路來看起來更有自信了。這是一個令人舒適歡快的春日，他那條腿現在感覺沒事了。

「你還是覺得你可以……直接坐下嗎？」他問麥克菲。「你已經贏過多數人了，六十一個人。」

「我覺得，你我贏過多少人都沒有意義。到了某個時段，意志就會消磨殆盡。我怎麼**想**根本不重要，懂嗎？我以前很喜歡畫油畫，我畫得還不錯，忽然有一天，賓果，我不是慢慢不畫，而是忽然就停下來了。賓果，就連多一分鐘，我都不想畫。有天晚上我去睡覺時還很喜歡畫畫，但第二天起床時就不喜歡了。」

「存活稱不上是一種嗜好。」

「這我不知道。那自由潛水呢？那大型狩獵呢？攀岩呢？或什麼腦子不靈光的造紙廠工人，覺得所謂的樂子就是週六晚上找人打架呢？這一切都讓存活成為一種嗜好，只是樂子的一部分。」

蓋瑞提沒有說話。

「最好加快腳步。」麥克菲溫柔地說：「我們的速度變慢了，不能這樣。」

蓋瑞提加快腳步。

「我爸擁有半間露天電影院的經營權。」麥克菲說：「無論有沒有特別小組，他原本打算把我綁在小吃舖下面的地窖裡，塞住我的嘴巴，不讓我來。」

「你怎麼做？煩死他？」

「沒時間搞這個。接到電話時，我只有十個小時。他們安排了飛機，還在普雷斯克艾爾機場準備了出租車。他大吼大叫，我坐在那裡點頭同意他的說法，沒多久，敲門聲響起，我媽開門後，兩個看起來塊頭最大、最兇狠的傢伙站在我家門廊上。老天，他們醜到可以停止時間了。我爸看了他們一眼，就說：『彼得，你最好上樓去拿你的童軍背包。』」麥克菲在肩上晃了晃他的背包，笑看這段回憶。「接下來，我們只知道我們上了飛機，連我的卡翠娜小妹妹也一起來了。她才四歲。我們凌晨三點降落，一路驅車前往起點石柱。我覺得卡翠娜是唯一明白狀況的人，她一直說，『彼得要去冒險了。』」麥克菲雙手半揮。「他們就住在普雷斯克艾爾汽車旅館，他們想要等到一切結束才回家，不管結果如何。」

蓋瑞提望向手錶，三點二十分。

「謝了。」蓋瑞提說。

「因為我又救了你一命？」麥克菲歡笑起來。

「對，差不多就是這個原因。」

「你確定這算是什麼善意的行為嗎？」

「我不知道。」蓋瑞提停頓了一下，又說：「但我可以告訴你，所謂的限速對我來說再也不一樣了。就算在你完全沒有得到警告的狀態下，你與墓園圍牆另一邊也只有兩分鐘的距離。這不算久。」

彷彿是聽到暗示一樣，槍聲響起。中彈的上路人高聲咯咯叫，彷彿是被輕聲走路的農夫忽然一把抓起的火雞。群眾發出低低的聲音，可能是嘆息，可能是哀號，可能是近乎肉慾的滿足宣洩。

「真快。」麥克菲也有同樣看法。

他們繼續前進，影子拖得好長。外套出現在群眾之中，彷彿那是魔術師從絲質禮帽中變出來的。蓋瑞提一度聞到溫暖的菸斗氣味，他因此回到深埋在心底的一段回憶裡，這段回憶與父親有關，苦甜參半。一隻寵物狗掙脫主人，跑到路上，紅色的塑膠狗鍊拖在後頭，狗狗吐著舌頭，下巴還有口沫。牠小聲喊叫，東倒西歪地追著自己短短的尾巴，當牠東倒西歪地想要跑向皮爾森時，狗狗中彈了。皮爾森對著開槍的軍人咒罵。大口徑子彈讓狗狗飛到群眾邊緣，狗狗倒地，眼神渙散，氣喘吁吁，顫抖不已。似乎沒人急著來撿狗。一個小男孩走過警察，繞到馬路左邊車道，然後站在那裡，眼淚掉個不停。一名軍人向他走去，一位母親在群眾間尖叫吶喊。蓋瑞提一度驚恐地以為軍人會朝那孩子開槍，就跟他槍殺那條狗一樣，但軍人只是冷漠地把小男孩推回人群之中。

傍晚六點，太陽接觸到地平線，染橘西邊的天空。天氣轉冷，大家都把領子立了起來，紛紛跺腳、搓揉雙手。

柯利・帕克跟平常一樣，抱怨起可惡的緬因州天氣。

蓋瑞提心想：九點十五分的時候，我們就會抵達奧古斯塔了，而從奧古斯塔到自由港只有一小段路。他忽然憂鬱起來，然後呢？兩分鐘後你就會見到她，除非你在群眾中錯過了她，但這種事最好不要發生。不過之後呢？崩潰垮掉？

他忽然相信小珍跟他媽不會出現了，只有他的同學會來，興奮地想看這個他們不小心培養出來、具有自殺傾向的怪胎。婦女援助協會肯定會出現，一定會來。大競走開始前兩天，他們還替他舉辦過茶會，但感覺已經好久了啊。

「咱們慢慢回到後面去。」麥克菲說：「動作慢一點，我們去找貝克。我們要一起進入奧古斯塔，一開始的三劍客。蓋瑞提，你覺得如何？」

「好啊。」蓋瑞提說。聽起來真不錯。

他們一次放慢一點點，最後讓一臉壞相的哈洛・金斯帶頭主導整場遊行。當亞伯拉罕從凝聚的黑暗中開口時，他們曉得已經回到自己人身邊。亞伯拉罕說：「你們終於決定回來看看可憐蟲啦。」

「老天，你真的很像他。」麥克菲盯著亞伯拉罕長了三天鬍子的臉。「特別是在這種天色下的時候。」

「八十七年前。」亞伯拉罕吟誦起來，而在這詭異的剎那，老林肯總統的鬼魂似乎真的附身在這位十七歲的男孩身上。「我們的先驅抵達這塊大陸……啊，見鬼，剩下的我忘了。如果我們八年級歷史課想得Ａ，那就得讀〈蓋茲堡宣言〉。」

「建國元勳的臉，心智卻有如罹患梅毒的發瘋驢子。」麥克菲哀傷地說：「亞伯拉罕，你是怎麼攪和進這場混亂的？」

「吹牛吹進來的。」亞伯拉罕回答得很乾脆。他想繼續說下去，但槍聲打斷了他。又是那熟悉的郵包落地聲。

「那是蓋倫。」貝克回頭。「他已經行屍走肉一整天了。」

「吹牛進來的。」蓋瑞提覺得這話很有意思，然後又大笑起來。

「當然。」亞伯拉罕用手撫過臉頰，然後又搔了搔眼睛下方的凹陷處。「你們知道那個申論題吧？」

申論題，大家都點頭。「你為什麼覺得自己有資格參加大競走」，這是智力測驗的其中一個評分標準。蓋瑞提感覺到右腳跟有暖暖的液體在流，不曉得是血、膿汁、汗水，或以上皆是。感覺不痛，雖然他那邊的襪子感覺好像破了。

「哎啊，事情是這樣的。」亞伯拉罕說：「我並不覺得自己有資格做任何事情，我只是因為一時的刺激就參加了筆試。我那時正要去看電影，碰巧經過他們進行測驗的體育館。你們知道，考試資格是要給他們看你的工作許可證，我那天碰巧帶了許可證。如果我沒帶，我也懶得回家拿，我就會直接去看電影，現在也不會跟各位歡快的夥伴一起走向死亡。」

他們思索這些話，一語不發。

「我做了體檢，然後迅速做完制式答案的問題，接著我看到資料夾底下有三頁空白，上頭寫著：『作答請盡量客觀、誠實，答案字數請少於一千五百字』。我心想，噢，見鬼。其他都還滿有趣的，就是一堆亂七八糟的鬼問題。」

「對啊，什麼你多久大號一次？」貝克不帶情緒地說：「是否使用過鼻菸？」

「對，對，就是那種東西。」亞伯拉罕附和道：「我都忘了那蠢鼻菸的問題。我就隨便寫寫，你知道，狗屁胡扯一番，然後到了這個『我為什麼有資格參加』的問題，我什麼理由也想不到。最後有個穿軍人外套的混蛋走過來說：『最後五分鐘，大家都寫完了嗎？』於是我只好寫下『我覺得自己夠格參加大競走，因為我是一個沒屁用的窩囊廢，世界沒有我比較好，除非我不小心贏了，變有錢，這樣我就能買一堆「林谷」的畫掛在我豪宅的每一間房間裡，順便叫六十個高級應召女郎，然後不打擾任何人。』我又想了一分鐘，最後加上括弧備註，『我還會給這六十個高級應召女郎退休金』。我以為這個答案會胡鬧他們一番，所以一個月後，我已經忘了這整件事，結果我就收到通知合格過關的信。我真是激動到差點射在牛仔褲上。」

「然後你繼續走完流程？」柯利・帕克問道。

「對，很難解釋，但事實是大家都覺得這是天大的笑話。我女朋友想要複印那封信，去T恤館做成T恤，她彷彿以為我惹出本世紀最了不起的惡作劇一樣。大家都是這種感覺，他們會大手握來，然後說什麼『嘿，亞伯拉罕，你真的擰了少校的蛋蛋，對吧』之類的話。告訴你們，實在太好笑了，我只好配合演出。」亞伯拉罕露出病態的笑容。「真的超級滑稽，大家都覺得我最後會擰著少校的蛋蛋，我當然是啦。然後，這天早上醒來，我正式參賽了，我是首選上路人。事實上還是第十六個抽出來的。所以我猜，到頭來，是少校擰了**我的**蛋蛋一把。」

上路人發出無力微弱的歡呼聲。蓋瑞提抬頭，上方大大的反光路牌寫著：「奧古斯塔十英里」。

「你們會笑到死，對不對？」柯利・帕克說道。

亞伯拉罕看著帕克良久，然後空洞地說：「建國元勳不是拿來搞笑的。」

第十四章

「記住，如果你用雙手，或其他部位比出提示，或用題目裡任何的文字，你就會喪失贏得萬元美金的機會。請秀出列表。祝你們好運。」

——益智節目《萬元金字塔》主持人迪克．克拉克

他們都同意他們已經沒有多少情緒能夠伸展、畏縮，但顯然當他們沿著美國二〇二號公路走進喧鬧的夜色中，而奧古斯塔已經在他們身後一英里時，蓋瑞提疲憊地發現狀況似乎並非如此。他們的情緒如同無情音樂家手裡飽受摧殘的吉他，琴弦雖然沒斷，但已經嚴重走音，刺耳也混亂。

奧古斯塔不像舊城，舊城是鄉下人的仿造紐約，奧古斯塔則是新的城市，一年一度狂歡作樂的城市，縱情派對的城市，滿是舞動的醉漢、瘋子及徹頭徹尾的神經病。

早在他們抵達奧古斯塔前，他們就聽見、就看見奧古斯塔了。蓋瑞提一再想起遠岸鼓譟的波動。五英里外，他們就聽到群眾的聲音。打在天空的燈光是泡泡般的粉彩光線，感覺很恐怖，跟末日一樣。蓋瑞提想起曾在歷史書上看到的一張照片，那是第二次世界大戰的最後一天，德軍空襲的美國東岸。

他們不安地互看，然後挨近一點，像是雷電暴雨下的小男孩，或大風雪裡的牛隻。群眾湧起的聲音裡有種原始的鮮紅。他們的飢渴讓人麻木。蓋瑞提看到鮮明也可怕的意象：群眾大神用猩紅的蜘蛛腳一路爬出奧古斯塔大臉盆，活活吞噬他們。

這座城市本身就遭到吞沒、絞殺、掩埋，因此感覺起來根本沒有奧古斯塔，沒有大胖女士、漂亮的姑娘，更沒有自負的男人，或濕了褲襠的小孩揮舞起手裡如鬆軟雲朵般的棉花糖，或忙裡忙外的義大利人要扔切片西瓜給他們吃。只有群眾，這個生物沒有軀體，沒有頭顱，沒有心智。群眾只是一股聲音，一隻眼睛，群眾同時是上帝，也是瑪門，一點也不讓人意外。蓋瑞提感覺得到，他曉得其他人也感覺到了，他們好像是走在巨大的高壓電塔間，感覺刺刺癢癢，每根髮梢都豎了起來，嘴裡也麻麻的，眼睛似乎發出細碎爆裂聲，只要眼珠子翻到眼眶裡濕潤處，就會引發火花一樣。群眾需要有人取悅，群眾需要有人崇拜、敬畏。說到底，群眾需要有人獻祭。

他們拖著腳步走進腳踝高度的碎紙洪流中，他們彼此走散，又在暴風雪般的雜誌碎片中找到彼此。蓋瑞提在黑暗及瘋狂的氣氛中隨手抓了一把，他發現自己正在看健美選手查爾斯・阿特拉斯（Charles Atlas）的健身廣告。他又抓到另一張，結果他與約翰・屈伏塔（John Travolta）面對面。

走到二〇二號公路的第一個坡道，這是全場的最高潮，能夠俯瞰後方人山人海的收費公路，也能看見腳下飢渴、貪婪的城市，兩座巨型紫白色聚光燈劃開他們面前上空，少校就在那兒，如同幻象，在吉普車上吸引他們，挺拔行禮，奇幻也奇妙地無視身邊大片爭先恐後痛苦掙扎的群眾。

而上路人，他們情緒的琴弦還沒斷裂，只是嚴重走音。這最後三十七個人，他們跟著沙啞、完全聽不到的聲音瘋狂歡呼。群眾不可能知道他們歡呼，但他們不知怎麼地就是知道，不知怎麼地他們就是明白這崇拜死亡與渴望死亡的循環，又在這一年圓滿了，群眾徹底沉溺在其中，在愈來愈巨大的週期性發作中痙攣抽動。蓋瑞提感覺到右胸有一股針刺般的痛楚，但他還是忍不住跟著歡呼，雖然他曉得自己正走在災難的邊緣上。

眼神閃爍的上路人米利根救了他們，他跌倒，雙眼緊閉，雙手壓在太陽穴上，彷彿是要讓腦子待在原處一樣。他往前倒，鼻尖在地上滑行，如同軟軟的粉筆在粗糙的黑板上摩擦一樣。蓋瑞提心想，太神奇了，那人把鼻子磨在路上了，所幸之後米利根就中彈身亡，上路人也就不再歡呼了。蓋瑞提胸口的痛楚只有稍微減緩，他嚇壞了，他承諾再也不會這麼瘋狂。

「我們快接近你女朋友了？」帕克問。他沒有變弱，但老成了點。蓋瑞提比較喜歡這樣的他。

「差不多五十英里，可能六十左右吧。」

「你真是個幸運的混蛋，蓋瑞提。」帕克哀愁地說。

「我是嗎？」他很訝異。他轉頭看帕克是不是在嘲笑他，但是並沒有。

「你就要見到你女朋友還有你媽了。我呢？在這一刻跟結束之間，我見得到誰？誰都見不到，只有這群豬玀。」他向群眾比起中指，群眾以為這動作是在致敬，於是瘋狂地向他歡呼。他說：「我想家了，我怕了。」然後他忽然對群眾高喊：「豬玀！你們這些豬玀！」他們對他歡呼得更大聲了。

「我也害怕，我也想家。我……我是說……我們……」他試探地說：「我們都離家太遠了，這條路阻隔了我們。我也許看得見她們，但我無法碰觸她們。」

「注意事項說……」

「我曉得規矩怎麼說。想跟誰肢體接觸都可以，只要我沒有離開道路就好，但這不一樣，有一面牆擋著我們。」

「去你的，你講得倒輕鬆，你還是會見到她們啊。」

「也許這樣狀況只會更糟。」麥克菲說。他已經悄悄來到他們身後。他們剛經過溫斯羅普十字路口的閃爍黃色警示燈。過去之後，蓋瑞提還能在路上看到燈光閃滅，這是一隻可怕的黃色眼睛，一張一闔。

「你們都瘋了。」帕克客氣地說：「我要閃了。」他稍微加快腳步，馬上消失在閃爍的暗影之中。

「他以為我們是一對。」麥克菲得意地說。

「他什麼？」蓋瑞提猛一轉頭。

「他人不壞。」麥克菲若有所思地說。他用幽默的眼神望向蓋瑞提。「也許他料對了一半，也許這就是我救你的原因。也許我愛上了你。」

「愛上有這張臉的我？我以為你們這些變態喜歡更陰柔的貨色呢。」話雖如此，他還是覺得不安。

忽然間，麥克菲出人意表地說：「你要我幫你打手槍嗎？」

蓋瑞提壓低聲音說：「什麼鬼……」

「噢，閉嘴。」麥克菲不悅地說：「你什麼時候才會擺脫這自以為是的正直？我甚至不會告訴你我是不是在開玩笑，我不想讓你好過，你覺得怎麼樣？」

蓋瑞提忽然感覺喉頭乾黏。是這樣的，他的確渴望肌膚的接觸。他們全忙著去死，是不是同性戀似乎沒那麼重要了。重要的是麥克菲，他不想要麥克菲用那種方式碰觸他。

「哎啊，我猜你的確救過我……」蓋瑞提沒繼續說下去。

麥克菲大笑。「我該覺得自己很卑鄙囉？因為你欠我人情，我是在占你便宜？是這樣嗎？」

「你想怎樣就怎樣。」蓋瑞提簡短地說：「但別再玩遊戲了。」

「這是答應了？」

「你愛怎樣就怎樣！」蓋瑞提大喊。原本近乎催眠狀態、望著自己雙腳的皮爾森忽然抬頭，嚇了一跳。蓋瑞提大吼：「你愛他媽的怎樣就怎樣！」

麥克菲再度大笑。「小雷，你很好。無庸置疑。」他拍了拍蓋瑞提的肩膀，然後退去後方。

蓋瑞提不解地望著他。

「他就是不滿足。」皮爾森疲憊地說。

「啥？」

「走了差不多要兩百五十英里。」皮爾森哀號著說：「我的腳像是有毒的鉛塊一樣，我的背在燃燒，而那不正經的麥克菲卻還是不滿足。他就像肚子很餓，卻還猛灌瀉藥的人。」

「你覺得他想受傷？」

「老天，你覺得呢？他該掛著『用力揍我』的牌子。真不曉得他是想彌補什麼。」

「不知道耶。」蓋瑞提說。他原本想要多說一點，但皮爾森似乎沒有在聽。他又望回自己的雙腳了，他疲憊的神情多了恐慌的線條。他兩隻鞋都掉了，他那雙運動用的骯髒白襪在黑暗中劃出灰白色的弧形。

他們經過一塊路標，上頭寫著「路易斯頓，三十二英里」，之後是拱形的電子看板，燈泡拼出「蓋瑞提，四十七」的字樣。

蓋瑞提想打瞌睡，卻辦不到。他明白皮爾森所說的背痛。他自己的脊椎像是一桿藍色的火焰，雙腿後側的肌肉有開放、燃燒的痠痛。原本雙腳的麻木已經形成銳利鮮明的刺痛，之前都沒有這樣。他不餓，但他還是吃了點濃縮食物。好幾名上路人只剩皮包骨，就像集中營的恐怖戲碼。蓋瑞提不想變成那樣……但他當然也好不到哪兒去。他用手撫摸身體一側，在肋骨上彈起木琴。

「我最近都沒聽說巴克維奇的消息。」他奮力想讓皮爾森離開他那駭人的專注狀態中，皮爾森已經很接近歐爾森最後的模樣了。

「沒聽說。有人說在奧古斯塔的時候，他的腿就僵硬了。」

「是喔？」

「人家是這麼說的。」

蓋瑞提忽然激動地轉身想看巴克維奇。天色昏暗，很難找，蓋瑞提因此得到一支警告，但他終於看到那傢伙，現在巴克維奇也流落到最後了。巴克維奇一跛一跛的，臉上因為專注而緊繃，線條變得明顯。他的雙眼鎖定某一個點，看起來彷彿是緊繃的一角硬幣。他的外套不翼而飛。他用緊繃的聲音喃喃自語。

「哈囉，巴克維奇。」蓋瑞提說。

巴克維奇抖了一下，絆到腳，得到第三支警告。「好啊你！」巴克維奇尖銳地說：「好啊你，看看你幹了什麼好事！你跟你那該死的朋友滿意了嗎？」

「你看起來不太好。」蓋瑞提說。

巴克維奇狡詐地說：「這是『計畫』的一部分。你記得我跟你說過『計畫』嗎？你不相信我，歐爾森不相信我，戴維森不相信我，葛瑞賓也不信。」巴克維奇的聲音變成沾滿口水的低語。「蓋瑞提，我在他們的墳上跳舞啦！」

「你腳痛嗎？」蓋瑞提溫柔地問：「哎啊，是不是很糟？」

「只要再贏過三十五個人就好。他們今晚就會死光，你等著看。太陽升起時，會剩不到十二人。蓋瑞提，你跟你那些踐個二五八萬的朋友，明天早上之前會全死光，**午夜之前**就死。」

蓋瑞提忽然覺得自己健壯到不行。他曉得巴克維奇就要出局了。他想大步奔跑，刺痛的腎臟、疼痛的脊椎、尖叫的雙腳，都好，都好，跑起來，告訴麥克菲他會遵守他的承諾。

「你贏的時候，你想要什麼？」蓋瑞提大聲地問。

巴克維奇樂開懷，彷彿就是在等這個問題。在幽暗的燈光下，他的臉似乎坍塌了，彷彿被巨大的手又揉又捏地揍扁過。「塑膠義肢。」他低聲地說：「蓋瑞提，塑膠義肢。我要鋸掉這兩條腿，他們如果不能承受這種玩笑，那就操他們的。我會裝上新的塑膠義肢，把這兩條腿扔進洗衣店的洗衣機裡，看著它們在那裡轉啊轉啊轉啊轉……」

「我以為你會想要一些朋友。」蓋瑞提哀傷地說。猛烈的勝利感對他咆哮，令他窒息，卻非常迷人。

「朋友？」

「因為你沒有朋友。」蓋瑞提用可憐他的語氣說：「我們樂得看你死。蓋瑞，沒有人會想**你**的。我會走在你後面，當他們把你的腦袋噴灑在道路上時，我會對你的大腦吐口水。也許我會噢，也許我們都會這麼做。」這話太瘋、太瘋了，他的腦袋宛如飛上天了一樣，也像他當年用空氣槍槍管揮吉米一樣，鮮血……吉米尖叫……這種野蠻、原始的正義讓他的腦袋冒起火熱的霧氣。

「別恨我。」巴克維奇哀號起來。「你為什麼會恨我？你們不想死，我也不想死啊！你到底想怎樣？你要我道歉嗎？我會道歉，我……我……」

「我們會對你的大腦吐口水。」蓋瑞提跟發瘋一樣。「你也想碰我嗎？」

巴克維奇滿臉蒼白望向他，雙眼困惑空洞。

「我……抱歉。」蓋瑞提低聲地說。他覺得自己污穢墮落，他連忙離開巴克維奇。他心想：該死啊，麥克菲，為什麼？為什麼我會這麼說？

此時，槍聲響起，兩人同時倒地身亡，其中一人**一定**是巴克維奇，**一定**要是他。這次就是蓋瑞提的錯了，他是殺人兇手。

結果巴克維奇笑得很開心。巴克維奇大笑，比群眾的狂熱還要高亢、瘋狂，還要大聲。「蓋瑞提！蓋瑞提提提提提！我會在你的墳上跳舞！我要**跳舞**……」

「閉嘴！」亞伯拉罕喊道：「閉嘴，你這小王八蛋！」

巴克維奇閉嘴，卻開始哭。

「下地獄啦。」亞伯拉罕低聲咕噥。

「現在都怪你了。」柯利．帕克責備地說：「亞伯拉罕，你惹哭他了。你這個壞孩子，他現在要跑回家跟媽媽告狀了。」

巴克維奇繼續哭。這空洞蒼涼的聲音讓蓋瑞提起了雞皮疙瘩，其中彷彿一點希望也沒有。

「可憐的醜小鴨要回家跟媽媽告狀嗎？」金斯向後喊：「啊，巴克維奇，是不是**好糟糕**？」

蓋瑞提在心裡吶喊：別煩他，別煩他！你不曉得他受傷有多深。話說回來，他竟然會有這種想法，他是什麼偽君子啊？他要巴克維奇死，老實承認吧，他要巴克維奇崩潰去死。而史戴本可能在後面的黑暗裡嘲笑所有人。

他連忙追上麥克菲，麥克菲從容前進，傻傻看著群眾，群眾則投以熱切的目光。

「你為什麼不幫我想想呢？」麥克菲說。

「當然。要想什麼題目？」

「在籠子裡的是誰，是我們還是他們？」

蓋瑞提真切歡快地笑了起來。「我們都是，而這個籠子是少校的猴子園。」

麥克菲沒有跟著笑。「巴克維奇快翻車了，對吧？」

「對，我想差不多了。」

「我再也不想看到這種事了，很糟，這是作弊。你一直以這個為基礎……一直把這個當目標……然後你忽然不想要了。偉大的真相都是這種謊言，是不是很糟？」

「我沒有想過這麼多。你知道已經快十點了嗎？」

「這就好像你這輩子都在練習撐竿跳，然後到了奧運，你忽然說：『我他媽的為什麼會想要跳過那根蠢杆子』一樣。」

「對啊。」

「你差點就往心裡去了，對不對？」麥克菲惱怒地說。

「我已經很難打起精神了。」蓋瑞提坦承，然後他停頓了一下，因為有個問題困擾他許久。

貝克加入他們，蓋瑞提望向貝克，望向麥克菲，然後又望回貝克。「你們有看到歐爾森……你們有看到他的頭髮嗎？在他領罰單之前？」

「他的頭髮怎麼了？」貝克問。

「忽然變白了。」

「不，這太瘋狂了。」麥克菲嘴上這麼說，但語氣聽起來相當害怕。「不，應該是灰塵什麼的。」

「一夜白髮。」蓋瑞提說：「我們好像永遠走在這條路上。因為歐爾森的頭髮變成……變成那樣，我才想到，但……也許這就是某種瘋狂的永生不死。」這想法聽起來太慘了。他望向前方的黑暗，感覺輕柔的風吹拂他的臉龐。

「我走，我走過，我將走，我將會走。」麥克菲唸誦起來。「要翻譯成拉丁文嗎？」

蓋瑞提心想：我們都停滯在時光之中。

他們的腳在動，但人沒有。香菸燃燒的火光出現在群眾裡，偶爾出現的閃光或亮光可能是星星吧，低矮詭異的星座，標記出他們眼前及之後的存在，將這兩者限縮到什麼也不剩。

「真是的。」蓋瑞提打起冷顫。「真的會發瘋。」

「沒錯。」皮爾森同意，然後發出緊張的笑聲。他們正要爬上一座漫長扭曲的坡道，現在路面有為了調節溫度用的混凝土伸縮縫，走起來很不舒服。透過紙張般稀薄的鞋底，他似乎能夠感覺到鋪在路上的每一塊小石子。起風了，將一波糖果包裝紙、爆米花紙盒、各種垃圾統統颳到他們面前。到了某些地方，他們還要爭路走。蓋瑞提自艾自怨地想：這不公平。

「前面地形如何？」麥克菲充滿歉意地問。

蓋瑞提閉上雙眼，想要在腦袋中整理出地圖。「小鎮我不是都很熟，但我們會到緬因州第二大城路易斯頓，那裡比奧古斯塔還大。我們會走主要的大馬路，原本叫做里斯本街，但現在稱為卡特紀念大道。瑞吉・卡特是緬因州唯一一位贏過大競走的選手，但那是很久以前的事了。」

「他最後死了，對嗎？」貝克問。

「對，他一眼出血，贏得比賽時那隻眼睛瞎了。之後診斷出他腦中有血栓，差不多比賽結束後一週他就死了。」為了洗刷不好的感覺，他又無力地補充道：「那是很久以前的事了。」

大家一度沒有開口。糖果包裝紙在他們腳下發出沙沙聲，彷彿是遠處森林大火的聲音，而紅色的櫻桃炸彈鞭炮在群眾間炸開。蓋瑞提看到地平線上微弱的光亮，應該是路易斯頓跟奧本這兩座姊妹城市，這塊土地上都是杜賽特、奧布雄、拉維斯克這種帶有異國風情的名字，這塊土地會用法文說「我們這裡說法文」。忽然間，蓋瑞提想來片口香糖。

「路易斯頓之後呢？」

「我們會走一九六號公路，然後沿著一二六號公路到自由港，我會在那裡見到我媽跟我女朋友。然後我們就會上去一號國道，我們就會在那邊走到結束。」

「大公路。」麥克菲咕噥著說。

「當然。」

槍聲響起，他們都嚇了一跳。

「那是巴克維奇還是金斯？」皮爾森說：「我看不清楚……他們之中還有一個還沒倒下……是……」

巴克維奇的笑聲劃破黑暗，尖銳、刺耳的聲音，又細又嚇人。「還沒！你們這些婊子！我還沒掛！還還還還沒沒沒沒……」

他的聲音不斷上揚，彷彿是故障的火警警笛。接著，巴克維奇的雙手忽然如同驚嚇的白鴿起飛一樣，他用手撕扯自己的喉嚨。

「我的天啊！」皮爾森哀號起來，然後嘔吐。

他們繞過他，繞過，在前、在後分散開來，而巴克維奇繼續尖叫，繼續發出充滿液體的聲音，繼續撕扯，繼續前進。他野蠻的臉望向天空，嘴巴是一道扭曲的黑暗。

然後火警警笛聲開始消失，巴克維奇也跟著倒地。他倒地，他們朝他開槍，無論死活。

蓋瑞提轉過身去，再次正面前進。他有點慶幸自己沒有得到警告，但他在身邊人的臉上看到跟自己一樣的驚恐表情。巴克維奇的戲份結束了。蓋瑞提覺得他的死對他們會有負面的影響，對他們在這條黑暗血腥之路的未來會有負面的影響。

「我不舒服。」皮爾森說。他的聲音平板，他乾嘔、彎腰走了一陣子。「噢，不舒服。噢，老天，我、覺、得、很、不、舒、服。噢。」

麥克菲望著前方，「我覺得……我希望我瘋了。」他若有所思地說。

只有貝克沒有講話。真怪，因為蓋瑞提忽然聞到路易斯安那州忍冬花的香氣。他可以聽到樹下青蛙的叫聲，他可以感覺到蟬為了十七年無夢的眠覺，鑽進厚實柏樹樹皮那種慵懶又費力的震動。他也看到貝克的阿姨，坐在陽台搖椅上前後搖動，眼神夢幻，微笑空洞，聽著掉漆、龜裂的桃花心木櫃子裡的老舊飛歌收音機，裡頭傳出靜電、嗡嗡聲，還有來自遠方的聲音。搖啊搖啊搖啊，微笑，打瞌睡。如同吃到好料的貓，心滿意足得不得了。

第十五章

「只要你贏，我就不在乎你是輸是贏。」

——美式足球隊綠灣包裝工前首席教練文斯・倫巴底

天光悄悄劃破白色寧靜的霧氣國度。蓋瑞提又落單了。他不曉得晚上有多少人領了罰單，也許五人吧。他覺得自己的腳像犯了頭痛一樣，嚴重的偏頭痛。他感覺到他一次次將重心放上去的時候，他的腳就更腫了一點。他屁股痠痛，脊椎是冰冷的火焰，但他的腳「頭痛」，血液凝結在那裡，腫脹不堪，血管成了還沒煮透的義大利麵條。

他腸胃裡還有一條興奮的蟲子，因為他們距離自由港只有十三英里了。他們已經抵達波特維爾，在濃厚的霧氣下，群眾幾乎看不到上路人，但從路易斯頓開始，群眾就很有節奏地喊著蓋瑞提的名字，就彷彿是巨大心臟的悸動。

他心想：自由港，小珍。

「蓋瑞提？」這聲音聽起來耳熟，卻很無力，是麥克菲。他像一具長了毛髮的骷髏。他的雙眼炙熱閃亮，他沙啞地說：「早安，我們活下來，又有一天要奮鬥了。」

「對。麥克菲，昨晚幾人出局？」

害。

「六人。」麥克菲從腰帶上挖出一罐培根醬，開始用手指挖進嘴裡吃。不過，他手抖得很厲害。「巴克維奇之後六人。」他用老人般小心翼翼顫抖的手將罐子放回去。「皮爾森出局了。」

「是嗎？」

「蓋瑞提，我們沒剩幾個人囉，只剩二十六人。」

「對，沒剩幾個人了。」走在霧氣裡，彷彿像走在毫無重量的飛蛾粉塵之中。

「咱們劍客人數不多了，你、我、貝克、亞伯拉罕、柯利．帕克，還有史戴本……如果你想把他算進來的話。啊，為什麼不算他呢？為什麼不呢？蓋瑞提，咱們把史戴本算進來。六劍客跟其他二十個不重要的矛兵。」

「你還是覺得我會贏嗎？」

「這裡春天的霧總是這麼大嗎？」

「這是什麼意思？」

「不，我不覺得你會贏。小雷，贏家是史戴本，沒有人可以贏過他，他就跟鑽石一樣。據說拉斯維加斯那邊的賭盤因為史寬出局，史戴本的賠率已經到九比一了。老天，他現在看起來跟我們剛開始的時候差不多。」

蓋瑞提點點頭，彷彿料中這點一樣。他翻出一管濃縮牛肉，吃了起來。他絕對不會用這個跟麥克菲換那早已經不存在的生漢堡排。

麥克菲吸了吸鼻子，還用手抹鼻子。「你不會覺得怪嗎？經歷了這麼多，竟然回到你最熟悉的老家。」

蓋瑞提感覺到那條興奮的蟲子又蠕動翻扭了起來，說：「不會，這似乎是世界上最自然的事情。」

他們走下長長的山坡，麥克菲抬頭望向逼近的白霧，什麼也看不清。「這霧變濃了。」

「這不是霧。」蓋瑞提說：「現在是雨。」

雨輕柔落下，彷彿打定主意要下很久。

「貝克呢？」

「在後面不曉得哪裡。」麥克菲說。

蓋瑞提沒有說話，直接放慢速度，現在話語似乎已經沒有存在的必要了。道路帶領他們經過安全島，經過歪歪斜斜的波特維爾活動中心，與它的五條保齡球球道。經過政府招商大樓時，窗上掛著「五月是證明性別的月份[27]」的牌子。

蓋瑞提在霧裡錯過了貝克，最後走在史戴本旁邊。麥克菲說得沒錯，他跟鑽石一樣堅硬。他心想：但這顆鑽石開始顯露出小小的瑕疵了。現在他們與宏偉、污染嚴重的安德羅斯科金河平行，另一側則是波特維爾紡織廠，它的塔樓聳立進霧氣之中，彷彿是污穢的中世紀城堡。

史戴本沒有抬頭，但蓋瑞提曉得史戴本知道他在。他沒有說話，他愚蠢地決定要讓史戴本先開口。道路又轉彎。他們跨過橫跨安德羅斯科金河面的大橋時，周遭一度沒有群眾。他們腳下的河水冒著泡泡，水流滯緩，感覺很鹹，水面上還有濃稠的黃色浮沫。

「如何？」

「留點力氣，一分鐘就好。」蓋瑞提說：「你需要這口氣。」

他們走到橋的盡頭，左轉開始爬上磚廠山，此時群眾又出現了。這是一座漫長陡峭，坡度很大的山。他們左手邊的河水直沖而下，右邊則是近乎垂直的上坡。

路人抱著大樹、抱著灌木、抱著彼此，喊著蓋瑞提的名字。他曾經與一位住在磚廠山的女孩交往，她叫卡洛琳。她現在已經結婚了，還有一個孩子。她也許會跟他上床，但那時他年輕又蠢。

前方的帕克又氣喘吁吁、壓低聲音說了聲「該死」，在群眾的聲音下，差點就聽不到了。蓋瑞提的腿顫抖起來，威脅著就要癱坐下去，但這是抵達自由港之前的最後一座山。之後就不重要了，要下地獄，那他就下地獄吧。最後，他們挺過來了（卡洛琳的胸部也很挺，她常穿喀什米爾羊絨衫），而史戴本只有稍微喘點氣，他又問：「如何？」

槍聲響起。名叫查理．菲爾德的男孩從大競走出局。

「沒有如何。」蓋瑞提說：「我在找貝克，結果卻找到了你。麥克菲說他覺得你會贏。」

「麥克菲就是個白癡。」史戴本稀鬆平常地說：「蓋瑞提，你真的覺得在茫茫人海中，你能看見你女朋友？」

27. 譯註：在作者撰寫本書的一九六六、六七年間，體育賽事上的性別測試，特別是對於女性的定義，吵得沸沸揚揚。

「她會在前排。」蓋瑞提說：「她有通行證。」

「警察光壓制群眾就焦頭爛額了，根本沒時間護送她到前排來。」

「才不是這樣。」蓋瑞提說。他的口氣很銳利，因為史戴本正說出他深層的恐懼。「你為什麼要講這種話？」

「反正你真正想見的只有你媽。」

蓋瑞提嚴重反彈。「什麼？」

「蓋瑞提，你長大後，難道不想娶她嗎？多數小男孩不都是這樣嗎？」

「你這瘋子！」

「我是嗎？」

「是！」

「蓋瑞提，你為什麼覺得你有資格贏？你智商二流、體格二流，大概連性向都二流。蓋瑞提，我用我的狗跟運氣打賭，你絕對沒進去你妞兒裡面過。」

「你他媽給我閉嘴！」

「你還是處男，對吧？此外，可能還有點喜歡男生吧？可能不是那麼直？別怕，你可以跟史戴本老爹聊這個。」

「如果贏過你要走到維吉尼亞州，我也奉陪，你這王八蛋！」蓋瑞提氣到發抖，他不記得自己這輩子有這麼氣過。

「沒事的。」史戴本溫柔地說：「我明白。」

「操你媽的！你……」

「這四個字很有意思呢，你為什麼會用這種字眼罵人呢？」

蓋瑞提一度確定自己會撲向史戴本，或氣到暈倒，但這兩件事都沒有發生。「如果要走到維吉尼亞州。」他又說了一遍：「如果我必須一路走到維吉尼亞州。」

史戴本伸展腳趾，露出充滿倦意的笑容。「蓋瑞提，**我**覺得我可以一路走到佛羅里達。」

蓋瑞提快步離開他，尋找貝克，他感覺到憤怒消散，成為脹痛的羞辱感。他猜史戴本應該覺得他很好欺負。他猜他的確很好欺負。

貝克走在一個蓋瑞提不認識的男孩旁邊，貝克低著頭，嘴巴唸唸有詞。

「嘿，貝克。」蓋瑞提說。

貝克嚇了一跳，然後似乎跟狗一樣甩了甩頭才清醒過來。「蓋瑞提，是你。」他說。

「對，是我。」

「我作了一個夢，真實又可怕的夢。現在幾點？」

蓋瑞提看手錶。「快六點四十了。」

「你覺得雨會下一整天嗎？」

「我……啊！」蓋瑞提向前撲，暫時失去平衡，他說：「我該死的鞋跟掉了。」

「兩隻鞋都脫了吧。」貝克建議道：「釘子會刺出來。兩腳不平衡，你會走得更辛苦。」

蓋瑞提踢掉一隻鞋，鞋子滾啊滾的滾到靠近群眾的地方，鞋子躺在那兒好像殘廢的小狗。群眾急忙伸手撈鞋，一隻手抓住了，另一隻手又搶走了，引發一陣激烈、複雜的爭鬥。他的另一隻鞋踢不掉，他的腳在鞋內腫脹起來。他蹲下來，解開鞋帶，然後脫下鞋子，因此得到了一次警告。他考慮要不要把鞋子扔給群眾，但最後卻只是讓鞋子留在路上。喪失理智的巨大絕望浪潮向他襲來，他想著：**我丟了我的鞋，我丟了我的鞋。**

貼著腳底的地面感覺冰涼，破爛的襪子很快染濕。他兩腳看起來都很怪，腫脹結塊，蓋瑞提忽然絕望地可憐起他的腳。他迅速望向貝克，貝克也沒穿鞋。貝克簡短地說：「我快死了。」

「我們都是。」

「我會記得我遇過的所有好事。我第一次帶女孩去跳舞，有個醉漢一直想要介入，我拉著他去外頭，狠狠修理了他一頓。我之所以會成功是因為他實在爛醉如泥，然後那女孩看我的表情，彷彿我是繼內燃機之後，最了不起的東西。我的第一輛腳踏車。我第一次讀威爾基·柯林斯（Wilkie Collins）的《白衣女子》（The Woman in White）……那是我最喜歡的書。蓋瑞提，如果有人問你，你要記得這個答案。我手持釣線坐在泥坑旁半夢半醒，然後抓到幾千隻小龍蝦。我躺在後院睡覺，大力水手卜派的漫畫擱在臉上。蓋瑞提，我在想這些事，最近開始想。我好像老了，好像垂垂老矣一樣。」

早晨的雨好像銀針一樣打在他們周圍，就連群眾也放低聲量，收斂了些。面孔再次出現，模糊不清，如同雨後玻璃那樣。他們是滴水帽子、報紙帳篷、雨傘底下一張張蒼白、若有所思、眼睛圓大的面孔。蓋瑞提覺得體內深處有個地方很痛，如果他能吶喊，感覺可能會好一點，但他無法吶喊，就跟他無法安慰貝克，告訴他死掉沒關係一樣。也許沒關係，但話又說回來，也許不是如此。

「我希望不會是一片黑暗。」貝克說：「我只希望這樣。如果有……來世的話，我希望那裡不是一片黑暗。我希望你還記得。我不希望永遠在黑暗裡瞎晃，不曉得我是誰，不曉得我在那裡幹嘛，甚至不曉得我曾經不是那樣。」

蓋瑞提想要開口，但槍聲讓他閉嘴。事情又恢復成原本的運作模式。帕克精準預測的空檔差不多要過去了，貝克一副愁眉苦臉的樣子。

「那是我最怕的，那個聲音。蓋瑞提，我們為什麼要來？我們一定是瘋了。」

「我覺得沒有什麼好理由。」

「我們都是陷阱裡的老鼠。」

比賽繼續。下雨了。他們經過蓋瑞提認得的地方：沒人住的破敗小屋，改建成新式聯合大樓的廢棄學校，雞舍，街廓停的老卡車，剛耙過的農田。他似乎記得每一塊田、每一間房。他欣喜難耐，他似乎飛奔在道路上，雙腳踩著不存在的彈簧，但也許史戴本是對的，也許小珍不會出現。至少必須思考一下，為這種事作好心理準備。

消息傳過單薄的幾列人，走在前面的某位男孩相信自己得了盲腸炎。

如果是之前，蓋瑞提可能會覺得驚奇，但他現在似乎只在乎小珍跟自由港。他手錶的指針彷彿有生命一樣，自己跑得飛快。現在只差五英里了，他們已經跨過自由港的城界。就在前方，小珍跟他媽如同先前的安排，站在伍曼自由貿易中央市場門口。

天色亮了點，但還是陰陰的。雨勢成為頑固的毛毛雨，道路則成了一片深色的鏡子、黑色的冰塊，蓋瑞提幾乎可以看到自己扭曲的面容倒影。他用手貼上額頭，感覺燙燙的。小珍，噢，小珍，妳知道我……

右腹痛的男孩是五十九號的克萊茲曼。他開始尖叫，他的尖叫很快就變得單調。蓋瑞提回想起他曾看過的那場大競走，也在自由港，那男孩用單調的語氣喃喃地說：**我辦不到、我辦不到、我辦不到**。

他心想：克萊茲曼，閉上你的臭嘴。

但克萊茲曼繼續前進，他也繼續鬼叫，雙手交握在右腹部。蓋瑞提手錶的指針飛快轉動，八點十五分了。小珍，妳會在那裡，對不對？對，好。我不曉得這是什麼意思，但我知道我還活著，我需要妳在那裡，給我一個預兆，也許吧。妳要在，妳要在。

八點半。

「蓋瑞提，我們已經接近該死的鬧區了嗎？」帕克呼喊。

「**你**管個屁？」麥克菲嘲諷地說：「又沒有女孩在等你。」

「你這個蠢駝子，我到哪都有女孩。」帕克說：「她們只要看這張臉一眼，底下就濕了。」

他所謂的這張臉現在憔悴枯瘦，只是過往的幽影。

八點四十五分。

「夥伴，急什麼？」麥克菲說，此時蓋瑞提追上他，正要超車。「替今晚留點力氣。」

「辦不到。史戴本說小珍不會來，他說他們不會有人力能夠帶她到前面來。我必須親眼看到，我必須……」

「我只是要你冷靜點。如果史戴本的老媽喝清潔劑就能讓他贏得比賽，他也會逼他老媽喝。別聽他的，小珍會來的，光是做為公關宣傳就夠好看了。」

「但是……」

「沒有什麼但是，小雷，慢慢走，活得久。」

「去你的這些陳腔濫調！」蓋瑞提大吼。他舔舔嘴唇，顫抖的一隻手掩著臉。「我……抱歉，我這樣很不對。史戴本說，反正我其實最想見的人是我媽。」

「你不想見她嗎？」

「我當然想見她！你會覺得我不……對……不知道啦。我之前有一個朋友，他跟我……我們脫光衣……我媽……我媽……」

「蓋瑞提。」麥克菲說著，一手輕碰對方的肩膀。克萊茲曼現在放聲尖叫，前排有人問他要不要阿斯匹靈。這句突襲引來大家的笑聲。「蓋瑞提，你要崩潰了。冷靜點，不要爆了。」

「離我遠一點！」蓋瑞提大喊。他一手握拳壓在嘴巴上，還咬起來。一秒鐘過後，他說：「讓我一個人走就好。」

「好，當然。」

麥克菲走開了。蓋瑞提想叫他回來，但他沒有開口。

然後，這是第四次，早上九點。他們左轉，爬上二九五號高架橋進入自由港市區的時候，群眾再次出現在他們二十四人的下方。前面就是蓋瑞提與小珍看完電影後，有時會稍作停留的冰淇淋店。他們右轉，上了國道一號，有人說這是「大公路」。無論大小，這都是最後一條公路。蓋瑞提手錶的指針，似乎就在他眼前飛快轉動。市區就在前方，伍曼市場就在右邊，他都看見了，假的門面後方是又矮又醜的建築。紙帶又開始飄了，雨讓紙帶變得濕濕黏黏的，一點生氣也沒有。群眾持續聚集。有人打開市區的火警警笛，警笛的警報聲加上克萊茲曼的哇哇鬼叫，克萊茲曼跟自由港的火警警笛聲展開了噩夢二重唱。

蓋瑞提的血管緊繃，感覺血管裡流的是銅線。他聽到自己的心臟跳個不停，現在在腸子裡，現在在喉嚨裡，現在又在他的雙眼之間跳動。兩百碼。群眾高喊他的名字（**小雷、小雷，得第一！**），但他還沒有在人群裡看到熟悉的臉孔。

他走向右側，直到群眾的手距離他只有幾英寸，一隻又長又健壯的手臂還真的扯到他的T恤。他向後跳開，彷彿是差點要捲入農作中的脫殼機一樣，而軍人的槍口正對著他，如果他想要消失進入山人海之中，他們已經準備好要開槍了。只剩一百碼。他看到伍曼大大的咖啡色招牌，但沒看到他媽跟小珍。上帝啊，噢，上帝啊，上帝，史戴本是對的……而且就算她們來了，他又怎麼能在這片瞬息萬變、又拉又扯的人群中接近她們？

他發出顫抖的哀號，彷彿是吐出一團肉一樣。他跌跌撞撞，差點腿軟跌倒。史戴本說對了。他想停在這裡，不想繼續前進。失望，失落感，全都搖搖欲墜，如此空洞。重點是什麼？重點到底是什麼？

火警警笛震耳欲聾，群眾高聲吶喊，克萊茲曼尖叫，雨下個不停，而他這渺小受創的靈魂則拍打著他的腦袋，盲目砸起如牆壁般的頭殼。

我走不動了，我辦不到，不行，不行，但他繼續拖著腳步前進。**我在哪裡？小珍？小珍？……小珍！**

他看見她了。她揮著他在她生日時送的藍色絲巾，而滴在她髮絲上的雨水彷彿寶石。他媽在她旁邊，穿著樸素的黑色大衣。群眾將她們擠在一起，無助地被擠前擠後。小珍旁邊還有一台攝影機，愚蠢的鏡頭探過來。

他身體某處的疼痛感覺就要爆炸，某種感染就像綠色的洪水流向他全身。他雙腳內八、蹣跚地奔跑起來。他破掉的襪子拍打著他腫脹的雙腳。

「小珍！小珍！」

他聽得到自己的想法，卻聽不到嘴裡的喊叫。電視攝影機熱切地追著他。喧鬧聲太大，他看到她的嘴型在喊著他的名字，他必須過去找她，他必須……

一隻大手攔住他，是麥克菲。軍人透過沒有性別的大聲公，向他們提出第一次警告。

「不要去人群裡！」麥克菲的嘴唇貼著蓋瑞提的耳朵吼，銳利的疼痛穿刺進蓋瑞提的頭裡。

「放開我！」

「小雷，我不會讓你自殺！」

「放開我！他媽的！」

「你想死在她懷裡嗎？是這樣嗎？」

時機倏忽即逝。她哭了，他看到她臉上的淚水。他掙脫麥克菲，又往她前進。他感覺到從內心爬起的尖銳憤怒啜泣，他想睡覺，他想在她懷裡找到永恆的眠覺。他愛她。

小雷，我愛你。

他看到她的嘴唇這麼說。

麥克菲還在他身邊。電視攝影機捕捉一切，現在他在餘光中瞥見他的高中同學，他們展示起一張巨大的海報，那是他的臉，他的學生年鑑照片，放得無敵大。他的照片對著下方的他微笑，而他卻哭著掙扎要去她身邊。

第二支警告，擴音器刺耳的聲音聽起來像上帝在講話。

小珍……

她伸手要拉他，兩隻手碰在一起。她冰涼的手，她的淚水……

他媽，他媽伸出手……

他握住她們。一手牽著小珍的手，一手拉著他媽的手。他碰觸到她們兩個人，任務圓滿達成。

任務達成，直到麥克菲的手臂再次伸過來攬著他的肩膀。冷血的麥克菲。

「放開我！放開我！」

「兄弟，你一定很恨她！」麥克菲在他耳邊吶喊：「你想怎樣？死的時候知道她們染了你的血？你想這樣嗎？拜託，繼續前進！」

他掙扎起來，但麥克菲很壯。也許麥克菲是對的。他望向小珍，發現她雙眼圓睜，驚慌不已。他媽發出噓聲，揮手要他快走。小珍雙唇擠出的話語像是譴責：**快走！快走！**

他傻傻地想：我當然必須走，我是緬因州自己人。而在這一秒，他恨起小珍，雖然如果說他真的幹了什麼，那也是他在自己落入的陷阱裡握住她，還有他媽的手而已。

他跟麥克菲得到第三支警告，聲音尊貴得有如打雷，群眾稍微安靜了點，潮濕飢渴的眸眼望過來，現在驚恐明明白白地寫在小珍與他母親的臉上。他媽雙手掩面，他想起巴克維奇伸向脖子的那雙手，受驚的鴿子，然後撕扯自己的喉嚨。

「如果你硬要死，你就去下個轉角死！你這個賤貨！」麥克菲喊道。

他嗚咽起來。麥克菲又打敗他了，麥克菲好強壯。「好。」他說，卻不曉得麥克菲有沒有聽見。他開始前進。「好，好。在你壓斷我的鎖骨前，快放開我。」他哭哭啼啼，打起嗝來，抹抹鼻子。

麥克菲小心翼翼地放開他，準備好再次攔住他。

彷彿是事後想起一樣，蓋瑞提轉身望回去，但她們已經再次消失於群眾之中。他想他永遠也忘不了她們眼中升起的恐懼神情，那份信任感與踏實感終於惡狠狠地消失。他只瞥見揮舞的藍色絲巾。

他轉過身，再次面向前方，沒有看麥克菲，而他蹣跚、背叛他的雙腳則帶著他繼續前進，帶著他離開了市區。

第十六章

「開始見血了！李斯頓搖搖欲墜！
克雷用組合拳撼動他！……
一拳砸過去！克雷要幹掉他了！克雷要幹掉他了！
各位先生女士，李斯頓倒下！
桑尼・李斯頓倒下！克雷跳起舞來……
揮手……對著群眾大叫！
噢，各位先生女士，
我不曉得該怎麼描述這一幕！」

——克雷[28]、李斯頓第二場拳擊賽的廣播播報員

塔賓斯發瘋了。

塔賓斯是戴著眼鏡的矮小男孩，滿臉都是雀斑。他穿了一條褲頭鬆垮的藍色牛仔褲，走路時

28. 譯註：拳擊手卡修斯・克雷，當時他尚未改名為穆罕默德・阿里。

要一直提著褲子。他話不多，但在他發瘋前，人還算不錯。

「妓女！」塔賓斯對著雨水大喊。他仰頭，雨水沿著他的鏡片滴到臉頰與嘴唇上，最後流到他沒什麼稜角的下巴。「巴比倫的大妓女來到我們之間！她躺在街上，在骯髒的鑲石道路上打開雙腿！污穢！可恥！當心巴比倫的大妓女！她嘴上滴著蜂蜜，卻一肚子壞……」

「她還有淋病哩。」柯利．帕克疲憊地補充道：「老天，他比克萊茲曼還糟。」他扯開喉嚨，說道：「小塔，倒地死掉吧你！」

「皮條客跟嫖客！」塔賓斯尖聲地說：「骯髒！污穢！」

「去死吧。」帕克咕噥著說：「他不閉嘴，我就親手殺了他。」他用骨瘦如柴的顫抖手指靠上嘴唇，然後把手移到腰帶上，花了三十秒解開扣環，才能拿起腰帶上的水壺。他差點手滑弄掉嘴邊的水壺，水灑了半壺。他無力地啜泣起來。

現在是下午三點，波特蘭跟南波特蘭已經在身後了。十五分鐘前，他們經過一面拍動的浸濕旗幟，宣布該地距離新罕布夏州州界只有四十四英里了。

蓋瑞提心想：**只有**，這是什麼蠢到家的字眼？哪個白癡覺得我們需要「只有」這種蠢詞的？他走在麥克菲身邊，但麥克菲自從自由港之後，就只肯說單一音節的字。蓋瑞提不敢跟他說話。他又欠人情債了，他覺得丟臉。他覺得丟臉，因為就算機會來臨，他曉得他也不會幫麥克菲。現在小珍走了，他媽也走了，木已成舟，永遠如此。除非他贏，而他現在真的很希望自己能贏。

說來也怪，這是他印象中第一次想要贏。就連一開始的時候，他還覺得很輕鬆的時候（那是恐龍在地球上出現的年代），他都沒有意識要贏。那只是挑戰而已，但槍口並沒有射出寫著「砰」的紅色小旗，這不是棒球，也不是人類的一大步，這是玩真的。

說不定他一直都很清楚？

自從他決定要贏之後，雙腳的痛楚似乎變成之前的兩倍，他深呼吸的時候，胸腔會有銳利的刺痛。發燒的感覺愈來愈嚴重，說不定他被史寬感染了什麼病。

他想贏，但就算是麥克菲也不能背著他翻過那條看不見的終點線。他並不覺得自己會贏。六年級時，他贏了學校的拼字比賽，代表學校去地區比賽，但是地區比賽的出題老師並不是皮崔老師——心軟的皮崔老師會讓你重拼。他站在那裡，遍體鱗傷、難以置信，相信一切都是誤會，但並沒有什麼誤會。他只是沒有好到足以晉級，而他現在也不夠好。他好到走得比多數人還要遠，但沒有好過全部的選手。他的腿腳已經超越麻痹與憤怒造反的境界，現在距離叛變只有一步之遙。

離開自由港後只有三個人出局，其中一個是不幸的克萊茲曼。蓋瑞提曉得其他人在想什麼，還有很多罰單等著要發給他們，讓他們出局。只要繼續走，走得比其他二十人還要遠就可以了。現在他們會一直走下去，直到身心崩潰的那一刻。

他們經過橫跨寧靜小溪上方的橋，橋面坑洞裡都是雨水。槍聲響起，群眾歡呼，蓋瑞提感覺到腦後充滿固執希望的縫隙稍微打開了一點。

「你女朋友看好你嗎？」

開口的人是亞伯拉罕，他看起來像一九四二年菲律賓巴丹死亡行軍虐俘事件的受害者。不知出於什麼難以理解的原因，他把外套跟上衣都脫了，露出皮包骨的胸膛跟明顯的肋骨。

「當然。」蓋瑞提說：「她希望我可以回到她身邊。」

亞伯拉罕笑了笑，「希望？對，我開始記得這兩個字怎麼寫了。」這話聽起來語帶威脅。

「是塔賓斯嗎？」

蓋瑞提仔細聽著，但他只有聽到群眾規律的喊叫聲。「對，上帝為證，的確是他。我猜帕克給他下咒了。」

「對啊。」

「我一直告訴自己。」亞伯拉罕說：「我要做的就是一腳踩在另一隻腳前面就好。」

亞伯拉罕看起來心煩意亂。「蓋瑞提……這話很難說……」

「什麼話？」

亞伯拉罕沉默了好一會兒。他穿的是一雙碩大厚重的牛津鞋，蓋瑞提覺得看起來真的很重（他自己現在光腳走路，雙腳冰冷，摩擦得又紅又腫）。鞋子發出嘎啦聲響，還在路上拖行，現在道路已經擴張到三線道。自從奧古斯塔後，群眾與上路人距離很近，現在路寬了，感覺起來他們沒有那麼喧鬧或可怕了。

亞伯拉罕看起來更心煩意亂。「很難講，我不知道該怎麼講。」

蓋瑞提聳聳肩，不太理解。「我想你就直說吧。」

「啊，聽著。我們都要在同一條船上，我們剩下來的人。」

「什麼？要玩桌遊喔？」

「有點像是一種……承諾。」

「噢，是喔？」

「不要幫助任何人。自己走完，不然就不要走。」

蓋瑞提望向自己的雙腳。他在想，距離上次肚子餓是多久以前的事了？他也好奇，如果不進食，他要多久才會暈倒？亞伯拉罕的牛津鞋就跟史戴本一樣，那雙鞋子可以帶著他從這裡一路走到金門大橋，鞋帶也不會斷掉……至少看起來是這樣。

「這聽起來很冷血耶。」他終於說。

「眼前的狀況也很冷血。」亞伯拉罕沒有看他。

「你跟其他人都講過了嗎？」

「還沒講完，講了十幾個人。」

「哎啊，真的很難說出口呢。我看得出來為什麼你有口難言。」

「感覺是愈來愈難，不是愈來愈輕鬆。」

「他們怎麼說？」他曉得他們會怎麼說，他們還能怎麼說？

「他們同意。」

蓋瑞提張開嘴巴，又閉上嘴。他望向前方的貝克，貝克穿上了外套，衣服全濕。他低著頭，一側髖部呈現突出搖晃的古怪姿勢。他的腿已經僵硬得很嚴重了。

「你為什麼脫衣服？」他忽然問亞伯拉罕。

「衣服讓我皮膚發癢，都要起疹子什麼的了。那是合成材料，我也許對合成纖維過敏……但我怎麼知道？小雷，你怎麼說？」

「你看起來像宗教的懺悔者什麼的。」

「你怎麼說？好還是不好？」

「我可能欠麥克菲兩次人情。」麥克菲就在附近，但在群眾的喧鬧聲中，實在不確定他有沒有聽見這場對話。他心想：快啊，麥克菲，告訴他，我什麼也不欠你。快點，你這混蛋。不過，麥克菲什麼話也沒說。

「好，算我一份。」蓋瑞提說。

「酷。」

現在我是禽獸了，一頭骯髒、疲憊也愚蠢的禽獸。你辦到了，你出賣了你們之間的情誼。

「如果你企圖幫任何人，我們沒辦法阻止你，這樣違反比賽規定，但我們會排擠你，你就打破我們之間的承諾了。」

「我連試都不會試。」

「想要幫你的人也一樣。」

「好。」

「這不是要針對任何人，小雷，你很清楚，但我們現在就是要抵制這種行為。」

「放豬歸山，不然直接宰掉。」

「正是如此。」

「沒有針對誰，只是回歸叢林法則。」

他一度以為亞伯拉罕要生氣了，但他加速的吸氣最後只有吐出無害的嘆息。也許他太累了，連生氣都辦不到了吧。「你答應了，小雷，我相信你了。」

「也許我該誇張點，說我會遵守我的諾言，因為君子一言既出，駟馬難追。」蓋瑞提說，「但我還是老實點，亞伯拉罕，我想看你領罰單。愈快愈好。」

亞伯拉罕舔舔嘴唇。「好。」

「亞伯，你的鞋子看起來挺不錯的。」

「對，但也重得要死。走愈遠，腳愈重。」

「夏日憂鬱就是治不好[29]，是吧？」

亞伯拉罕大笑。蓋瑞提望向麥克菲，無法讀懂他的表情。他也許聽到了，也許沒有。雨是穩定落下的直線，現在雨勢更大、天氣更冷了。亞伯拉罕的皮膚有如魚肚般蒼白，他現在看起來挺後悔脫衣服的。蓋瑞提懷疑有沒有人跟亞伯拉罕說過，打赤膊撐過夜晚的存活機率近乎於零？暮色已經悄悄出現了。麥克菲，你有聽到我們的對話嗎？麥克菲，我背叛了你。劍客精神萬歲。

29. 譯註：Ain't No Cure for the Summertime Blues，這是艾迪．寇川一九六八年發行的歌曲名稱。

「啊，我不想這樣死掉。」亞伯拉罕哭著說：「不是這樣，大庭廣眾之下，大家替你打氣，希望你爬起來，再走幾英里。一切都這麼蠢，這麼蠢。這話所展現出來的尊嚴，差不多就跟智力不足的白癡把舌頭掛在嘴邊，又同時拉屎在褲子上差不多。」

蓋瑞提發誓不提供協助的時候是三點四十五分，到傍晚六點的時候，只有一個人領罰單。大家都沒有交談。蓋瑞提心想，感覺在他們磨損的最後幾寸生命裡，好像有種令人不舒服的陰謀正悄悄進行中，只是為了假裝一切都沒有發生。這群人，只剩下這麼悲慘的一小撮人，已經徹底分崩離析。大家都同意亞伯拉罕的提議，麥克菲同意，貝克同意，史戴本笑了，反問亞伯拉罕，他要不要扎破手指以血起誓？

天氣愈來愈冷。蓋瑞提開始懷疑天底下是不是真的有太陽這玩意兒，還是那只是他的想像。就連小珍現在對他來說也只是一個夢而已，一個夏日的美夢，但這夏日永遠不會到來。

不過他似乎更清楚地見到自己的父親。他父親有一頭濃密的頭髮，他也遺傳到這種髮質，老爸還有厚實大塊的卡車司機肩膀，相當於美式足球後衛的體格。他還記得父親會抱著他盪來盪去，揉亂他的頭髮，親吻他、疼愛他。

在自由港的時候，他其實沒有認真注意看他母親，他現在哀傷理解到這點，但媽媽還是來了，穿著她那件留給重要場合穿的邋遢黑色大衣。無論她多常洗頭，雪花般的白色頭皮屑還是會出現在大衣衣領上。他心裡只有小珍，沒有媽媽，這件事大概會讓媽媽傷心。也許他就是故意要惹她傷心。不過，現在這一切都不重要了，現在要緊的是在未來編織出來前，搶先破壞、釐清。

他心想：你會探得更深，從來就沒有淺這回事，只有更深，直到你出了海灣，游進大海。曾幾何時，這一切看起來如此簡單，多麼可笑啊。他跟麥克菲聊，麥克菲說他第一次救蓋瑞提只是反射動作。然後，在自由港，他是為了避免難看的場面活生生在他不認識的漂亮女孩眼前上演。就跟他不認識史寬身懷六甲的老婆一樣。想到這裡，蓋瑞提覺得有點難過，忽然哀傷起來。他已經很久沒有想起史寬了。他覺得麥克菲長大了許多，真的，他懷疑為什麼**自己**都沒有成長。

比賽繼續，走過一座又一座城鎮。

他陷入憂愁卻滿意的心情裡，真奇怪，結果驟然的槍響及群眾嘶啞喊叫聲打碎了一切。他轉頭時，詫異地看到柯利．帕克站在半履帶戰車上，手裡還握著一把步槍。

一名軍人倒下仰躺，空洞無神的雙眼望著天空。軍人額頭中央有一個整齊的藍色洞口，上頭有一圈燃燒後的火藥粉末。

「該死的混蛋！」帕克高喊。其他軍人跳下戰車，帕克則望向吃驚的上路人。「大家快來啊，快來！我們可以……」

包括蓋瑞提在內的上路人望著帕克，彷彿他是在說什麼異國語言。而原本在帕克爬上半履帶戰車時跳下車的一名軍人，現在則小心翼翼地朝柯利．帕克的後背開槍。

「帕克！」麥克菲高喊，彷彿只有他一個人曉得出了什麼事，而機會就這麼稍縱即逝。

「噢，不！**帕克**！」

帕克悶哼一聲，彷彿有人用加了軟墊的印度棒鈴打他的後背一樣。子彈鑽了出來，而柯利．

帕克站在半履帶戰車上，內臟從他破爛的卡其色襯衫與牛仔褲間噴灑出來。他一手停在空中，做出揮動的手勢，彷彿是要展開言辭激烈的憤怒演說一樣。

帕克說：「真、他媽的。」

他朝著道路開了兩槍，這槍是從死去軍人手裡搶來的。子彈彈開，發出咻一聲，蓋瑞提感覺到其中一顆子彈拉扯著他面前的空氣。群眾裡有人痛苦喊叫。然後槍從帕克手中滑開，他做出軍人微微轉頭行禮的動作，然後跌到路上。他側倒在地、氣喘吁吁的模樣如同被車撞擊、受到致命創傷的狗一樣。他眼神渙散，張開嘴巴，在滿口鮮血中掙扎著譜出最終樂章。

「你、你們、混、混、混。」他死了，眼神惡狠狠地盯著其他上路人。

「怎麼了？」蓋瑞提沒有特別跟誰講話。「他**出了什麼事**？」

「他偷襲他們。」麥克菲說：「就這麼回事。他一定曉得自己走不完了。他從後方偷襲，發現他們在車上睡覺。」麥克菲的結論聽起來很無力。「蓋瑞提，他要我們一起上去，我覺得我們應該辦得到。」

「你在說什麼？」蓋瑞提忽然覺得很可怕。

「你不懂嗎？」麥克菲說：「你不懂嗎？」

「跟他一起上去？……什麼？……」

「沒事，算了，就這麼算了。」

麥克菲走開了。蓋瑞提忽然感覺到冷顫襲來，他無力阻擋。他不曉得麥克菲在講什麼，他不想了解麥克菲在講什麼，或甚至思考那件事。

比賽繼續。

這晚九點雨終於停了，但暗夜無星。沒有其他人出局，亞伯拉罕開始語無倫次地呻吟起來。天氣變得很冷，但沒有人提供衣物給亞伯拉罕。蓋瑞提覺得這就是報應，但這想法只讓他覺得噁心。他內在的疼痛已經變成一種噁心的感覺，朽爛的噁心，似乎在他體內空洞處生長成綠色的真菌。他的濃縮食物腰帶幾乎沒有動，但在不嘔吐的狀況下，他只能吃一管小小的鮪魚醬。

貝克、亞伯拉罕、麥克菲，他的朋友圈只剩三個人，還有史戴本——如果他稱得上是朋友的話。好吧，認識的人。或半神，或惡魔，或管他是什麼。他懷疑他們之間能不能有人撐到早上，他不曉得自己會不會活著知道答案。想著這種事，他差點撞到黑暗中的貝克，貝克手裡的東西則發出叮噹聲響。

「你在幹嘛？」蓋瑞提問。

「啊？」貝克傻傻抬頭。

「你在幹嘛？」蓋瑞提耐著性子再問一遍。

「數我的零錢。」

「你有多少錢？」

貝克撥了撥握在掌中的錢，笑了笑說：「二十二塊。」

蓋瑞提露出微笑。「一大筆財富。這些錢你要怎麼花？」

貝克沒有回應蓋瑞提的微笑，他只是作夢般望向冰冷的黑暗。「我要大的棺材。」他說道，南方人拖長的口音變得明顯。「我要有鉛板的那種，裡面是粉紅色的絲絨，還要有白色的綢緞枕頭。」他眨了眨門把般空洞的眼睛。「永遠不會腐爛，直到審判日的號角響起，我們還是原本的模樣，披著不會腐爛的外皮。」

蓋瑞提感覺到點點滴滴的恐懼暖意，「貝克？你發瘋了嗎？貝克？」

「你無法打敗它。我們都瘋了才會想試。你不可能戰勝腐爛，在這個世界辦不到，就是需要鉛板……」

「如果你不振作起來，天還沒亮，你就會死掉了。」

貝克點點頭，他顴骨上的皮膚繃得很緊，讓他看起來有點像骷髏頭。「就是這樣。我想死。你不想死嗎？這不就是原因嗎？」

「閉嘴！」蓋瑞提大喊。他又顫抖起來。

道路又上了陡坡，打斷他們的交談。蓋瑞提把重心往前放，他又冷又熱，脊椎痠痛，胸腔疼痛。他相信他的肌肉會兩手一攤，拒絕繼續支撐他。他想到貝克的鉛板棺材，密封抵擋黑暗好幾千年，他懷疑這是不是他自己思索的最後一件事。他希望不是，於是掙扎著想要思考別的事情。

警告偶爾提出。半履帶戰車上的軍人已經回到崗位，有人默默取代了帕克暗殺的那個人。群眾單調地歡呼著。蓋瑞提很好奇那是什麼樣的感覺，躺在最大、灰塵最多的寧靜圖書館之中，作起永無止境的夢，作起毫無想法的夢，眼睛被黏住，永遠穿著星期天上教堂的好西裝。不用擔心金錢、成就、恐懼、歡笑、痛苦、哀傷、性，或是愛。什麼都沒有，沒有父親，沒有母親，沒有女朋友跟愛人。死人都是孤兒，沒有人陪，但安靜有如飛蛾的翅膀，終結了痛苦的行走，終結了沿著道路前進的漫長噩夢。軀體安息，平平靜靜，整整齊齊。無懈可擊的死亡黑暗。

那會是什麼樣的感覺？到底是什麼樣的感覺？

忽然間，他焦躁痛苦的肌肉、沿著臉頰流下的汗水，甚至是痛苦本身，似乎都變得非常甜美真實。蓋瑞提更努力，他奮力爬上山頂，然後又上氣不接下氣地下山到另一邊去。

十一點四十，馬蒂．懷曼出局。蓋瑞提已經忘了懷曼，過去二十四小時裡，懷曼沒有開口，也沒有什麼動作。他的死沒有很誇張，他只是倒下，遭到槍擊而已。然後有人低語說那是懷曼，然後有人低語說他是不是八十三號啊？就這樣而已。

到了午夜，距離新罕布夏州州界只有八英里了。他們經過露天戲院，那只是黑暗裡一大片白色的橢圓形玩意兒。單獨一句話投影在銀幕上：戲院高層向今年的大競走上路人致敬！凌晨十二點二十分，又下雨了，亞伯拉罕開始咳嗽，就跟不久前史寬出局前同樣濕黏、刺耳的咳嗽。一點鐘，雨下大了，傾盆大雨，雨勢穩定，打得蓋瑞提的眼睛都打不開，內在的寒意讓他全身痠痛，風也猛烈地吹打他們的後背。

一點十五分，鮑比．史萊奇想要趁著夜色與雨勢偷偷溜進群眾之中。他立刻遭到槍擊，效率相當高。蓋瑞提不曉得開槍的人，是不是差點給他罰單的那位金髮軍人。他曉得金髮兵今晚值班，在車燈下，他能清楚看到對方的臉。他原本希望帕克稍早擊斃的那個人是金髮兵。

一點四十分，貝克跌倒，頭撞到路面。蓋瑞提想都沒想就要去幫他，但依然強壯的一隻手忽然拉住他的手臂，是麥克菲。當然一定是麥克菲。

「不行。」他說：「沒有劍客了，現在是來真的。」

他們繼續前進，沒有回頭。

貝克得到三支警告，然後靜默延伸下去。蓋瑞提等著槍聲響起，但沒有，他望向手錶，已經過四分鐘了。沒多久，貝克就經過他與麥克菲身邊，沒有望向任何人。他額頭上有一個看起來很可怕的出血傷口，但他的眼神比較明亮了，那空虛恍神的目光消失了。

接近凌晨兩點的時候，他們跨過了新罕布夏州州界，走進至今最誇張的混亂場面之中。放起大砲，煙火在雨幕的天際中爆炸綻放，狂熱的火光照亮了肉眼可見的大片空間。互相競爭的銅管樂團演奏起軍樂，歡呼聲如雷貫耳。上方一陣爆炸，火光勾勒出了少校的臉，蓋瑞提傻傻地想到上帝，然後出現的是新罕布夏州普羅沃州長的臉。這人很有名，因為他在一九五三年單槍匹馬掃蕩了德軍在聖地牙哥的核子基地，但他也因為輻射毒害，少了一條腿。

蓋瑞提又打起瞌睡。他的思緒變得不太連貫。怪仔德拉西歐蹲在貝克阿姨的搖椅下，縮在一個小小的棺材裡。他的身體是胖嘟嘟的柴郡貓身體，他露齒歡笑。而在他那雙綠色的鬥雞眼之間，是癒合的棒球縫線傷疤。他們看著蓋瑞提的父親被帶上沒有標記的黑色廂型車，其中一名後送他父親的人就是那個金髮軍人。蓋瑞提的父親只有穿緊身的四角內褲。另一位軍人轉頭過來，蓋瑞提一度以為那是少校，結果他發現那人是史戴本。他回頭望向有著柴郡貓身體的怪仔，腦袋消失了，只剩那個笑容，大大的新月笑容騰空掛在搖椅下方，如同西瓜的外緣。

槍聲再次響起。天啊，他們現在是在對他開槍，感覺得到這一槍打過來的空氣流動，結束了，一切都結……

他徹底驚醒，跑了兩步，因此痛楚從腳掌一路爬至胯下，此時他才發現遭到槍擊的人不是他，而是別人，已經面朝下跌在雨中。

「萬福。」麥克菲咕噥著說

「瑪利亞。」史戴本在他們身後開口。他走到前面來了，準備要大開殺戒，而他笑得跟蓋瑞提夢中的柴郡貓一樣。「幫我贏得這場改裝車競賽。」

「少來。」麥克菲說：「少在那邊自以為聰明。」

「我的自以為可沒有你的自以為聰明。」史戴本嚴肅地說。

麥克菲跟蓋瑞提笑了起來，還有一點不自在。

「哎啊。」史戴本說：「可能聰明一點點。」

「一腳起，一腳落，嘴巴閉起來。」麥克菲喃喃唸道。他用一隻顫抖的手刷過自己的臉，目光盯著前方，肩膀就像是斷掉的箭弓。

三點前又有一個人出局，他就跪在接近樸茨茅斯的某處，然後在黑暗颳風的雨夜遭到槍擊。亞伯拉罕一直在咳嗽，高燒讓他看起來無助得油光滿面，有點像是散發著死亡的光輝，蓋瑞提想到墜落的流星。他會燒起來，不會油燈枯竭，現在就是這麼尷尬。

貝克帶著陰鬱穩定的決心前進，想要在他們擺脫他之前，先擺脫這三支警告。在大雨沖刷下，蓋瑞提只能稍微看見他一跛一跛地前進，雙手還緊抱著身體兩側。

麥克菲整個人縮了起來。蓋瑞提不確定他是什麼時候開始這樣的，可能只是他轉頭的瞬間。麥克菲一度非常強壯（蓋瑞提記得貝克跌倒時，麥克菲拉住他的手指非常有力），但他現在看起來像老人。真令人不安。

史戴本不愧是史戴本。他不斷前進，有如有亞伯拉罕的那雙鞋。他似乎稍微把重心壓在其中一條腿上，但這可能只是蓋瑞提在幻想而已。

其他十個人裡，五人似乎已經進入歐爾森發覺的那個地下世界，一腳已經踏過痛苦，也不能理解未來等著他們的是什麼了。他們走過黑暗的雨夜，如同憔悴的鬼魂。蓋瑞提不喜歡看他們，他們已經是行屍走肉。

天亮前，三人一起出局。屍體旋轉如同修剪過的木材應聲倒地時，群眾嘴上歡呼，口中再次噴出熱情。蓋瑞提看來，這就是可怕的連鎖反應，也許會橫掃過他們，終結他們每一個人，但這串致命連鎖就停在這裡，停在亞伯拉罕跪爬在地、雙眼盲目望向半履帶戰車以及後頭的群眾，愚蠢又充滿不解的痛苦。那是困在鐵絲網圍欄裡綿羊才會有的眼神。然後他臉朝下倒地，他那雙沉重的牛津鞋不斷踢著雨濕的路面，最後終於停了下來。

沒多久，雨水的交響樂再次奏起。大競走最後一天，多雲下雨，風沿著道路的小巷颳過，彷彿是迷路的狗狗被打進奇怪又可怕的地方。

第三部

兔子

第十七章

「母親！母親！母親！母親！」

——牧師吉姆・瓊斯背棄信仰時的演說[30]

這是第五次，也是最後一次發放濃縮食物。現在只需一名軍人分發食物就夠了，因為只剩下九名上路人。有人傻傻看著腰帶，彷彿這輩子從沒見過這玩意兒，然後讓腰帶如同滑溜的蛇，從他們手中滑落。蓋瑞提似乎花了個把小時才用自己的手將腰帶扣在腰際，這儀式太複雜了，想到要吃東西讓他狹窄、萎縮的胃感覺噁心難耐。

史戴本現在走在他旁邊。蓋瑞提嘲諷地想：我的守護天使。蓋瑞提望過去，史戴本則露出燦爛的笑容，將兩片餅乾夾花生醬塞進嘴裡。他咀嚼的聲音很大，大到讓蓋瑞提想吐。

「怎麼了？」史戴本滿口黏黏的食物，問：「受不了嗎？」

「關你屁事。」

史戴本嚥下食物，蓋瑞提覺得他很費勁。「沒，如果你營養不良暈倒，對我來說比較好。」

「我想我們就要走到麻薩諸塞州了。」麥克菲講得想吐。

史戴本點點頭，「十七年來第一場走到這裡的大競走。他們會發瘋。」

「你怎麼這麼了解大競走？」蓋瑞提忽然問。

史戴本聳聳肩，「這些都有紀錄。他們沒什麼好遮羞的，是吧？」

「史戴本，你贏了的話，你會要什麼？」麥克菲問。

史戴本大笑。在雨中，他這張纖瘦、毛躁的臉，充滿了疲憊的細紋，看起來像是獅子。「你覺得呢？來輛車頭是紫色的黃色凱迪拉克，家裡每個房間都要裝彩色電視跟立體音響？」

麥克菲說：「我以為你會捐個兩、三百塊給『虐待動物協會』。」

「亞伯拉罕看起來像綿羊。」蓋瑞提忽然說：「像困在鐵絲網裡的綿羊。我是這樣想的。」

他們經過一個看板，上頭說他們距離麻州州界只有十五英里，國道一號上其實沒有經過多少新罕布夏的土地，只是一小塊細長的土地分隔緬因州跟麻州而已。

「蓋瑞提。」史戴本友善地說：「你為什麼不跟你媽上床呢？」

「抱歉，你再也惹不了我了。」他刻意從腰帶上選了一條巧克力棒，整條塞進嘴裡。他的胃生氣打結，但他還是嚥下巧克力。過了短暫緊張的內在掙扎後，他曉得食物下去、吐不出來了。

「我猜如果必要，我可以走上額外一整天。」他謹慎地說：「如果需要，再走兩天也可以。史戴本，你省省吧，放棄這老套的心理戰，行不通的。來，多吃點餅乾跟花生醬吧。」

30. 譯註：吉姆．瓊斯，美國人民聖殿教的創始人、宗教領袖。一九七八年十一月因畏罪，以半脅迫、半誘導的方式，說服九百多名信眾在蓋亞那瓊斯鎮服毒自盡。他本人死於頭部中彈。這段引言出自集體自殺時，他請在場的人毋安撫因毒性發作而痛苦哀號的孩童。

史戴本撇嘴，就這麼一下下，但蓋瑞提看到了。他的確惹毛了史戴本。他忽然感覺到不可思議的洋洋得意，終於挖到寶啦。

「好啦，史戴本。」他說：「跟我們分享你為什麼在這裡吧，反正我們同行也不會太久了。告訴我們，當作我們三人之間的小秘密吧，畢竟我們現在曉得你不是超人了。」

史戴本張開嘴巴，忽然意外地把剛剛吃下的餅乾跟花生醬統統吐了出來，看起來還很完整，還沒接觸到消化液。他步履蹣跚，這是他參加大競走以來第二次遭到警告。

蓋瑞提感覺銳利的血沖進腦袋裡。「快啦，史戴本。你都吐了，快坦白，告訴我們吧。」

史戴本的面色有如用久的起司濾布，但他很快就恢復沉著的模樣。「我為什麼在這裡？你想知道？」

麥克菲好奇地望著他。附近沒有人，最靠近的人是貝克，他晃到群眾邊緣，專注地望著群眾的臉。

「我為什麼在這裡，還是我為什麼而走？你想知道的是哪一個？」

「我什麼都想知道。」蓋瑞提說。這就是實話。

「我是兔子。」史戴本說。雨持續落下，從他們的鼻子上滴落，掛在他們的耳垂上，宛如耳環。前面有個赤腳男孩，他的雙腳都是斑斑紫紫的爆裂血管，他趴在地上一面爬行，一面瘋狂抬頭。他想起身，跌倒，最後還是爬起來了。他往前跑，蓋瑞提詫異地發現這人是派斯特，他竟然還跟我們在一起。

「我是兔子。」史戴本又說了一次。「蓋瑞提，你見過的。賽狗時，格雷伊獵犬追逐的小小灰色機械兔子。無論狗跑得多快，他們永遠追不上兔子，因為兔子不是血肉之軀，狗卻是。那隻兔子只是固定在棍子上的一個圖案，裡面有一堆齒輪跟零件。在英國，古時候他們會用真的兔子，但有時狗會追上兔子，還是新的機械兔子比較耐用。」

「他在耍我。」

史戴本淺藍色的雙眼望著落下的雨。

「也許你甚至可以說……他召喚了我，他把我變成一隻兔子。記得《愛麗絲夢遊仙境》裡的兔子嗎？但，蓋瑞提，也許你是對的。是時候不要當兔子、哼哼叫的豬、綿羊，該當人了……雖然我們能夠提升的境界，不過只是嫖客跟四十二街劇場陽台上的變態而已。」史戴本眼神愈發瘋狂激動，他望向蓋瑞提與麥克菲，這眼神讓他們畏縮起來。史戴本發瘋了。這一刻，毋庸置疑，史戴本徹底瘋了。

他低沉的嗓音提高成佈道般的吶喊。

「我怎麼這麼了解大競走？我對大競走一清二楚！我就是該知道！**蓋瑞提，少校是我的父親！他是我爸！**」

群眾愚蠢地歡呼起來，激動程度拔山倒海，愚蠢至極。如果他們聽到史戴本的話，他們會為他歡呼。但槍聲響起，他們是在歡呼這個。槍聲響起，派斯特翻滾死去。

蓋瑞提感覺到腸子與睪丸有毛毛的感覺。

「噢，我的天啊。」麥克菲說：「是真的嗎？」他用舌頭舔過乾裂的嘴唇。

「真的。」史戴本用近乎和善的口氣講話。「我是他的私生子。你們知道……我以為他不曉得，我以為他不曉得我是他兒子。這就是我犯的錯。少校是個好色的老油條，我曉得他在外頭有十幾個私生子。我只是想讓他知道，我只是想公諸於世，驚喜，驚喜。等我贏得大競走，我會要求我的父親接納我。」

「但他都**知道**？」麥克菲低聲地說。

「他讓我成為他的兔子，讓其他狗跑快一點……跑遠一點的灰色小兔子。我猜奏效了吧，我們就要走進麻州了。」

「那現在呢？」蓋瑞提問。

史戴本聳聳肩。「最後兔子還是有血有肉的。我走，我講話，我猜如果這場比賽不快點結束，我就會跟爬蟲類一樣趴在地上爬行前進。」

他們經過一大片高壓電線，幾個穿著攀登靴的男人爬上支撐的柱子，高過一般群眾，看起來像是在祈禱的詭異螳螂。

「現在幾點？」史戴本問。他的臉似乎融化在雨水之中，成了歐爾森的臉、亞伯拉罕的臉、巴克維奇的臉……然後，變成蓋瑞提自己的臉。那太恐怖了，絕望、疲憊、凹陷，皮包骨，這是長期荒耕田地裡朽爛稻草人的臉。

「現在九點四十分。」蓋瑞提說。他笑了笑，這是他過往挖苦笑容的鬼魅複製品。「兩位遜咖，第五天快樂。」

史戴本點點頭。「蓋瑞提，今天雨會下一整天嗎？」

「對，我想會吧。看起來不會停。」

史戴本緩緩點頭。「我想也是。」

「哎啊，快進來躲雨吧。」麥克菲忽然說。

「好，謝了。」

他們繼續前進，雖然驅使他們前進的痛苦將他們三個人永遠扭成了不同的形狀，但他們前進的步伐是一致的。

進入麻州時，他們只剩七個人——蓋瑞提、貝克、麥克菲、眼神空洞的掙扎骷髏喬治・菲爾德、比爾・赫夫（他早先告訴蓋瑞提，他的名字唸赫夫，不是霍夫）、看起來狀況沒有很差的高壯傢伙瑞提根，然後就是史戴本。

他們緩緩拋下跨越州界時的華麗場面與雷聲大作。雨繼續下，沒有要停，單調無趣。風呼嘯颳起，撕扯出年少懵懂的春日殘暴。風掀起群眾的帽子，將其如同碟子一樣捲飛，在灰白的天上短暫爆裂劃出弧線。

不久之前，就在史戴本自白後不久，蓋瑞提感覺到全身體驗過一股奇異的輕鬆感覺。他的雙腳似乎想起以前是怎麼走路的，他背頸的疼痛似乎都停滯消失一樣。感覺好像是爬上了最後一塊岩壁，抵達頂峰，走出瞬息萬變的迷霧，進入冰冷陽光及令人振奮的稀薄空氣中一樣……沒有地方可以繼續前進，只能往下，以飛行的速度往下。

半履帶戰車在他們前方一點的位置，蓋瑞提看到金髮軍人坐在後座的大帆布雨傘下。他想把所有的疼痛，所有雨淋濕的痛苦統統投射到少校的這個手下身上。金髮軍人冷冷地回望他。

蓋瑞提轉頭望向貝克，發現他流了不少鼻血。血染紅了他的臉頰，還沿著他的下巴滴滴答答的。

「他要死了，對不對？」史戴本問。

「當然。」麥克菲說：「他們都要死了，你不知道嗎？」

大風挾帶雨勢襲來，麥克菲腳步蹣跚起來，得到一支警告。群眾歡呼，不帶感情，似乎也無動於衷。至少今天鞭炮放得比較少，雨勢暫停了那歡快的場面。

道路帶領他們前往大大的坡道彎處，蓋瑞提感覺到心臟一揪。忽然間，他聽到瑞提根咕噥著說：「老天啊。」

道路陷進兩段陡坡之中，這條路看起來如同兩只挺立乳房之間的乳溝。山坡上黑壓壓的都是人，人群似乎從他們上方升起，如同大片深色蛇皮堆起的活生生牆壁，環繞著他們。

喬治．菲爾德忽然清醒過來，他那顆插在菸斗柄上的骷髏腦袋緩緩轉過去，咕噥著說：「他們會把我們生吞活剝。他們會撲向我們，把我們生吞活剝。」

「我不覺得。」史戴本立刻接口，「從來就沒有……」

「他們要把我們生吞活剝啦！生吞活剝！生吞！吞吞吞吞！生吞活剝生吞活剝！」喬治・菲爾德繞起大圈，手臂瘋狂拍打身軀，他眼裡閃過捕鼠器上頭老鼠的恐懼。對蓋瑞提來說，他看起來像電玩遊戲裡的瘋子。

「生吞活剝生吞活剝生吞活剝生吞活剝……」

他拉開喉嚨大喊，但蓋瑞提幾乎聽不到他的聲音。山坡上傳來的聲波有如鐵鎚打向他們，蓋瑞提甚至沒有聽到菲爾德出局時的槍聲，只聽到來自群眾喉嚨的野蠻吶喊。菲爾德瘦長的身體在道路中央跳起詭異優雅的倫巴舞，雙腳猛踢、身軀猛扭、肩膀抖個不停。然後，顯然是跳累了，他就坐下來，雙腿張開，就這樣坐著死掉了。他的下巴抵在胸膛上，彷彿是遊戲時間被睡魔逮到的疲憊小孩一樣。

「蓋瑞提。」貝克說：「蓋瑞提，我流血了。」現在山丘已在身後，蓋瑞提勉強才能聽到他的聲音。

「對。」他說。要保持聲音平穩可不容易。亞瑟・貝克內出血，他的鼻血流得很嚴重。他的臉頰跟脖子上有血塊，他的襯衫衣領也沾滿血。

「沒有很糟吧？」貝克問他。貝克怕得哭了出來，他曉得很糟。

「不，沒有太糟。」蓋瑞提說。

「雨水感覺好溫暖。」貝克說：「但我知道這只是雨。蓋瑞提，這只是雨，對不對？」

「對。」蓋瑞提反胃地說。

「希望可以冰敷一下。」貝克說著就走開了。蓋瑞提看著他離去。

十點四十五分，比爾．赫夫領了罰單，十一點半是瑞提根，就在「飛行平局」精準飛行團體的六架藍色電動F-111戰鬥轟炸機翱翔天際之後沒多久。蓋瑞提以為貝克會比這兩個人早一步先走，不過雖然他的襯衫上半部現在都是血，貝克仍然繼續前進。

蓋瑞提的腦袋似乎播放起爵士樂——戴夫．布魯貝克（Dave Brubeck）、塞隆尼斯．孟克（Thelonius Monk）、加農炮艾德利（Cannonball Adderly）——也就是「被禁的噪音製造者」音樂，大家總是把他們的唱片藏在桌下，等到派對喧鬧到醉醺醺的時候，再拿出來播放。

感覺曾經有人愛過他，他曾經愛過，但現在只剩爵士樂，只剩他腦海裡起伏的鼓聲，他的母親只是貂皮大衣裡塞的稻草，小珍只是百貨公司的模特兒人偶。結束了，就算他足以撐得比麥克菲、史戴本跟貝克還要久，但一切還是結束了，他永遠回不了家。

他稍微哭了一下。他視線模糊，雙腳糾結，心情低落。路面堅硬，冰冷到誇張，卻又讓人覺得平靜，真是難以置信。在打起精神前，他得到兩支警告，於是他展開一連串如同酒醉螃蟹般的走路姿態。他逼迫雙腳好好運作。他放了屁，漫長、無力、斷斷續續的屁，似乎與正正當當響響亮亮的屁八竿子打不著。

貝克歪歪斜斜走在路上，麥克菲跟史戴本兩個人頭靠在一起。蓋瑞提忽然確定這兩個人是在密謀要殺了他，就跟一個叫巴克維奇的人曾經殺害面目模糊的藍克一樣。

他逼自己走快一點，追上他們。他們不發一語，替他挪出空間（你們沒有在打量我，對不對？你們以為我不知道嗎？你們以為我是瘋子嗎？），但感覺很欣慰。他想跟他們在一起，一起走，直到他死掉為止。

他們經過一個路標，就蓋瑞提傻傻疑惑的雙眼，這裡似乎總結了全宇宙所有尖聲的瘋狂，東南西北半球全體的白癡都叫好歡笑——這個路標寫著：「波士頓四十九英里！上路人，你們辦得到！」如果他可以，他會扯開喉嚨大笑。波士頓！聽起來太費解了，難以置信，難以置信。

貝克又湊到他身邊，「蓋瑞提？」

「什麼？」

「我們進去了嗎？」

「啥？」

「進去，我們進去了嗎？蓋瑞提，拜託。」

貝克眼神哀求。他是一座屠宰場，一座榨血機。

「對，我們進去了，我們進去了，亞瑟。」他完全不曉得貝克在說什麼。

「蓋瑞提，我現在就要死了。」

「好。」

「如果你贏，可以幫我做一件事嗎？我不敢問別人。」貝克用手掃過空蕩的道路，彷彿大競走還有很多人參加一樣。蓋瑞提一度打起冷顫，也許他們都還在，行走的鬼魂，而貝克因為已經走到了盡頭，所以只有他看得見。

「你儘管開口。」

貝克一手搭在蓋瑞提肩上，蓋瑞提無法控制自己，低聲啜泣起來。感覺他的心臟會從胸腔爆裂出來，哭出心臟自己的淚水。

貝克說：「鉛板。」

「走久一點。」蓋瑞提邊哭邊說：「亞瑟，再走久一點。」

「不，我辦不到。」

「好吧。」

「兄弟，也許晚點見吧。」貝克一邊說，一邊心不在焉地抹去臉上的血。

蓋瑞提低頭哭泣。

「別看著他們動手。」貝克說：「也答應我這點。」

蓋瑞提點點頭，說不出話。

「謝謝。蓋瑞提，你是我的朋友。」貝克想要微笑。他搖晃伸出手，蓋瑞提用兩手緊握。

「下次換個地方見吧。」貝克說。

蓋瑞提雙手掩面，低頭繼續前進。啜泣襲來，他痛苦不堪，這種痛苦遠超過大競走能夠帶來的疼痛。

他希望自己聽不到槍聲，但他聽到了。

第十八章

「我宣布今年大競走劃下句點！各位公民女士先生，讓我們隆重歡迎今年的贏家！」

——少校

距離波士頓四十英里。

「蓋瑞提，說個故事來聽聽。」史戴本忽然開口，「說個故事，帶領我們的思緒遠離所有的麻煩。」好難相信，他變老了，史戴本變老人了。

「對啊。」麥克菲說。他看起來老態龍鍾，形同槁木，「蓋瑞提，說故事。」

蓋瑞提傻傻看著他們，但他發現他們看起來一點也不像，像的只有疲憊的神情。他又脫離巔峰狀態，所有那些醜惡拖後腳的疼痛統統回來了。

他閉眼良久。開眼時，世界變成兩個，最後眼睛又不甘願地正常聚焦起來。「好吧。」他說。

麥克菲嚴肅地拍了三次手。他已經得到三支警告，蓋瑞提一支，史戴本沒有警告。

「從前從前……」

「噢，誰想聽他媽的童話故事啦？」史戴本說。

麥克菲笑了幾聲。

「我說什麼，你就聽什麼！」蓋瑞提尖聲地說：「到底要不要聽？」

史戴本撞上蓋瑞提，他們兩人都遭到警告，「我猜聽童話故事比沒故事聽好。」

「反正這不是童話故事，不要因為一個故事發生在不存在的世界裡就說它是童話故事，這不代表……」

「到底要不要講啦？」麥克菲氣沖沖地說。

「從前從前，」蓋瑞提開始說故事，「有位白騎士，他走入世界展開他的神聖追尋。他離開他的城堡，走進魔法森林……」

「騎士會騎馬。」史戴本抗議道。

「好，騎馬進入魔法森林。騎馬。他經歷許多神奇冒險，他打敗成千上萬的巨人、妖怪與狼。好嗎？他終於來到國王的城堡，他尋求國王的同意，讓他帶知名的美麗佳人關德琳出門散步。」

麥克菲笑了起來。

「國王不贊成，他認為沒有人配得上他的女兒，聞名世界的美麗佳人關德琳。但美麗佳人深深愛上了白騎士，威脅要跑進野蠻森林之中，如果……如果……」他忽然感到一陣暈眩，眼前刷黑，他覺得自己要飄浮起來了。群眾的吼叫聲如同沿著長長號角形狀隧道襲來的波濤海水，然後這股感覺緩緩過去。

他轉過頭。麥克菲低下頭，朝群眾走去，他睡著了。

「嘿！」蓋瑞提大吼：「嘿，彼得！彼得！」

「別吵他。」史戴本說：「你跟我們其他人一樣發過誓的。」

「去你的！」蓋瑞提明確地扔下這句話，然後跑去麥克菲身邊。他拉著麥克菲的肩膀，讓他好好往前走。麥克菲睡眼惺忪地望著他，面露微笑，「不，小雷，該坐下休息了。」

驚恐的情緒在蓋瑞提胸膛捶打，「不！不可以！」

麥克菲望著他好一會兒，然後又微笑，搖搖頭。他坐了下來，盤腿坐在地上，看起來像歷盡滄桑的僧人。在陰鬱的雨中，他臉上的傷疤是一道白色斜線。

「不！」蓋瑞提尖叫。

他想拉麥克菲起來，但他這麼瘦弱，麥克菲太重了。麥克菲甚至不肯看他，雙眼閉了起來。忽然間，兩名軍人將麥克菲從他身邊拉開，槍口對準麥克菲。

「不！」蓋瑞提再次吶喊：「我！我！射我！」

但他們只有給他第三支警告。

麥克菲睜開眼睛，再次微笑。下一秒，他就不在了。

蓋瑞提不知不覺往前走，他傻傻望向史戴本，史戴本則用好奇的目光看他。蓋瑞提內心充滿一股詭異、吶喊的空虛感。

「把故事講完。」史戴本說：「蓋瑞提，把故事講完。」

「不。」蓋瑞提說：「我不想講了。」

「好，那別講。」史戴本露出得意的笑容，「如果天底下真有靈魂一說，那他還在附近喔，你還追得上他。」

蓋瑞提看著史戴本，說：「我就跟你走到進棺材。」

他心想：噢，彼得。他甚至沒有淚水可以哭了。

「是嗎？」史戴本說：「咱們等著瞧。」

晚上八點，他們經過麻州的丹弗斯，蓋瑞提終於知道了。比賽快結束了，因為要打敗史戴本是不可能的。

我花太多時間想這件事了。麥克菲、貝克、亞伯拉罕……他們都沒有想，他們只是一直走而已，彷彿這是很自然的事情，也的確很自然。某種程度來說，這是天底下最自然的事。

他拖著雙腳前進，雙眼圓瞪，嘴合不攏，雨都滴進去了。在一個充滿迷霧、如同快門閃過的瞬間，他以為他看到認識的人，他深入了解過的人。這人在前方的黑暗裡哭著呼喚他，但已經沒有用了，他走不動了。

他會跟史戴本說一聲。他就在前面一點的地方，現在走路有點跛，消瘦憔悴。蓋瑞提好累，但他不怕了，他覺得平靜，他覺得沒關係了。他逼自己加快腳步，直到他可以一手搭在史戴本肩上。「史戴本。」他說。

史戴本轉過來，用大大懸空的雙眼望向蓋瑞提，一度什麼也看不見。然後他認出蓋瑞提，他伸手揪住蓋瑞提的襯衫，一把扯開。群眾對史戴本這樣的舉動憤怒吶喊，但只有蓋瑞提距離近到足以看清史戴本眼底的恐懼，有恐懼，有黑暗，也只有蓋瑞提曉得，史戴本的這一握是最後一次絕望的求救。

「**噢，蓋瑞提！**」他喊了一聲，然後倒下。

群眾的聲音如同末日場景。這是天崩地裂、山倒海嘯的聲音，這聲音能夠輕鬆壓垮蓋瑞提。如果他聽得到，這聲音會要他的命，但他只聽得到自己的聲音。

「史戴本？」他好奇地問。他彎下腰，居然還能將史戴本翻過來。史戴本依舊瞪著他，但絕望的神情已經掠過消失，史戴本的頭無力地從脖子上垂了下去。

他一手圈住史戴本的嘴巴，又喊了一次：「史戴本？」

但史戴本已經死了。

蓋瑞提沒了興趣。他爬起身來，繼續前進。現在地上滿是歡呼，天上放起煙火。一輛吉普車從前方朝他駛來。

車子不能開上道路，你這白癡。這是死刑重罪，他們可以直接射殺你。

少校站在吉普車上，舉手挺拔行禮。他準備要許諾第一個願望，每一個願望，任何願望，遺願也行。大獎。

在他身後，他們射殺了已經斷氣的史戴本，現在只剩他一個人在路上，朝著少校斜斜停在白線上的吉普車前進。少校下車走向他，在鏡面墨鏡後的表情晦澀不明。

蓋瑞提走向一邊，他不是一個人。黑影又回來了，就在前方不遠，呼喚著他。他認識這身影，如果他走近一點，他就可以認出這個人。還有誰還沒出局？是巴克維奇嗎？柯利．帕克？不曉得姓啥的波西？到底是誰？

「蓋瑞提！」群眾瘋狂高喊：「蓋瑞提！蓋瑞提！蓋瑞提！」是史寬嗎？葛瑞寶？戴維森？

一隻手搭上他的肩膀，蓋瑞提不耐地甩開。黑色的身影召喚著他，在雨裡召喚著他，要他過來一起走，過來一起玩遊戲。要開始了，還有這麼多路要走。

蓋瑞提雙眼盲目，伸長的手彷彿是在乞討，他朝那黑影走去。

而當一隻手再次碰觸他的肩膀時，他似乎找到了力氣，拔腿就跑。

專文導讀——

公路槍口下的卡夫卡——讀《大競走》

作家／盧郁佳

心理測驗：你進入沙漠，帶了五隻動物：牛、羊、馬、猴、獅。如果要拋棄，那麼拋棄的順序是？

史蒂芬．金一九七九年的小說《大競走》，描述美國每年徵選一百個十八歲以下青少年，稱為「上路人」，投入一場跨州公路長途競走，贏家可獲得獨裁者「上校」恩准的任何獎賞。全程由戰車軍人荷槍實彈高科技監控，每當有選手時速低於四英里，就廣播警告。一人滿三次警告後，再慢第四次就無預警射殺。比賽不設終點，殺剩最後一人才結束。

這意謂上路人連續多日，全天候無休，不能慢、不能坐、不能睡，不能停下來進食或大小便。無論腹瀉噴屎、勃起難消，都暴露在夾道歡呼群眾和全國新聞觀眾面前。即使觀眾在封鎖線外年年觀禮慶祝，和上路人實際承受目睹死亡的衝擊、漫長的身心耗竭，仍有龐大的經驗鴻溝。所以觀眾不但沒想過要阻止這等慘事，甚至還會跑去報名大競走被獵殺。因為既然市政廳還會替中籤者辦見證餐會，宴請全體親友祝賀，那麼應該是好康吧。

讀者將跟隨十六歲的少年蓋瑞提參賽，從無知起鬨的路人叢中，踏入受脅迫沉默的上路人圈內，體驗立場轉變產生的駭人發現「雖然當年我現場看過大競走，但其實我不知道大競走是怎麼回事」。他受騙了，原來事情不是官方講的那樣，現在領悟真相已太晚。

就像在現實中，為什麼臺大五天會發生兩樁學生墜樓案，為什麼臺灣二〇一九年十五到二十四歲的自殺率同比成長二二．四%、超越其他年齡層？幾十年來報章黑箱封鎖內情，輿論往往把自殺歸咎草莓族玻璃心，別人都沒事就他有事，是自己心理素質薄弱、需要給點壓力才會成長。讀者若想知道死者經歷了何種高壓煎熬，時猶未晚。但得花時間跟著本書主角上路，實時共歷當頭澆透他全身的狂風暴雨、抽筋、水泡、突如其來打斷交談的槍聲，與不堪其擾的秘密回憶、夢境與恐懼。

*

《大競走》光天化日疲勞酷刑的變態程度，開啟二十一世紀《大逃殺》、《飢餓遊戲》系列等青少年生存遊戲IP電影風潮。後繼者訴求同儕社交爾虞我詐、科幻機關暗黑陷阱、各門派絕技無差別格鬥、快節奏拋出一連串獵奇死法以娛觀眾；也用保護弱小、三角戀、逆轉勝等撫慰觀眾。無論施展多少競技場特效奇觀、死亡直播、舉國歡騰遊行大場面，其實它仍是青少年恐怖片的一種，本質是面對「殺剩最後一個」的暴力孤絕時，看你會戰或逃。為何而戰，為何而逃。

極限情境揭露人不自知的本質。前述心理測驗在表達個人內心的價值順位，一說牛象徵工作或金錢，羊是愛情，馬是家庭，猴是朋友或兒女，獅是自尊或權力，網路上解釋不一。小說角色的選擇顯示他是怎樣的人，選擇成為怎樣的人。而會把猴子帶在身邊留到最後的人，可能如《飢餓遊戲》主角會為了保護同伴而戰；也可能如《大逃殺》主角弱小無辜，旁觀強者相殘，依賴別人保護、自己逃到最後。

風潮過後回頭望，《大競走》歷久彌新，過人之處仍是關注人性，觀點有高度。書中是政府軍隊直接執行殺人，不似後繼者是青少年互砍，後者有時把暴力賴到青少年身上，青少年由從犯變主犯。《大競走》且讓反派青少年告白內心想法，使讀者厭惡之餘仍能理解他的動機，而不是妖魔化。

比起爽片競飆主角威能，《大競走》接近史蒂芬．金喜愛的《蒼蠅王》，對眾人的差異抱持憐憫，而不是恐懼。像是開學日進入新班級，陌生人在日常互動累積中，逐漸察覺對方偽裝下暗藏的憂傷黑暗面。史蒂芬．金做過高中老師，看著一班班學生來了又去。下班寫小說也常寫一群陌生人的遇合：有一群難民在末日廢墟世界中遷徙，有一群乘客困在誤入百慕達三角般空間裂縫消失的班機和無人航廈裡，有一群顧客被霧中不明威脅困在郊區購物中心……像組隊打怪，團體中有勇者、弓箭手、學者、召喚士、補師，也有精靈、寵物和公主。有人注定要帶賽別人、搞死自己，但大家終會互助自救。

《大逃殺》對人的觀點，是被霸凌的學生看霸凌他的全班，個個都是殺人魔。

《大競走》對人的觀點，是一個好老師看學生。學生有好有壞，有長有短。但都可愛。只因，學生為什麼好，為什麼壞，老師心裡都明白。

＊

《大競走》裡，上路人的班級小圈圈，有像美式足球隊長般自信爆棚的陽光明星歐爾森；有臉帶刀疤、心懷創傷的失群蒼狼麥克菲。善良乖巧聽話的媽寶蓋瑞提，則滿腦子大競走官方條列的注意事項，暗自忙於檢查每個人做對了沒，簡直操碎了心。

隨著情節環環相扣推展，眾人的形象層層轉變，令人目不暇給：溫柔照顧每個人的貝克，其實內心永遠住在殯儀館，為「苦命阿姨只要看人死就會微笑，看孩子死也還在微笑」無言以對，又對偏心哥哥的母親滿懷內疚。起初他告訴同伴「黑人的血和我們每個人都是同樣顏色」，這信念在今天會被譏諷為政治正確；但不是人云亦云，是他小時候連續三年每晚都去找黑人麻煩換來的內省轉變。

每個人看似平凡，爛命一條，死了無傷大雅。但揭開了才知道人人都是個謎，柔軟善感，情感深不可測。每個人能成為今天的自己，一路走來都不容易。

書中寫歐爾森、史寬、帕克、麥克菲各階段的蛻變，雖常在主角的注意外緣，往往寥寥幾筆；收筆卻澎湃撼人無以復加，在後繼者中無出其右。《大競走》點染群眾的庸俗自私、軍人的服從邪惡，見出史蒂芬．金的孤憤。而孤憤背後對每個人有愛，才會以終局完滿角色的尊嚴。這種追求自主的英雄意志，使讀者難捨難忘。

＊

主線是蓋瑞提的認知轉變。蓋瑞提以為記誦奉行注意事項能保護他，就像他偷摸軍人槍帶祈求好運，都在尋求權威的庇護。既然蓋瑞提相信政府是個好爸爸會保護他，那麼大競走就不是真的。有哪個好爸爸會明裡教兒子注意事項保命，暗裡面不改色槍殺兒子？因此他所害怕的不是注定能贏的一批樂觀健將，而是憤世嫉俗的虛無主義者史戴本，獨自躲在樹上不理別人，一身破舊、吃得寒酸、押後慢慢走，卻神閒氣定、無所不知，一開口就吐出籠罩宇宙的黑暗，無情毀滅蓋瑞提殘存的樂觀。

書中，蓋瑞提聽見有人犯禁當面大罵上校，回頭循聲望去，沒幾個人，只可能是史戴本，但史戴本根本沒看上校。不言而喻，所以也就不是史戴本。這段謎之音情節反覆出現，精采無比，直指蓋瑞提無法承認政府是個壞爸爸、是舉槍瞄準蓋瑞提的金髮軍人。即使蓋瑞提童年親身經歷對此一清二楚，卻壓抑到對此視而不見，明哲保身。咒罵上校的話，好像是史戴本說的，蓋瑞提又覺得不是。其實在精神上就出自蓋瑞提心底，而蓋瑞提卻對此一無所知。

史戴本早已看清政府就是個殺子的壞爸爸，想告訴蓋瑞提。然而跨越鴻溝何其難，不但蓋瑞提裝睡叫不醒，連史戴本也難逃威權誘惑。史戴本就是蓋瑞提內心騷動的陰影，全書是獨立過程的寓言：天真的蓋瑞提，蛻變成憂憤的史戴本，認同轉移，重歷卡夫卡《城堡》、《蛻變》的幻滅、成長，成為另一個人。既不是一開始靠幻想女生內褲來忘卻恐懼的蓋瑞提，也不是一開始無情跨過屍體踩血前進的史戴本。只是過去蓋瑞提不願知道的事情，最後都知道了，所以他能夠更貼近他自己。

*

三人行必有我師，麥克菲的秘密，也映照出蓋瑞提心中另一個陰影。由此看來，也許要將所有人合起來，才能成就一個真實完整成熟的蓋瑞提。就如同非洲諺語所說，需要一整個村莊，才能培育一個小孩。也許蓋瑞提就是那個小孩，也許他們全都是。他們就是彼此所需要的村莊。那麼這個故事在說什麼？

受害者面對「要殺剩最後一個」的暴力，難免屈服於「只要我是倖存那一個，就算殺了九十九個也是沒辦法的事」，受挫退守內心而孤立。而《大競走》想要傳達的，可能是「一個也不能少」的悲願。五種動物皆可拋棄，唯有同伴不能拋棄。不只因為拋棄同伴就沒人保護你，也因為無愛者在患難、危急、病痛中，深切體會到了無條件的被愛，所以能夠忘記羞慚，去信賴同伴。

本書雖是受苦的體驗，但因為同受此苦，所以也是被愛的珍貴體驗。在暗夜漫漫長路上，願讀者懷抱這體驗走下去。原本看不見的出口，它會為你照亮。

國家圖書館出版品預行編目資料

大競走/史蒂芬・金（Stephen King）著；楊沐希譯.
-- 初版.-- 臺北市：皇冠, 2021.02面；公分. --（皇冠叢書；第4911種；史蒂芬金選；44）
譯自：The Long Walk
ISBN 978-957-33-3658-7（平裝）

874.57　　109021729

皇冠叢書第4911種
史蒂芬金選 44

大競走

The Long Walk

作　　者—史蒂芬・金
譯　　者—楊沐希
發 行 人—平雲
出版發行—皇冠文化出版有限公司
台北市敦化北路120巷50號
電話◎02-27168888
郵撥帳號◎15261516號
皇冠出版社(香港)有限公司
香港銅鑼灣道180號百樂商業中心
19字樓1903室
電話◎2529-1778　傳真◎2527-0904
總 編 輯—許婷婷
責任編輯—張懿祥
美術設計—嚴昱琳
著作完成日期—1979年
初版一刷日期—2021年2月

法律顧問—王惠光律師

讀者服務傳真專線◎02-27150507
電腦編號◎508044
ISBN◎978-957-33-3658-7
Printed in Taiwan
本書定價◎新台幣450元/港幣150元